【广东中华文化王季思学术基金⊙黄天骥学术基金丛书之二】

# 宋金杂剧概论

景李虎 著

广东高等教育出版社

广州

图书在版编目（CIP）数据

宋金杂剧概论/景李虎著. —2版. —广州：广东高等教育出版社，2011.8
（广东中华文化王季思学术基金·黄天骥学术基金丛书）
ISBN 978-7-5361-4067-7

Ⅰ.①宋… Ⅱ.①景… Ⅲ.①杂剧-文学研究-中国-宋代②杂剧-文学研究-中国-金代 Ⅳ.I207.37

中国版本图书馆CIP数据核字（2011）第082441号

广东高等教育出版社出版发行
地址：广州市天河区林和西横路
营销电话：87551597
佛山市浩文彩色印刷有限公司印刷
850毫米×1168毫米 32开本 8.875印张 226千字
2011年8月第2版 2011年8月第3次印刷
印数：4 001~6 000册
定价：25.00元

山西高平县西李门村二仙庙正殿及露台

山西临汾魏村三王庙元代戏台

山西临汾东羊村土庙元代戏台与神楼位置关系

山西临汾东羊村土庙元代戏台之神楼

山西临县克虎镇戏台与神楼位置关系

山西临县克虎镇戏台之神楼

山西芮城永乐宫龙虎殿元代过路戏台

山西运城解州关帝庙清代过路戏台

山西曲沃县任庄村扇鼓傩戏《采桑》

山西曲沃县任庄村扇鼓傩仪"收灾"

傩戏面具

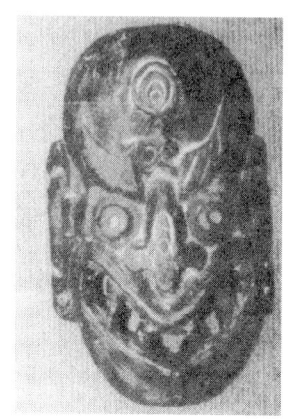
傩戏面具

藏戏面具

傩戏面具

# 前记一

**黄天骥**

  中国古代戏曲和古代文学作品，是取之不尽用之不竭的宝藏。华夏子孙，有责任发掘开采，分析整理，让体现着东方文化的瑰宝，在世界民族之林中焕发光辉。自然，我们也不能一味陶醉在祖先遗泽之中，审视它，研究它，弃其糟粕，取其精华，使之有助于祖国精神文明建设，才是我们整理古代戏曲、古代文学的目的。

  近几年，广东经济有了飞跃的发展，许多有识之士，认识到在这块热土中弘扬中华文化的重要性。因而采取多种方式，大力推动对中华文化的学术研究。因时际会，"广东中华文化王季思古代戏曲、古代文学研究基金"得以乘风御气，建立起来。有了这个条件，我们就有可能出版丛书，在研究我国传统文化的领域中，做一点力所能及的工作。

  我们出版这套丛书，也是为了纪念王季思

老师。

　　王起，字季思（1906—1996），浙江温州人。早岁师从孙诒让、吴梅先生，以《西厢五剧注》名世。20世纪40年代后期，王季思老师到广东中山大学任教，历任中文系主任、古文献研究所所长等职。数十年来，他热爱祖国，热爱中华文化，把全部精力投入到教学和科研的工作中，在古代戏曲、古代文学领域作出了巨大的贡献。"文化大革命"后，拨乱反正，王季思老师被聘为国务院学位委员会第一届学科评议组成员、国家古籍整理出版规划小组顾问，被公认是中国古代戏曲古代文学研究的权威。

　　王季思老师一生热爱学生，教育青年。他常说：学术乃天下公器。学生和后辈学者向他求教，他从来都认真、热诚地给予帮助。直到七八十岁高龄，他还培养硕士生、博士生，矻矻穷年，不遗余力。他经常强调建设祖国教育和文化事业，要有人继承，渴望薪火相传，让中华文化之光一代又一代照遍大地。

　　弘扬中华文化，继承王季思老师匡扶后进的精神，是受过他老人家教诲的学生的共同心愿。1993年，广州市政协和中山大学联合主办"庆祝王季思教授从教七十周年大会"。其后，诸位校友像杨资元、赖春泉等学长，深感为促进学术的发展，应做一些更加切实的工作，朱孟依先生积极支持。经过各方面的努力，我们决心出版这一套丛书，希望能实现王季思老师多年的心愿,帮助热心于中国古代戏曲古代文学而又甘心坐冷板凳的学者迅速成长,让学术之花也在生长红棉的土地上盛开。

学术的殿堂是靠一砖一石垒成的,我们希望扎扎实实地奋工添瓦,不想欣赏海市蜃楼。目前,我们的能力有限,更兼文化建设不可能一蹴而就。因此,我们的想法是:环绕着中国古代戏曲、古代文学的论题,逐年出版有较高水平的学术著作。只要持之以恒,锲而不舍,日积月累,代代相传,我们一定能在祖国学术领域的南天,垒筑起一座丰碑。

王季思老师曾有诗云:

人生有限而无限,历史无情还有情;
薪火相传光不绝,长留双眼看春星。

丛书付梓之际,我们抄录这首诗,作为奠基之石,以明旨意,兼励来者。

**1996 年 6 月 16 日于中山大学**

# 前记二

## 欧阳光　康保成

自1996年广东中华文化王季思学术基金丛书第一种出版以来，迄今已过去了整整十年。十年来，我们根据有限的财力，精心甄选入围选题，在广东高等教育出版社的大力支持下，以每年一到两种的节奏，已陆续出版了13种著作。

看着眼前这套积少成多渐成规模的丛书，不禁让人深深感慨。这套丛书的作者基本上都是中山大学中文系的中青年学者或博士学位获得者，选题以古代戏曲研究为多，同时也涵括了古代文学研究的其他领域。这些著作也许算不上什么鸿篇巨制，我们也没有像时尚所热衷的那样对它进行包装和宣传，在当今热闹非凡的学术著作出版大潮中，它甚至显得有些冷清和落寞，但这些著作都是对有关领域作了艰苦细致的研究之后的心得之作，或对有关研究领域有所开拓，或推动了有关研究向纵深发展，自有其难以掩盖的学术价值。丛书从总体上展现了中山大学中文系中青年学者的风采，也体现了中山大学中文系沉潜、严谨、包容、开放的良好学风。

最近，珠海市民营企业家李平秋先生捐资设立黄天骥学术基金，用于支持我系古代戏曲和古代文学等学科的发展。李平秋先生1983年毕业于中山大学中文系，之后投身于市场经济大潮，艰苦创业，努力打拼，取得了事业的成功；在事业有所成就的时候，却不忘回报社会。他有感于母系的培育之恩，倾心敬佩黄天骥先生的师德人品，因而出资设立以黄天骥先生命名的学术基金，其拳拳赤子之心，殷殷校友之情，令人感佩。

这样一来，我们除了王季思学术基金之外，又有了黄天骥学术基金。两个基金虽然命名不同，其宗旨则是一以贯之的，即为传承和弘扬我国优秀传统文化推进古代戏曲、古代文学的研究而添砖加瓦，略尽绵薄。根据这一宗旨，我们将把两个基金的增值部分合并在一起使用。其中继续资助出版中青年学者高质量的研究成果，帮助中青年学者在学术上更快地成长，仍然是两个基金的主要工作。

王季思先生是中山大学中文系古代戏曲、古代文学学科的开拓者、奠基人；黄天骥先生是继王季思先生之后中山大学中文系古代戏曲、古代文学学科的领军人物，在海内外学术界享有崇高的威望。两位先生的共同特点是不仅重视学术的创造,同时也注重学术的传承,他们都倾力培养后学,提携奖掖不遗余力,这也正是中山大学中文系古代戏曲、古代文学学科能够生生不息,始终充满活力,并不断有创造性成果涌现的原因。

学术的发展离不开传承,也离不开积累,我们所做的正是传承和积累的工作。这一工作也许一时半会儿看不出明显的效果,但正如黄天骥先生在本丛书的"前记一"中所说的:"只要持之以恒,锲而不舍,日积月累,代代相传,我们一定能在祖国学术领域的南天,垒筑起一座丰碑。"

让我们以此互勉。

2006 年 11 月 16 日于中山大学

# 前　言

　　中国古代戏曲，自孕育产生到发展成熟，经历了十分漫长的过程，元代的北杂剧，让人们第一次清晰、完整地看到了它的面目。那种名家如灿烂之群星、名作如遍地之丛林的繁荣局面，在世界戏剧史上是罕见的。

　　然而，考察中国戏曲史，我们每每会觉得，元代北杂剧的繁荣局面出现得十分突然，它像一轮刹那间冲破无边黑暗、高悬于中天的太阳，在还没来得及搞清它的来龙去脉的时候，已将耀眼的光辉洒满大地。那阳光使人振奋、使人陶醉、使人自豪不已。欣喜之余，便不免提出这样的问题：盛极一时的北杂剧的母体在哪里？这一完备戏曲形式的源头在哪里？它发展演变的轨迹应到何处去寻？

　　宋金杂剧，上承唐戏传统，下开元明清戏曲繁荣局面，是中国古代戏曲从幼稚向成熟飞跃的代表戏剧形式，是连接前后两个戏剧时代的重要桥梁。长期以来，学术界对它并未予以充分的关注和认真的研究，一方面是由于人们多把注意力集中在元代以后戏曲的繁荣与高潮阶段，而冷落了这尚未完全成熟的戏曲形式；另一方面则由于宋金杂剧没有剧本流传，没有系统的史料记载，零星散乱的材料给研究造成了极大的困难。

　　《宋元戏曲考》问世，将久为人们鄙视的戏曲提高到可与唐诗、宋词并驾齐驱的地位，书中，王国维先生列出"宋之滑稽戏"、"宋之小说杂戏"、"宋之乐曲"、"宋官本杂剧段数"、"金院本名目"几章，开始了对宋金杂剧的系统研究。将近一个世纪以来，虽然出现过如《中国戏剧史长编》（周贻白著）、《中国近世戏曲史》（青木正儿著）、《中国戏曲通史》（张庚、郭汉城著）、《宋元伎艺杂考》（李啸仓著）、《宋金杂剧考》（胡忌著）、《古剧说汇》（冯沅君著）、《话本与古剧》（谭正璧著）、《宋代歌舞剧曲录要》（刘永济著）、《中国古代戏剧史》（唐文标著）等戏曲研究著作，但对宋金杂剧的研究方法、研究范围与深度都未超出《宋元戏曲考》：

一、以《官本杂剧段数》和《院本名目》作为宋金杂剧的唯一代表；

二、宋金杂剧包括滑稽戏和歌舞戏两大类；

三、研究范围过多地集中于宫廷、京城，极少顾及乡村；

四、研究方法单一，过多地考证文字史料，就事论事，没能运用新材料、新方法多侧面地揭示宋金杂剧的真实面目。

进一步全面系统地研究宋金杂剧，对弥补中国古代戏曲史研究的薄弱环节，明辨元明北杂剧形成、繁荣的轨迹，更清晰地揭示中国古代戏曲起源、发展、形成、繁荣的规律都十分重要的意义。

近年来，戏曲研究方法的更新、研究范围的拓展和戏曲文物的大量发现，为宋金杂剧的研究提供了较为有利的条件。本书以新中国成立以来发现的戏曲文物为中心，辅以历代文字史料，力图用社会学、经济学、市场学、人类学、考古学、宗教民俗学的方法，在更加广阔的背景上多侧面、立体化地勾画出宋金杂剧的面貌，使后来者减少在宋金杂剧研究上的搔首与盘桓。

由于功底笔力所限，这里的研究结果只能说是向宋金杂剧的本来面目逼近了一步，更深入的研究还有待于学术界的共同努力。

景李虎
1996年6月

# 目 录

第一章　宋金杂剧概貌 …………………………………（1）
　第一节　宋金辽的文化关系 ……………………………（1）
　第二节　宋金时期的三个戏剧圈 ………………………（9）
第二章　宋金杂剧的艺术体制 …………………………（20）
　第一节　偏重说白、滑稽成分较浓的杂剧
　　　　　形式 ……………………………………………（21）
　第二节　偏重歌舞的杂剧形式 …………………………（27）
　第三节　偏重故事表演、综合性较强的杂剧
　　　　　形式 ……………………………………………（35）
第三章　宋金杂剧的表演场所 …………………………（44）
　第一节　宋金杂剧表演场所的形式 ……………………（44）
　第二节　神庙文化与中国古代剧场 ……………………（58）
第四章　宋金杂剧的角色 ………………………………（75）
　第一节　宋金杂剧角色考述 ……………………………（76）
　第二节　宋金杂剧角色名称来源考辨 …………………（95）
　第三节　宋金杂剧角色的意义 …………………………（103）
第五章　宋金杂剧的化妆 ………………………………（109）
　第一节　宋金杂剧的化妆考述 …………………………（110）
　第二节　化妆的意义 ……………………………………（118）
第六章　宋金戏剧观念 …………………………………（125）

### 第七章　宋金杂剧发展成长的社会文化动力 …（138）
　第一节　神庙文化 ……………………（138）
　第二节　瓦舍文化 ……………………（148）
　第三节　神庙文化与瓦舍文化的关系和
　　　　　作用 …………………………（151）
### 附　录 ………………………………………（154）
　永乐宫龙虎殿考论 ……………………（154）
　宋金杂剧表演形式的新发现
　　——山西高平县西李门村二仙庙露台
　　　杂剧线刻图研究 …………………（162）
　从山西稷山段氏墓群戏曲砖雕看北杂剧的
　　发展与成熟 …………………………（173）
　锣鼓杂戏、赛戏
　　——宋杂剧的遗存 …………………（181）
　剧场的演进与戏剧的发展 ……………（192）
　《扇鼓神谱》
　　——古代中原傩文化的遗存 ………（208）
　从扇鼓傩戏看宗教祭祀在戏剧起源发展上的
　　意义
　　——兼论扇鼓傩祭活动的流变 ……（225）
　试论戏曲产生发展的多元性 …………（240）
　元代南戏《赵氏孤儿记》的重要价值及版本
　　源流 …………………………………（252）
### 后　记 ………………………………………（264）
### 再　记 ………………………………………（267）

# 第一章 宋金杂剧概貌

## 第一节 宋金辽的文化关系

宋金杂剧，上承唐戏传统，下开元明清戏曲高潮，它是10世纪中叶到13世纪后期宋、辽、金统治下整个中原地区的代表戏剧形式。

960年，后周世宗柴荣手下的禁军统帅赵匡胤在汴京以北20里的陈桥驿"黄袍加身"，开始了宋王朝统治中国的历史，从此结束了五代十国时期的混乱割据局面，国家重归于统一。在此后的3个多世纪中，以宋王朝为中心，在它的西面和北面先后出现过大理、吐蕃、夏、辽、金、渤海等少数民族政权。围绕着江山社稷、土地人民，宋王朝与这些少数民族政权之间出现了长期的征服与反征服、扩张与反扩张、掠夺与反掠夺的战争。这种且战且和、既打又拉、官方对立民间交流的情形，构成了10世纪中叶到13世纪后期中华各民族关系史的重要内容，宋金杂剧就是这一时期戏剧的代表。

在几个少数民族政权中，与宋王朝发生联系最多的是夏、辽、金。

夏，又称西夏，是居住于我国西北部的党项族建立的少数民族政权。党项族从唐代开始臣属于中原王朝，五代十国时迅速崛起。北宋王朝建立，采取了民族歧视政策，实行经济封锁，加深了党项族与汉民族的矛盾。993年，党项人在自己民族首领的率领下奋起反宋，骚扰掠夺宋王朝所属的西北边境地区，并攻陷了一些城池。宋军在战斗中处处挨打，连连失败，加上辽军在北方的威胁，只好讲和。1006年（宋景德三年），宋以绢1万匹、钱3万贯、白银1万两、茶叶2万斤以及高官爵位等代价笼络安抚党项族，此后在北宋与党项族之间出现了20多年的和平局面，边境贸易十分活跃。1038年（宋宝元元年，西夏天授礼法延祚元年）景宗赵元昊称帝，在东到黄河西至玉门关的广袤地区建立大夏王朝，开始了对宋西北边境的又一场大规模的蚕食与掠夺。1040年（宋康定元年，西夏天授礼法延祚三年）宋夏交兵再度开始，几年中，西夏多次取胜，但也损失惨重。1043年（宋庆历三年，西夏天授礼法延祚六年）再度议和，双方恢复边境贸易市场，西夏向宋称臣，宋王朝封赵元昊为夏国王，每年给西夏银7.2万两、绢帛15.3万匹、茶3万斤。从此宋夏之间维持了长时间的和平友好关系。

辽，是由生活在我国东北地区的契丹族建立的地方政权。辽的奠基者是辽太祖耶律阿保机，947年辽太宗耶律德光时正式称"辽"，统治着包括今黑龙江、吉林、辽宁、内蒙古自治区以及今河北、山西北部的北中国广大地区。早在唐代，契丹族与中原王朝就有军事冲突，宋朝建立，辽军又不断南侵，宋辽关系十分紧张。979年（宋太平兴国四年，辽乾亨元年）宋辽之间爆发了第一次大规模的战争。此时，宋太宗赵匡义消灭了北汉政权，乘胜北上，意欲收复被辽占据的幽云十六州，结果在高梁河大败。980年（宋太平兴国五年，辽乾亨二年）辽军进攻雁门关，宋朝杨业一军出奇制胜，打败辽军，北方的形势暂时稳定下来。986年（宋雍熙三年，辽统和四年）宋太宗赵匡义亲自指挥宋军，开始了收复幽云十六州的第二次大规模军事行动。战争一开始很顺利，但后来几路宋军配合失误，个别将领贪功妄为，又以失败告终。此后，辽军频频挥鞭南下。1004 年（宋景德元年，辽统和二十二年）辽萧太后与辽圣宗亲率大军南下深入宋境，直逼澶渊，宋真宗本要迁都南逃，在宰相寇准及主战派将领力促下，率军北上，于澶州城下小胜辽军，辽恐背腹受敌，双方议和，于 1005 年（宋景德二年，辽统和二十三年）共订澶渊之盟，辽圣宗称宋真宗为兄，宋每年助辽军旅之费银 10 万两、绢 20 万匹。此后，宋辽间维持了近 120 年的和平关系。

生活于白山黑水间的女真民族原称靺鞨，唐朝时建立了渤海地方政权，成为唐朝的藩部。契丹灭渤海，女真人沦于辽的统治之下。1114 年（宋政和四年，辽天庆四年），民族部落间取得统一的女真人在民族英雄完颜阿骨打领导下，誓师反辽，一举攻克宁江城。1115 年（宋政和五年，辽天庆五年）完颜阿骨打称帝，国号为金，建元"收国"，定都会宁（今黑龙江阿城县南白城）。此后 10 余年，金兵乘胜向西向南突进，接连攻取辽之东京（辽阳府，今辽宁辽阳市）、上京（临潢府，今内蒙古巴林左旗）、中京（大定府，今内蒙古宁城县）、西京（大同府，今山西大同市）、南京（析津府，今北京市）。1125 年（宋宣和七年，金天会三年，辽保大五年），金军俘获辽天祚帝，灭辽。1126 年（宋靖康元年，金天会四年）冬，金兵破汴京，灭北宋，于是在南宋、西夏、蒙古鞑靼之间，出现了一个生机勃勃的新王朝——大金。

金兵南下之初，曾一度与北宋联合击辽，在与南宋对峙的 100 多年中，宋金之战集中于南宋初年，自金熙宗完颜亶（1135 年至 1148 年）时起，形成了和平对峙局面，此后虽在双方交界的前线地区出现一些拉锯式的战斗，但各自后方腹地的经济文化发展没有受到太大的影响。

在宋、辽、金、西夏几个政权的消长更迭中，战争是暂时的，和平是长期的；敌视对峙是次要的，交流沟通是主要的；官方军队多欺诈交兵,民间百姓则和平相处。几个政权中,政治、经济、文化实力最强的是宋,其次依次是金、辽、西夏。几个少数民族政权大肆掠夺、征服中原汉族政权的过程中,无一例外地走了先以铁骑弓箭相加,继而下马拜倒向他的"敌人"学习的路子。学习的内容从文字、官职设置、国家典章制度、耕作方式、生活习惯、文化艺术,乃至尊儒宗圣的汉族文化传统,样样有之,正如马克思所说:"野蛮的征服者总是被那些他们所征服的民族的较高文明所征服。"①因此,以中原汉族政权和文化为中心,在宋、辽、金、西夏统治的广大地区形成了一个本质相同,又融合各民族各地区特色的大的中华民族文化圈。

宋代的戏剧形式是杂剧,但实际上杂剧的流行并不限于宋王朝统治区,在辽、金统治区都有与宋地杂剧相同的戏剧形式。宋人周密在《齐东野语》卷二十中载有:

> 坡公《独乐园》诗云:"儿童诵君实,走卒知司马。"京师之贪污不才者,人皆指笑之曰:"你好个司马家。"文潞公留守北京日,尝遣人入辽侦事。回见辽主大宴群臣,伶人剧戏作衣冠者,见物必攫取怀之。有从其后以物仆之,云:"汝司马端明邪?"是虽夷狄亦知之,岂止儿童走卒哉!

这里的"伶人剧戏"便是搬演杂剧,其表演特点与宋地的杂剧全无二致。《宋史》卷二百九十七《列传》第五十六中有:

> 奉使契丹,道(指孔道辅)除右司谏,龙图阁待制。契丹宴使者,优人以文宣王为戏,道辅拂然径出。契丹使主客者邀道辅还坐,且令谢之。道辅正色曰:"中国与北朝通好,以礼文相接。今俳优之徒,慢侮先圣而不之禁,北朝之过也,道辅何谢!"契丹君臣默然。

类似该不该以先圣君王为戏的争执在宋地的杂剧表演中也常发

生。《辽史》卷一百九《列传》第三十九为辽宫中优人罗衣轻作传曰：

罗衣轻，不知其乡里。滑稽通变，一时谐谑，多所规讽。

兴宗败于李元昊也，单骑突出，几不得脱。先是，元昊获辽人，辄劓其鼻，有奔北者，惟恐追及。故罗衣轻止之曰："且观鼻在否？"上怒，以毳索系帐后，将杀之。太子笑曰："打诨底不是黄幡绰！"罗衣轻应声曰："行兵底亦不是唐太宗！"上闻而释之。

《辽史》卷五十四载《散乐》：

殷人作靡靡之乐，其声往而不反，流为郑、卫之声。秦、汉之间，秦、楚声作。郑、卫浸亡。汉武帝以李延年典乐府，称用西凉之声。今之散乐，俳优、歌舞杂进，往往汉乐府之遗声。晋天福三年，遣刘昫以伶官来归，辽有散乐，盖由此矣。

辽册皇后仪：呈百戏、角抵、戏马以为乐。

皇帝生辰乐次：

酒一行，觱篥起，歌。

酒二行，歌，手伎入。

酒三行，琵琶独弹。

饼、茶、致语。

食入，杂剧进。

酒四行，阙。

酒五行，笙独吹，鼓笛进。

酒六行，筝独弹，筑毬。

酒七行，歌曲破，角抵。

曲宴宋国使乐次：

酒一行，觱篥起，歌。

酒二行，歌。
酒三行，歌，手伎入。
酒四行，琵琶独弹。
　　　　饼、茶、致语。
　　　　食入，杂剧进。
酒五行，阙。
酒六行，笙独吹，合《法曲》。
酒七行，筝独弹。
酒八行，歌，击架乐。
酒九行，歌，角抵。
散乐器：觱篥、箫、笛、笙、琵琶、五弦、箜篌、筝、方响、杖鼓、第二鼓、第三鼓、腰鼓、大鼓、鞚、拍板。
杂戏：自齐景公用倡优侏儒，至汉武帝设鱼龙曼延之戏，后汉有绳舞、自刳之伎，杜佑以为多幻术，皆出西域。哇俚不经，故不具述。

这里的进乐形式、乐次、乐曲、乐器、百戏、杂剧全与宋地相同。从其"不具述"的口气看，杂剧内容极为丰富。《辽金元宫词》中，清人陆长春赞叹辽宫中杂剧演出曰：

竿木逢场一笑看，内家装束易黄冠。君臣宴乐团栾坐，始信天朝礼数宽。

《契丹国志》：兴宗常夜宴，与刘四端兄弟、王纲入伶人乐队，命后妃易衣为女道士。后父萧磨只曰："汉番百官皆在，后妃入戏，恐非所宜。"帝击磨只败面曰："我尚为之，若女何人耶？"

"命后妃易衣为女道士"必为表演故事而设。皇帝、后妃加入优伶行列，颇似宋宫中徽宗皇帝与蔡攸等人的杂剧表演。

金人灭辽、灭北宋，不但大肆掳掠宋、辽宫廷中的歌舞，百戏、杂剧艺人,而且获得了原先宋王朝统治下北中国这块物质文明、文化艺术都很发达的肥沃土地,戏剧艺术没有离开它生长的土壤,又遇到新的异质文化水源的灌溉,戏剧之树生机勃发,成为一代艺术的代表,因此,才将10世纪中叶到13世纪末中国的戏剧艺术称为"宋金杂剧"。

宋人徐梦莘在《三朝北盟会编》卷二十"宣和七年正月二十日壬辰诏差奉议郎尚书司封员外郎许亢宗,充贺大金皇帝登宝位国信使武大夫广南西路廉访使童绪副之管押礼物官钟邦直"中,记录了宋使在金地的所见所闻,其中有:

……自兴州四十里至咸州,未至州一里许,有幕屋数间,供帐略备,州守出迎,礼仪如制。就坐,乐作,有腰鼓、芦管、笛、琵琶、方响、筝、笙、箜篌、大鼓、拍板,曲调与中朝一同。

……次日,诣房廷,赴花宴并如仪,酒三行,则乐作,鸣钲,击鼓,百戏出场。有大旗、狮豹、刀牌、砑鼓、踏索、上竿、斗跳、弄丸、挝籤旗、筑毬、角觝、斗鸡、杂剧等,服色鲜明,颇类中朝。又有五六妇人,涂丹粉,艳衣立于百戏后,各持两镜,高下其手,镜光闪烁,如祠庙所画电母,此为异尔。

可以看出,金地的音乐、歌舞、百戏、杂剧与宋地几无差别,只是"五六妇人,涂丹粉,艳衣立于百戏后,各持两镜,高下其手,镜光闪烁"造成的变幻迷离、斑斓多彩的效果是宋地所无。

靖康元年(1126)冬十一月二十五日,金人攻陷北宋京城汴梁,在宋王朝自身难保的混乱之机,金人仗势对宋大加要挟、肆意掠夺,"以至求妓乐、珍禽、驯象之类,靡不从之"[②]。其中,乐舞、百戏、杂剧艺人是金人索要的主要对象之一。《三朝北盟会编》卷七十七"金人来索诸色人"中载:

金人来索御前侍候、方脉医人、教坊乐人、内侍官四十五人，露台侍候妓女千人。蔡京、童贯、王黼、梁师成等家歌舞及宫女数百人。先是，权贵家歌舞及内侍人，自上即位后皆散出民间。令开封府勒牙人、婆媒人追寻。又要御前后苑作文思院、上下界明堂所修内司军器监工匠广固搭材兵三千余人；做腰带帽子、打造金银、系笔和墨雕刻图画工匠三百余家；杂剧、说话、弄影戏、小说、嘌唱、弄傀儡、打筋斗、弹筝、琵琶、吹笙等艺人一百五十余家，令开封府押赴军前。

同书卷七十八"三十日庚申驾在青城，官吏士庶云集候驾，金人又索诸人物"中载：

> 是日又取画工百人，医官二百人，诸般百戏一百人，教坊四百人……弟子簾前小唱二十人，杂戏一百五十人，舞旋弟子五十人……御前法服仪仗、内家乐女、乐器、大晟乐器、钧容班一百人并乐器……

趁战乱之机，金人将这些乐舞、杂剧、百戏艺人和医人工匠等经长途跋涉，押赴燕山，以充实其宫廷。

当南宋与金南北对峙局面形成且趋于稳定时，在金统治区，杂剧成了最常见的娱乐形式之一。《金史》卷三十八中载"新定夏使仪注"中有：

> 第四日，命押宴官、赐宴官就馆宴……引都官、上中节分左右上厅，北入，南为上，立。下节于西廊下南入，北为上，立。候押宴等初盏皆，乐声尽，坐。至五盏后食，六盏、七盏杂剧。

宋室南迁，金王朝占据了中原之地，在替代其政权的同时，原有的文化艺术也被全部接收了。《金史》卷六十四中有：

> 自钦怀皇后没世，中宫虚位久，章宗意属李氏。而国朝故事，皆徒单、唐括、蒲察、拏懒仆散、纥石烈、乌林荅、乌古论诸部部长之家，世为姻婚，取后尚主，

而李氏微甚。至是，章宗果欲立之，大臣固执不从，台
谏以为言，帝不得已，晋封为元妃，而势位熏赫，与皇
后侔矣。一日，章宗宴宫中，优人瑇瑁头者戏于前。或
问："上国有何符瑞？"优曰："汝不闻凤皇见乎？"其
人曰："知之，而未闻其详。"优曰："其飞有四，所应
亦异。若向上飞则风雨顺时，向下飞则五谷丰登，向外
飞则四国来朝，向里飞则加官进禄。"上笑而罢。

这与宋宫廷中讽刺时政、插科打诨的杂剧完全相同。

除这些记载外，能够全面反映金代戏剧面貌的是陶宗仪《南村辍耕录》卷二十五载《院本名目》690 种金代院本剧目和至今保留下来的大量金代戏曲文物，从中不但可以看到宋金戏剧同一辙，而且可以看到金代戏剧在形态上高于宋代戏剧，成为产生元代北杂剧的母体。

总的说来，在 10 世纪中叶到 13 世纪末期。宋、金、辽、西夏统治下的中国大地，虽有战乱征伐，但和平与交流是其主流，政治、经济、文化有同一、融合的发展趋势，宋、金、辽的音乐、艺术、戏剧的关系十分密切，完全一致的戏剧形态共同构成了这一时期中国戏剧的全貌。

## 第二节　宋金时期的三个戏剧圈

戏剧圈，是指在某一时期、某一地域中形成的戏剧繁荣的文化现象。戏剧圈的形成除了戏剧本身因素之外，还与特定地域的历史文化传统、风俗民情密切相关。

宋金时期的戏剧圈有三个：一是以北宋京城汴梁为中心，代表了北宋和金代戏剧面貌、戏剧成就的北方戏剧圈；二是以南宋都城临安为中心、代表了南宋戏剧面貌的南方戏剧圈；三是以成都为中心的蜀中戏剧圈。

北方戏剧圈，以汴京为中心，地域上包括了汴京及其周围地区和黄河以北的河东路，即今之河南省的中部、西部、北部和山西省的南部、东南部。

北方戏剧圈的繁荣在时间上分前后两个时期：前期即北宋时期，后期是金王朝统治时期。

北宋时期，汴京是全国的政治、经济、文化中心，当然也是戏剧中心。与当时汴京的统治地位相同，汴京的戏剧也处于当时戏剧文化的统治地位，汴京的杂剧成了北宋和辽地杂剧，特别是汴京周围地区杂剧的楷模，它的形态和发展变化直接影响着当时的剧坛。

在北宋时期以汴京为中心的北方戏剧圈中，从宫廷到民间、从都城到山乡，戏剧艺术与戏剧活动深入生活、融入生活——戏剧与人们的日常生活相结合、戏剧与宗教活动相结合、戏剧与丧葬习俗相结合，形成了一种以戏剧为中心的文化现象。今天，保留在这一地域的大量戏曲文物仍能使我们感受到这种戏剧文化的浓烈氛围。诸如：河南禹县白沙宋墓杂剧砖雕[3]、河南偃师酒流沟水库宋墓杂剧砖雕[4]、河南温县宋墓杂剧砖雕[5]、《丁都赛》砖雕[6]、河南荥阳东槐西村朱三翁石棺杂剧线刻[7]、河南南召云阳宋墓傀儡戏砖雕[8]、河南济源宋代瓷枕傀儡戏彩画[9]、河南林县宋代"张家造"瓷枕[10]、山西浮山上东村宋墓壁画[11]、山西万荣桥上村后土庙宋代戏剧碑刻[12]、山西沁县关帝庙宋代戏剧碑刻[13]、山西平顺九天圣母庙宋代戏剧碑刻[14]、河北宣化辽墓乐舞壁画[15]、辽宁解放营子辽墓乐舞壁画[16]。

这一时期，汴京在全国的政治、经济、文化、艺术方面居绝对的统治地位，这种居高临下的统摄作用表现在戏剧方面，形成了以汴京的杂剧为中心，各地戏剧向它靠拢、向它看齐的"众星捧月"的局势。这样，汴京的杂剧，一方面成为戏剧界的一面旗帜，另一方面在一定程度上对京城以外的杂剧形成一种压抑和阻碍，使它们无法超越京城的"权威"而自由地发展。

从戏曲文物的分布上看，北方戏剧圈繁荣前期的重心在汴京及其周围的今河南省境内；河东路，即今山西省南部和东南部处于其外围的从属地位。

从戏曲文物的种类上看，这一时期的戏曲文物形式稍稍趋于单一，计有戏台碑记、壁画、线刻、浮雕砖刻；风格上，这一时期戏曲文物的笔法、刀法以细腻为主，线条细致、密集，特别注重表现细节，衣着、动作、装饰、砌末的刻画一丝不苟，雕刻技法和效果上给人以尽善尽美的印象；砖雕内容上，从杂剧角色的类别、服饰到伴奏乐人的服饰，乃至所用砌末、乐器全部以宫廷和京城为样板，表现出严肃的、正统的、雍容华贵的气派，特别加上农村中出土的京城著名杂剧演员《丁都赛》砖雕这样的典型例证，越发突出了这一时期杂剧活动以汴京为中心的向心力和凝聚力。

金王朝建立，以会宁（今黑龙江阿城县南白城）为都城，海陵王完颜亮时迁都燕京（今北京），金末宣宗时才迁都开封。金人南下灭辽、灭北宋，北方戏剧圈的戏剧发展由前期进入后期，杂剧处于金王朝统治下，成为金代戏剧的代表。此时，北方戏剧圈出现了新的特点：

第一，与政治、经济上的骤然衰落相一致，此时汴京在剧坛也失去了往日的统治地位。一方面，宋王朝南迁，政治中心地位不复存在，金人大肆掳掠，破坏了经济文化的原有平衡和人们的日常生活秩序，北宋时期京城杂剧活动的各种有利因素被损害了；另一方面，金人攻破汴京，大量索要宫廷和京城中的歌舞、百戏、伎艺、杂剧艺人和医人、工匠等各种手工业艺人。这些艺人有的被押往燕京，有的被迫流落民间，因此，北方戏剧圈前期那种以汴京为中心的"众星捧月"的局面被打破了，代之而起的是群龙无首和遍地开花的戏剧局面。经过撕心裂肺的剧痛之后，北方的戏剧经过调整，在这块有着久远文化传统和丰富戏剧营养的肥沃土地上重新焕发出勃勃生机。此时，它很少受宫廷样板、统治者好恶和各种政治因素的影响，在满是春风阳光的山间田野中获得了自由自在的成长和发展。

第二，辽和北宋灭亡后，黄河以北地区成为金王朝统治区的后方和腹地，社会安定，经济文化迅速发展，黄河以南地区则成为宋金拉锯式战争的前沿，战火频频，社会经济处于不稳定状态，因此，到金王朝统治时期的北方戏剧圈的后期，戏剧圈的重心从原来的黄河以南汴京及其周围地区转移到黄河以北地区，即今山西省的南部和东部地区，金代的戏曲文物大多数分布在这一地区。今所发现的有：山西阳城屯城村东岳庙金代戏台遗址[17]、山西繁峙岩上寺金代壁画[18]、山西垣曲后窑金墓杂剧砖雕[19]、山西垣曲古城金代杂剧砖雕[20]、山西稷山马村段氏墓群M1、M2、M3、M4、M5、M8号墓杂剧砖雕[21]、山西稷山化峪M2、M3号金墓杂剧砖雕[22]、山西稷山苗圃金墓杂剧砖雕[23]、山西侯马董氏墓戏台模型及戏俑[24]、山西襄汾南董金墓乐舞砖雕[25]、山西曲沃常家村金代乐舞砖雕[26]、山西新绛南范庄金墓乐舞砖雕[27]、山西洪洞金代经幢[28]、山西芮城博物馆金代修露台记碑[29]、山西临汾东亢村圣母祠金代戏台[30]、山西高平西李门二仙庙金代露台及杂剧乐舞石刻[31]。

汴京周围的黄河以南地区的戏曲文物数量明显减少，计有：河南温县博物馆藏金代五人杂剧砖雕[32]、河南温县博物馆藏金代单人戏雕[33]、河南修武石棺《小石调·嘉庆乐》线刻[34]、河南焦作邹瑓墓杂剧线刻[35]、河南焦作金墓社火杂剧砖俑[36]、河南洛宁上村金代社火杂剧砖雕[37]、河南登封中岳庙金代庙图碑[38]、河南安阳蒋村金墓戏台模型及戏俑[39]。

没有稳定的政治和发达的经济，艺术的发展便失去了基础。

第三，金王朝统治下的北中国，中原汉族文化与女真文化两种异质文化发生碰撞,两种文化都注入了新的活力,迸发出耀眼的火花。原来在中原汉民族文化基础上形成的杂剧吸收了女真异质文化的营养,迅速蜕变成长,孕育出了中国第一种成熟的戏剧形式——元代北杂剧。

金人铁骑攻陷汴京,消灭了北宋,给北中国造成了战乱与不幸,然而这种政治经济的不幸在某种程度上说正是戏剧的幸运——金王朝把宋室君臣赶到了江南,金王朝自己的政治重心又放在会宁、燕京,这样造成了广大中原地带政治统治上的巨大空间,给戏剧自由发展开辟了一片广阔的天地。金王朝推翻北宋打破了北方戏剧圈按部就班发展的节奏,女真文化的刺激给戏剧飞跃带来新的契机。戏剧流落民间不但广泛与民间俗艺、俗曲相结合,而且与来自远方异域的文艺形式相结合,促使戏剧成长步伐加快。很明显的事实——宋室南迁不但是政治重心的南移,原来北宋时期的戏剧和戏剧传统也被带到了临安,应该作为中国戏剧传统之正统代表的南方杂剧没有大的作为,相反北方"沦陷区"内戏剧的成熟拔了头筹,女真异质文化对中国戏剧促进作用之大便不言而喻了。有元以后,许多曲学家都指出,北杂剧是胡人马上之音或胡人马上杀伐之音,意之所指正在这里。

女真文化如何与北方戏剧圈相结合,这是一个复杂的艺术问题,但这一无可置疑的事实是有具体例证可资稽考的:山西高平县牛庄乡西李门村二仙庙内有金代正隆二年露台一座[40],露台正面嵌金人乐舞线刻图一幅,图中七人,或舞蹈、或奏乐、或击节、或观看,表现了女真族的乐舞风貌;露台右侧嵌汉人杂剧图一幅,图中十人,五男五女,除参军色和两个舞蹈演员外,其余七人均执乐器伴奏。两幅石刻嵌于同一露台,不但可以看到当时这一地区乐舞杂剧的形式和种类,而且反映了两种文化的融合与渗透。

这一时期的戏曲文物数量上超过了前期,种类也更加丰富,有戏台、露台、壁画、碑记、石刻、砖刻；风格上以简单、粗犷为特点，线条简练、笔法简洁，给人以古朴粗拙的印象；雕刻的类别中，有浅浮雕、高浮雕、砖俑、线刻等，有以砖为坯刻出的，还有模制的；有自然色的，还有专门着色的；雕刻内容中衣着、装饰的整饬华贵的宫廷风格消失了，接近生活、接近大众的世俗化倾向明显增加。这种将戏曲与宗教民俗、建筑雕刻、婚姻丧葬相结合的戏剧文化现象一直持续未断，为戏曲研究提供了大量珍贵史料。

以临安为中心的南方戏剧圈自成一体，特别是宋室南迁之后，随着宋王朝政治经济文化重心南移，它成为南宋戏剧的代表。

南方戏剧圈的地域范围较难界定。内容上，这一戏剧圈的内涵也要复杂得多，除了这里原有的、及其随宋王朝南迁而来的杂剧之外，还应包括南戏。戏曲文物方面，除两幅宋杂剧绢画[41]外，在江西鄱阳县和浙江黄岩县发现过宋代戏俑和砖雕[42]，其中前者与杂剧相关，后者表现的是南戏。关于这一戏剧圈存在着一连串的问题——宋金杂剧在以临安为中心的南方戏剧圈中的面貌和金人统治下的同一时期北方戏剧圈中杂剧的面貌有何不同？宋金杂剧和南戏的关系如何？南方戏剧圈中的宋金杂剧一支下落如何？这些都是中国戏曲史研究中亟待解决的重要问题，然而也是目前还无力解决的问题，因此，在这里只能作为课题提出。

以成都为中心的蜀杂剧圈的形成，一方面源于蜀地久远的戏剧传统，另一方面则由于地理因素。

"杂剧"一词，最早见于晚唐。《全唐文·李文饶文集》中载《论故循州司马杜元颖追赠》之第二状中载有：

> 比闻外议，皆以元颖不能绥抚南蛮，又无备御，责此二事，以为愆尤。蛮退后，京城传说："驱掠五万余人，音乐伎巧，无不荡尽"……臣德裕到镇后，差官

> 于蛮，经历州县，一一勘寻，皆得来名，具在案牍。蛮兵掠九千人；成都郭下、成都华阳两县，只有八十人。其中一人是子女锦锦，杂剧丈夫两人，医眼太秦僧一人。余并是寻常百姓，并非工巧……

这里陈述的即是蜀中成都之事，"杂剧丈夫"属于"音乐伎巧"之列，应指戏剧演员。

蜀中四面环山，地势险要，交通不便，与外界联系困难，长期以来形成了有蜀中特色的文化传统。戏剧方面，宋代蜀中的"撼雷杂剧"十分有名，宋人庄绰《鸡肋编》卷上有：

> 成都自上元至四月十八日，游赏几无虚辰。使宅后圃名西园，春时纵人行乐。初开园日，酒坊两户各求优人之善者，较艺于府会。以骰子置于合子中撼之，视数多者得先，谓之"撼雷"。自旦至暮，唯杂戏一色。坐于阅武场，环庭皆府官宅看棚，棚外始作高凳，庶民男左女右，立于其上如山。每诨一笑，须筵中阕堂，众庶皆噱者，始以青红小旗各插于垫上为记。至晚，较旗多者为胜。若上下不同笑者，不以为数也。

这里的"杂戏"即是杂剧。由这段记载可以看出其演出的几个特点：时间长——自上元至四月十八日，几近百日；剧目丰富——仅两个戏班，"自旦至暮"在一整天的时间内连续不断地轮流演出，因而每个戏班中必须有许多剧目才足以应付；观众多——"坐于阅武场"，内看棚，外高凳，"庶民男左女右，立于其上如山"；竞争性强——这里不是一般的演出，而是两个戏班当场角胜，因而要求演员的演技要高，演出形式和剧目都要新颖动人；演出效果由观众当场评判——这一点不同于王宫贵族府中和一般的酒宴前的杂剧演出，这里没有忌讳，没有限制，唯一的标准便是符合观众的兴趣与爱好。可以看出，这里的演出活动已蔚然成风，观看杂剧表演成为普遍的社会习俗，这种公众参与的大规模的演出竞赛活动在其他地域是未曾见过的。

久远的传统，频繁的演出，不仅培养了观众对杂剧的兴趣，而且造就了一大批优秀的杂剧演员。两宋时期，蜀中杂剧艺人文化素养之高、表演技巧之精湛普遍为人们所推崇。宋人岳珂《桯史》卷第十三中载：

> 蜀伶多能文，俳语率杂以经史，凡制帅幕府之燕集，多用之。嘉定初，吴畏斋帅成都，从行者多选人，类以京削系念，伶知其然。一日，为古衣冠服数人游于庭，自称孔门弟子，交质以姓氏，或曰"常"，或曰"于"，或曰"吾"。问其所莅官，则合而应曰："皆选人也。"固请析之，居首者率然对曰："子乃不我知，《论语》所谓'常从事于斯矣'，即某其人也。官为从事而系以姓，固理之然。"问其次，曰："亦出《论语》，'于从政乎何有？'盖即某官氏之称。"又问其次，曰："某又《论语》十七篇所谓'吾将仕'者。"遂相与叹咤，以选调为淹抑。有怂恿其旁曰："子之名不见于七十子，固圣门下第，盍扣十哲而受教焉？"如其言，见颜闵方在堂，群而请益，子骞蹙额曰："如之何？何必改。"兖公应之曰："然，回也不改。"众抚然不怡，曰："无已，质诸夫子。"如之，夫子不答，久而曰："钻遂改，火急可已矣。"坐客皆愧而笑。

除文字记载外，在四川广元市〇七二医院和罗家桥两地的宋墓中还出土了宋代杂剧、乐舞石刻若干块㊸，是蜀中杂剧、乐舞的形象展示。

可见，无论从哪方面看，蜀中是足以构成一个戏剧圈的。

总而言之，对于宋金杂剧的研究，虽然由于研究方法、研究角度的不同和材料所限不得不有所侧重，但应该看到，它所代表的是一个时代的戏剧，是几个民族、几种文化共同哺育下的戏剧，只有这样，才能正确估价宋金杂剧在中国民族文化史和中国戏剧史中的作用和地位。

---

**注释：**

①见马克思《不列颠在印度统治的未来结果》。
②见宋徐梦莘《三朝北盟会编》卷三十。
③见文物出版社1957年出版宿白《白沙宋墓》。《考古》1960年第9期徐苹芳《白沙宋墓中的杂剧砖雕》。山西师范大学戏曲文物研究所编《宋金元戏曲文物图论》图47、48。
④见《文物》1960年第5期徐苹芳《宋代的杂剧砖雕》。山西师范大学戏曲文物研究所编《宋金元戏曲文物图论》图49。
⑤见山西师范大学戏曲文物研究所编《宋金元戏曲文物图论》图52、53。《文物》1984年第8期廖奔《温县宋墓杂剧雕砖考》。
⑥见《文物》1980年第2期刘念兹《宋杂剧丁都赛雕砖考》。山西师范大学戏曲文物研究所编《宋金元戏曲文物图论》图57、58。
⑦见山西师范大学戏曲文物研究所编《宋金元戏曲文物图论》图61。
⑧见山西师范大学戏曲文物研究所编《宋金元戏曲文物图论》图95、96。
⑨见山西师范大学戏曲文物研究所编《宋金元戏曲文物图论》图97、98。
⑩见《文物》1981年第1期张增午《河南林县的两件北宋瓷枕》。廖奔《宋元戏曲文物与民俗》。
⑪见山西师范大学戏曲文物研究所编《宋金元戏曲文物图论》图56。《山西师大学报》1992年第1期景李虎、许颖《"竹竿子""参军色"考论》。
⑫见扬州师范学院编《曲苑》第一辑黄竹三、张守中、杨太康《从北宋舞楼的出现看中国戏曲的发展——山西中南部三通戏剧碑刻考述》。山西师范大学戏曲文物研究所编《宋金元戏曲文物图论》图103、104、附录二·一、附录二·二。
⑬见扬州师范学院编《曲苑》第一辑黄竹三、张守中、杨太康《从北宋舞楼的出现看中国戏曲的发展——山西中南部三通戏剧碑刻考述》。山西师范大学戏曲文物研究所编《宋金元戏曲文物图论》图105、106、附录二·三、附录二·四。
⑭见扬州师范学院编《曲苑》第一辑黄竹三、张守中、杨太康《从北宋舞楼的出现看中国戏曲的发展——山西中南部三通戏剧碑刻考述》。山西师范大学戏曲文物

研究所编《宋金元戏曲文物图论》图107、108、附录二·五、附录二·六。

⑮见《文物》1975年第8期河北省文物管理处、河北省博物馆《河北宣化辽壁画墓发掘简报》。山西师范大学戏曲文物研究所编《宋金元戏曲文物图论》图91。

⑯见山西师范大学戏曲文物研究所编《宋金元戏曲文物图论》图113。

⑰见《中华戏曲》第四辑寒声、常之坦、栗守田、原双喜《泽州三座宋金戏台的调查》。

⑱见《文物》1979年第2期潘絜兹《灵岩彩壁动心魄——岩上寺金代壁画小记》。山西师范大学戏曲文物研究所编《宋金元戏曲文物图论》图94。

⑲见山西师范大学戏曲文物研究所编《宋金元戏曲文物图论》图50。

⑳见山西师范大学戏曲文物研究所编《宋金元戏曲文物图论》图51。

㉑见《文物》1983年第1期山西省考古研究所《山西稷山金墓发掘简报》。山西师范大学戏曲文物研究所编《宋金元戏曲文物图论》图62～67。

㉒见《文物》1983年第1期山西省考古研究所《山西稷山金墓发掘简报》。山西师范大学戏曲文物研究所编《宋金元戏曲文物图论》图69、70。

㉓见《文物》1983年第1期山西省考古研究所《山西稷山金墓发掘简报》。山西师范大学戏曲文物研究所编《宋金元戏曲文物图论》图68。

㉔见《文物》1959年第10期周贻白《侯马董氏墓中五个砖俑的研究》。山西师范大学戏曲文物研究所编《宋金元戏曲文物图论》图71、72。

㉕见《文物》1979年第8期陶富海《山西襄汾县南董金墓清理简报》。山西师范大学戏曲文物研究所编《宋金元戏曲文物图论》图73～77。

㉖见《中华戏曲》第十辑窦楷《山西曲沃常家村金墓乐舞砖雕考述》。

㉗见《文物》1983年第1期山西省考古研究所《山西新绛南范庄、吴岭庄金元墓发掘简报》。山西师范大学戏曲文物研究所编《宋金元戏曲文物图论》图86。

㉘见山西师范大学戏曲文物研究所编《宋金元戏曲文物图论》图78～85。

㉙见山西师范大学戏曲文物研究所编《宋金元戏曲文物图论》图111、附录二·七。

㉚见山西师范大学戏曲文物研究所编《宋金元戏曲文物图论》图112。

㉛㊵见《文物》1991年第12期景李虎、王福才、延保全《金代乐舞杂剧石刻的新发现》。

㉜见山西师范大学戏曲文物研究所编《宋金元戏曲文物图论》图54。

㉝见山西师范大学戏曲文物研究所编《宋金元戏曲文物图论》图55。

㉞见山西师范大学戏曲文物研究所编《宋金元戏曲文物图论》图59。

㉟见《文物》1979年第8期河南省博物馆、焦作市博物馆《河南焦作金墓发掘

㉟简报》。山西师范大学戏曲文物研究所编《宋金元戏曲文物图论》图60。

㊱见《文物》1979年第8期河南省博物馆、焦作市博物馆《河南焦作金墓发掘简报》。山西师范大学戏曲文物研究所编《宋金元戏曲文物图论》图121~128。

㊲见《文物》1989年第2期廖奔、杨建民《河南洛宁上村宋金社火杂剧砖雕叙考》。

㊳见山西师范大学戏曲文物研究所编《宋金元戏曲文物图论》图109、110。

㊴见杨建民《中州戏曲历史文物考》。

㊶见山西师范大学戏曲文物研究所编《宋金元戏曲文物图论》图87、88。

㊷见《文物》1979年第4期唐山《江西鄱阳发现宋代戏剧俑》。《文物》1989年第2期王中河《浙江黄岩灵石寺塔发现北宋戏剧人物砖雕》。

㊸见廖奔《宋元戏曲文物与民俗》。

# 第二章 宋金杂剧的艺术体制

宋金杂剧,作为唐戏的发展和北杂剧的母体,处于由原始自然状态下的民间艺术向成熟的戏曲发展的阶段,粗略看来,它是一种戏剧形式,实际上这一戏剧形式还没有完全成熟——没有统一的体制、统一的艺术标准,而是一个丰富、庞杂的艺术综合体。其中包括了许多不同艺术形态、不同风格特点的表演形式。

宋金杂剧中所含表演形式种类之多,戏曲大师王国维最具慧眼,他在《宋元戏曲考·古剧之结构》中指出:

> 宋金以前杂剧院本,今无一存。又自其目观之,其结构与后世戏曲迥异,故谓之古剧。古剧者,非尽纯正之剧,而兼有竞技游戏在其中,既如前二章所述矣。盖古人杂剧,非瓦舍所演,则于燕集用之,瓦舍所演者,技艺甚多,不止杂剧一种;而燕集时所以娱耳目者,杂剧之外,亦尚有种种技艺。……即以杂剧言,其种类亦不一。正杂剧之前,有艳段,其后散段谓之杂扮,二者皆较正杂剧为简易。此种简易之剧,当以滑稽戏竞技游戏充之,故此等亦时冒杂剧之名,此在后世犹然。

在《宋元戏曲考·元杂剧之渊源》中又有:

> 由前数章之说,则宋金之所谓杂剧院本者,其中有滑稽戏,有正杂剧,有艳段,有杂班,又有种种技艺游戏。

即在"宋杂剧"、"金院本"的名称下,包括了许许多多形式不同、特点各异的表演形式。有的偏重歌舞;有的重在科白;有的严肃整饬;有的滑稽诙谐;还没有形成统一的艺术体制。最典型的如《院本名目》所载剧目的分类,其中《和曲院本》、《题目院本》、《院幺》、《诸杂院爨》、《冲撞引首》、《拴搐艳段》、《打略拴搐》、《诸杂砌》等是根据表演形式和作用分类;《上皇院本》、《霸王院本》则根据剧目的内容分类。这一时期的戏剧面貌是百花齐放、生机勃勃同时又体制不一、杂乱无章。

根据目前发现的戏曲文物和以往文人史料记载,宋金杂剧根据其表演特点可分为三种类型:偏重说白、滑稽成分较浓的杂剧形式;偏重歌舞的杂剧形式;偏重故事表演、综合性较强的杂剧形式。

## 第一节 偏重说白、滑稽成分较浓的杂剧形式

偏重说白、滑稽成分较浓的形式是宋金时期的史料中记录最多的杂剧形式。宋人洪迈《夷坚志》支乙卷第四中记:

> 蔡京作相,弟卞为元枢。卞乃王安石婿,尊崇妇翁。当孔庙释典时,跻于配享,而封舒王。优人设孔子正坐,颜、孟与安石侍坐侧。孔子命之坐。安石揖孟子居上,孟辞曰:"天下达尊,爵居其一。轲仅蒙公爵,相公贵为真王,何必谦光如此?"遂揖颜子,颜曰:"回也陋巷鄙夫!平生无分毫事业。公为名世真儒,位号有间,辞之过矣!"安石遂处其上。夫子不能安席,亦避位。安石皇惧,拱手云:"不敢!"往复未决。子路在外,愤愤不能堪,迳趋从祀堂,挽公冶长臂而出。公冶长为窘迫之状,谢曰:"长何罪?"乃责数之曰:

"汝全不救护丈人，看取别人家女婿！"其意以讥卞也。
时方议欲升安石于孟子之右，为此而止。

宋人曾敏行《独醒杂志》卷第九中有：

又大农告乏时，有献廪俸减半之议。优人乃为衣冠之士，自冠带衣裾被身之物辄除其半。众怪而问之，则曰："减半！"已而两足共穿半袴，蹩而来前。复问之，则又曰："减半！"问者乃长叹曰："但知减半，岂料难行！"语传禁中，亦遂罢议。

宋人岳珂《桯史》卷第五中记：

韩平原在庆元初，其弟仰胄，为知阁门事，颇与密议。时人谓之"大小韩"，求捷径者争趋之。一日内宴，优人有为衣冠到选者，自叙履历才艺，应得美官，而留滞铨曹，自春徂冬，未有所拟，方徘徊浩叹。又为日者，敞帽持扇过其旁。遂邀使谈庚甲，问以得禄之期，日者厉声曰："君命甚高，但于五星局中，财帛宫微有所碍。目下若欲亨达，先见小寒，更望成事，必见大寒可也！"优盖以"寒"为"韩"。侍宴者皆缩颈匿笑。

这一类型的杂剧表演没有乐队伴奏，表演手段主要是说白，再加上简单的动作，有似今天的相声，内容以滑稽诙谐、讽刺嘲弄为多。前述史料所记都不是固定剧目的表演，而是优人针砭时政的即兴创作，针对性极强，时过境迁，便不再演。

宋金杂剧中偏重说白、滑稽成分较浓形式的固定剧目多见于《官本杂剧段数》和《院本名目》中。

在《官本杂剧段数》280种剧目中，除了剧名中缀有大曲、法曲、词牌名的剧目外，所剩部分的绝大多数应属于偏重科白、滑稽成分较浓的形式，如《说月爨》、《钱爨》、《烧饼爨》、《睡孤》、《老孤遣妲》、《四孤夜宴》、《急慢酸》、《眼药酸》等。

在《院本名目》690种剧目中，除了剧名中缀有大曲、法曲、词牌名的剧目外，所剩部分的大多数也应属于偏重科白、滑稽成分较浓的杂剧形式。但是，与《官本杂剧段数》中的剧目相比，《院本名目》所载，情形要复杂得多，这里按内容、形式、功用分成《和曲院本》、《上皇院本》、《题目院本》、《霸王院本》、《诸杂大小院本》、《院幺》、《诸杂院爨》、《冲撞引首》、《拴搐艳段》、《打略拴搐》、《诸杂砌》等11类，并且由于这是一份保存在民间的剧目单，它的内容丰富庞杂，更加真实全面地反映出金代戏剧的面貌。其中剧目反映生活的层面几乎涉及了当时社会的各个阶级、各个阶层、各种行业和各色人等，如《打略拴搐》下按剧目内容所列的有《和尚家门》、《先生家门》、《秀才家门》、《列良家门》、《禾下家门》、《大夫家门》、《卒子家门》、《良头家门》、《邦老家门》、《都子家门》、《孤下家门》、《司吏家门》、《仵作家门》、《撅俫家门》，偏重说白、滑稽成分较浓的杂剧形式遍及《和曲院本》之外的每一部分之中。仔细辨别剧目，其中不但有与《官本杂剧段数》所载风格相同的《乔托孤》、《旦判孤》、《酸孤旦》、《老孤遣旦》、《官吏不和》、《判不由己》、《四偌劈马桩》、《双楪纸爨》、《哮卖旦》、《别离酸》、《闹学堂》、《闹结亲》、《风流药院》、《四酸提猴》、《赶村禾》、《眼药孤》、《乔捉蛇》、《憨郭郎》、《乔道场》、《学像生》、《嘴揾地》等剧目，而且还有许多与戏剧表演关系较远的伎艺、文体、语言等方面的内容也被收罗于其中，可作稽考的如《背鼓千字文》、《变龙千字文》、《摔盒千字文》、《错打千字文》、《木驴千字文》、《埋头千字文》、《千字文》；《歇后语》、《芦子语》、《回旦语》；《讲百果爨》、《讲百花爨》、《讲百禽爨》、《星象名》、《果子名》、《草名》、《军器名》、《神道名》、《灯火名》、《衣裳名》、《铁器名》、《书集名》、《节令名》、《蔬菜名》、《县道名》、《州府名》、《相扑名》、《法器名》、《乐人名》、《草名》、《军名》、《门名》、《鱼名》、《菩萨名》、《赌扑名》、《官职名》、《飞禽名》、《花名》、《吃食名》、《佛名》、《猜谜》等。

　　剧名中缀有"千字文"的剧目,其内容应与"千字文"有关,或者就是一篇有关某方面内容的"千字文"。"千字文"是一种文体形式,是对孩童进行启蒙教育的教材,始于南北朝,用1 000个字编成四言韵语,叙述有关自然、社会历史、伦理、教育等方面的知识,体制简单,通俗易懂,自隋代开始广为流行。宋金杂剧中引入这种形式,叙述"背鼓"、"变龙"、"摔盒"、"错打"、"木驴"、"埋头"等内容,其表演形式应以念白或背诵为主,或许再加入一些简单的动作。现录宋人胡寅《叙古千文》,以窥其貌:

　　　太和氤氲,二仪肇分。清浊奠位,乾坤为门。品物流形,睿哲超群。维河出图,显道之原。伏羲画卦,爰始斯文。俨垂衣裳,下臣上君。轩辕通变,成于华勋。意诚心正,万化生身。神禹胼胝,疏浚汩湮。底别九州,拯拔垫昏。贡赋包篚,多寡适均。沐浴咏歌,逮今攸遵。弃稷厥初,凤震姜嫄。秬秠穈芑,蒲种耕耘。暨益播食,燔烈饔飧。字育蒸黎,余庆茂繁。契掌邦教,修叙彝伦。由已敬敷,丕革顽嚚。孝慈友弟,贱卑贵尊。宽宏悠久,帝风雍醇。皋陶矢谋,秋杀春温。钦恤象刑,信顺协存。共鲧欢苗,讨而弗论。蛮貊宾服,治俗愈敦。岳牧代工,洪造何言。三辰珠璨,四序环循。鸟兽咸若,草木殖蕃。箫韶凤凰,焜耀典坟。夏承虞禅,咨称俭勤。启听讴讼,付畀后昆。战甘剿扈,威赏诟烦。洛汭荒败,驰骋十旬。御母述戒,祖训忍闻。羿射擅朝,寒浞又因。哉歼浇豷,少康兴纶。癸坠令绪,鼎迁于殷。汤聘莘亩,伊尹戮力。征徂自葛,畏爱无乱。徯来其苏,鸣条倒戟。俾后尧舜,匹夫必获。速戾放桐,遂终允德。予弼梦赉,武丁恭默。营求郊野,筑崖说得。对扬休声,鬼方是克……

显然,这种形式的表演是属于偏重说白、滑稽成分较浓的杂剧形式的。

另一类《歇后语》、《芦子语》、《回且语》则当是常用熟语、行业俗语和江湖黑话。

《讲百果爨》、《讲百花爨》及各类事物之"名",其表演形式应以表演者所记某类事物名称之多,或组合、解释某类事物名称之巧妙为特点。如宋人江少虞《宋朝事实类苑》卷第六十四中载:

> 陈亚,扬州人,仕至太常少卿,年余七十卒,盖近世滑稽之雄也。尝著药名诗百余首,行于世。若"风月前湖近,轩窗半夏凉","棋怕腊寒呵子卜,衣嫌春瘦缩纱裁"。祈雨僧云:"无雨若还过半夏,和师晒作葫芦玴"之类,极为脍炙。又尝知祥符县,亲故多干借车牛,亚亦作药名诗曰:"地居京界足亲知,措借寻常无歇时,但看车前牛领上,十家皮没五家皮。"览者无不绝倒。

这种形式也以念白、背诵为主,所供表演的成分不是太多。

猜谜是一种游戏,也见于宋金勾栏瓦舍中,故事性、戏剧性也很少。

在已发现的宋金戏曲文物中,反映偏重说白、滑稽成分较浓的杂剧形式的文物占了相当大的比重,计有故宫博物院藏两幅宋杂剧绢画①、河南禹县白沙宋墓四人杂剧砖雕②、河南偃师五人杂剧砖雕③、河南荥阳宋墓朱三翁石棺杂剧线刻④、四川广元○七二医院宋墓杂剧石刻之三、之四⑤、山西垣曲后窑金墓五人杂剧砖雕⑥、河南温县博物馆藏金代五人杂剧砖雕⑦、河南焦作西冯村金墓杂剧砖雕⑧、山西侯马金代大安二年董氏墓戏台模型及彩绘戏俑⑨。这些戏曲文物中，故宫博物院藏两幅宋杂剧绢画、河南荥阳宋墓朱三翁石棺杂剧线刻、四川广元〇七二医院宋墓杂剧石刻之三、之四、山西稷山马村段氏墓群M2杂剧砖雕是演出场面的刻画，其余都是演员角色的排列。

　　戏曲文物形象地展示了偏重说白、滑稽成分较浓的杂剧形式的表演情状：故宫博物院藏两幅宋杂剧绢画中通常被称为《眼药酸》的一幅，图中两人，左侧一人头戴皂色高冠，身上挂满眼睛图案，高冠的左右两侧各画一眼睛图案，冠之前方还挑一眼睛图案，右腋下挎一长方形布囊，上面也有一特大眼睛图案，右手前伸，食指直竖，正与其对面一人交谈比划；右侧一人头上软巾诨裹为冲天状，双袖卷至肘部，双臂露有点青图案，右手指眼部，左手所执大木杖靠于肩头，腰后插一破扇，上书"诨"字。这是典型的以副净（左）和副末（右）表演的偏重于说白、滑稽诙谐成分较浓的杂剧形式。河南荥阳东槐西村朱三翁石棺线刻图，刻于北宋绍圣三年（1096），全长180厘米，高35厘米，全图可分为三个部分：前部是墓主人夫妇饮宴观杂剧图；中间部分有一人牵马、一人捧盘、一人执酒壶，为祇应上宴图；后部为庖厨图。其中所刻杂剧表演部分共有演员四人：左一人男性装束，头戴东坡巾，身穿圆领窄袖长袍，腰束带，右手执一竹竿，此是引戏色；左二人为男性，头戴软巾诨裹如角，身穿圆领衲袍，领口打结，右手执一短木棒，侧身注视面前一人，此是副末色；左三人为男性，头戴高冠耸如山尖，侧身向右，身穿圆领中袖长袍，腰间束带，左肩头有一块大补丁，面容丑陋，双手正做叉手动作，应是副净色；左四人为女性装束，头披软巾，上身穿右衽襦，下穿百迭裙，双手作抃，左脸有一痣，鼻大如蒜，面部自额到颧骨有两道黑墨贯眼而下，呈"八"形，这是装旦色。四位作场演员中，主要的表演者是副末、副净和装旦色。

偏重说白、滑稽成分较浓的杂剧形式,在宋金杂剧中占有相当大的比重,它直接继承了唐代参军戏插科打诨、滑稽调笑的艺术风格,充分发挥其长于讽刺批判的特点,对生活现象、时事政治进行干预,是最贴近生活、应变能力最强的杂剧形式。

## 第二节 偏重歌舞的杂剧形式

偏重歌舞的杂剧,是宋金杂剧中另一重要的类型。《官本杂剧段数》中,偏重于歌舞的剧目占了半数以上,这类剧目的剧名大多缀有大曲、法曲或词牌名,如《王子高六幺》、《莺莺六幺》、《索拜瀛府》、《诗曲梁州》、《裴少俊伊州》、《浇花新水》、《打调薄媚》、《崔护逍遥乐》、《柳毅大圣乐》、《棋盘法曲》、《车儿法曲》、《五柳菊花新》、《三教安公子》、《醉花阴爨》等。《院本名目》中,这类剧目骤然减少,在690种院本名目中,剧名中缀有大曲名、法曲名或词牌名的有60种:如《月明法曲》、《郓王法曲》、《烧香法曲》、《上坟伊州》、《浇花新水》、《病郑肖遥乐》、《贺贴万年欢》、《进奉伊州》、《讳老长寿仙》、《春从天上来》、《斗鹌鹑》、《夜半乐打明皇》、《山麻秸》、《少年游》、《水龙吟》等。

大曲、法曲是盛行于唐宋时期规模宏大、体制复杂的大型歌舞套曲,整个曲子由许多部分组成,各部分的连接有一定的次序,每个部分中用曲、歌唱、舞蹈的使用以及表演节奏的快慢都有固定的程式,唱辞典雅,曲辞的字数、格律有严格的限制,表演效果是长于抒情而不利于表演故事。《官本杂剧段数》和《院本名目》中使用大曲、法曲的剧目在表演时,必然要受到大曲、法曲固定表演程式的限制,只能偏重于歌舞,而不利于充分展开故事,它的表演形式可以从宋人曾慥《乐府雅词》所载《道宫薄媚·西子词》和宋人史浩《鄮峰真隐漫录》中所载用大曲表演的《花舞》、《剑舞》、《渔父舞》中看出：

道宫薄媚·西子词

排遍第八

怒涛卷雪，巍岫布云，越襟吴带如斯。有客经游，月伴风随。值盛世，观此江山美。合放怀，何事却兴悲？不为回头旧国天涯，为想前君事，越王嫁祸献西施，吴即中深机。　阖庐死，有遗誓，勾践必诛夷，吴未干戈出境，仓卒越兵，投怒夫差，鼎沸鲸鲵。越遭劲敌，可怜无计脱重围！归路茫然，城郭邱墟，飘泊稽山里。旅魂暗逐战尘飞，天日惨无辉。

排遍第九

自笑平生，英气凌云，凛然万里宣威；那知此际，熊虎涂穷，来伴麋鹿卑栖。既甘臣妾犹不许，何为计？争若都燔宝器，尽诛吾妻子，径将死战决雄雌，天意恐怜之。　偶闻太宰正擅权，贪赂市恩私。因将玩宝献诚，虽脱霜戈，石室囚系，忧嗟又经时，恨不如巢燕自由归。残月朦胧，寒雨萧萧，有血都成泪。备尝崄厄反邦畿。冤愤刻肝脾。

第十攧

种陈谋，谓吴兵正炽，越勇难施；破吴策惟妖姬。有倾城妙丽，名称西子，岁方笄。算夫差惑此，须致颠危。范蠡微行，珠贝为香饵，苧萝不钓钓深闺。吞饵果殊姿。　素肌纤弱，不胜罗绮。鸾镜畔，粉面淡匀，梨花一朵琼壶里，嫣然意态娇春，寸眸剪水，斜鬟松翠，人无双宜。名动君王，绣履容易，来登玉陛。

入破第一

窣湘裙，摇汉佩，步步香风起。敛双蛾，论时事，兰心巧会君意。殊珍异宝，犹自朝臣未与，妾何人被此隆恩，虽令效死，奉严旨。　隐约龙姿忻悦，更把甘言说。辞俊美，质娉婷，天教汝众美兼备。闻吴重色，凭汝和亲，应为靖边陲。将别金门，俄挥粉泪，靓汝洗。

### 第二虚催

飞云驶香车，故国难回睇，芳心渐摇，迤逦吴都繁丽。忠臣子胥，预知道为邦祟，谏言先启，愿勿容其至。周亡褒姒，商倾妲已。　吴王却嫌胥逆耳。才经眼便深恩，爱东风暗绽娇蕊。采鸾翻妒伊，得取次于飞。共戏金屋，看承他宫尽废。

### 第三衮遍

华宴夕，灯摇醉纷，菡萏笼蟾桂。扬翠袖，含风舞，轻妙处，惊鸿态，分明是瑶台琼榭，阆苑蓬壶景，尽移此地。花绕仙步，莺随管吹。　宝帐暖，留春百和，馥郁融鸳被。银漏永，楚云浓，三竿日犹褪霞衣。宿醒轻腕嗅，宫花双带系，合同心时，波下比目，深怜到底。

### 第四催拍

耳盈丝竹，眼摇珠翠，迷乐事，宫闱内。争知渐国势陵夷。奸臣献佞，转恣奢淫，天遣岁屡饥。从此万姓，离心解体。　越遣使阴窥虚实，蚤夜营边备，兵未动，子胥存，虽堪伐尚畏忠义。斯人既戮，又且严兵，卷土赴黄池。观衅种蠡，方云可矣。

### 第五衮遍

机有神征鼙一鼓，万马襟喉地。庭喋血，诛留守，怜屈服，敛兵还，危如此。当除祸本，重结人心；争奈竟荒迷。战骨方埋，灵旗又指。　势连败，柔荑携泣，不忍相抛弃。身在兮，心先死，宵奔兮兵已前围。谋穷计尽，唳鹤啼猿，闻处分外悲。丹穴纵近，谁容再归。

第六歇拍

哀诚屡吐，甬东分赐，垂暮日，置荒隅。心知愧，宝锷红委，鸾存凤去，辜负恩怜，情不似虞姬。尚望论功，荣归故里。　降令曰：吴无赦汝，越与吴何异。吴正怨，越方疑，从公论合去妖类。蛾眉宛转，竟殒鲛绡，香骨委尘泥。渺渺姑苏，荒芜鹿戏。

第七煞衮

王公子，青春才更美，风流慕连理。耶溪一日，悠悠回首凝思，云鬟烟鬓，玉佩霞裾，依约露妍姿。送目惊喜，俄迁玉趾。　同仙骑洞府归去。帘栊窈窕戏鱼水，正一点犀通，遽别恨何已。媚魄千载，教人属意，况当时金殿里。

这是一篇较典型的用大曲咏唱故事的作品。《鄮峰真隐漫录》卷第四十六载《剑舞》则是截取大曲中的"曲破"表演故事：

二舞者对舞，对厅立裀上。竹竿子勾念：

伏以玳席欢浓，金樽兴逸。听歌声之融曳，思舞态之飘摇。爰有仙童，能开宝匣。佩干将莫耶之利器，擅龙泉秋水之嘉名。鼓三尺之莹莹，云间闪电；横七星之凛凛，掌上生风。宜到芳宴，同翻雅戏。

二舞者自念：

伏以五行擢秀，百炼呈功。炭炽红炉，光喷星日。砺新雪刃，气贯虹霓。斗牛间紫雾浮游，波涛里苍龙缔合。久因佩服，粗习徊翔。兹闻阆苑之群仙，来会瑶池之重客，辄持薄技，上侑清欢。未敢自专，伏候处分。

竹竿子问：

既有清歌妙舞，何不献呈？

二舞者答：

旧乐何在？

竹竿子再问:
一部俨然。
　　二舞者答:
再韵前来。
　　乐部唱《剑器》曲破,作舞一段了。二舞者同唱《霜天晓角》:
　　荧荧巨阙,左右凝霜雪。且向玉阶掀舞,终当有用时节。唱彻,人尽说,宝此刚不折。内使奸雄落胆,外须遣豺狼灭。
　　乐部唱曲子,作舞《剑器》曲破一段(舞罢,二人分立两边。别二人汉装者出,对坐,桌上设酒果)。
竹竿子念:
　　伏以断蛇大泽,逐鹿中原。佩赤帝之真符,接苍姬之正统。皇威既振,天命有归。量势虽盛于重瞳,度德难胜于隆准。鸿门设会,亚父输谋。徒矜起舞之雄姿,厥有解纷之壮士。想当时之贾勇,激烈飞扬;宜后世之效颦,回旋宛转。双鸾奏技,四坐腾欢。
　　乐部唱曲子,舞《剑器》曲破一段(一人左立者上袖舞,有欲刺右汉装者之势,又一人舞进前翼蔽之。舞罢,两舞者并退,汉装者亦退。复有两人唐装出,对坐,桌上设笔、砚、纸,舞者一人换妇人装立袖上)。
竹竿子念:
　　伏以云鬟耸苍璧,雾縠罩香肌。袖翻紫电以达轩,手握青蛇而的皪。花影下游龙自跃;锦袖上跪凤来仪。轶态横生,瑰姿谲起。倾此入神之技,诚为骇目之观。巴女心惊,燕姬色沮。岂唯张长史草书大进,抑亦杜工部丽句新成。称妙一时,流芳万古。宜呈雅态,以洽浓欢。
　　乐部唱曲子,舞《剑器》曲破一段(作龙蛇蜿蜒

> 曼舞之势，两人唐装者起，二舞者一男一女对舞，结《剑器》曲破彻）。竹竿子念：
>
> 项伯有功扶帝业，大娘驰誉满文场。合兹二妙甚奇特，堪使嘉宾釂一觞。霍如羿射九日落，矫如群帝骖龙翔。来如雷霆收震怒，罢如江海凝晴光。歌舞既终，相将好去。
>
> 念了，二舞者出队。

可以看出，《西子词》运用大曲完全是歌唱，没有什么表演；《剑器》中虽有故事，但仍以歌唱和舞蹈为主，且歌、舞分离，有关故事的表演也只不过是作大概的比划，"装其似象"⑩而已。

与大曲、法曲相比，词牌、曲牌体制较小，格律更严格，用语也很典雅，也不利于表演故事。用一支词或曲调表演杂剧同样受词、曲体制的限制，偏重于歌舞。在《官本杂剧段数》和《院本名目》中，有不少纯粹以词牌、曲牌作剧名的剧目，如《醉花阴爨》、《夜半乐爨》、《木兰花爨》、《月当厅爨》、《醉还醒爨》、《扑蝴蝶爨》、《春从天上来》、《斗鹌鹑》、《卖花声》、《天下乐》、《斗鼓笛》、《少年游》、《水龙吟》等，看不出有什么故事情节，应该是纯粹用词牌、曲牌曲式表演的歌舞。

除此之外，在《官本杂剧段数》和《院本名目》中还有一类剧目，虽然剧名中没缀有大曲、法曲、词牌或曲牌名，但仍属于歌舞类的杂剧，如《天下太平爨》、《天下太平》等。这是一种字舞，由众多的舞蹈者通过队形变换，组成"天下太平"四个字。这种表演形式，早在唐代就已存在了。唐人王建《宫词》中有：

> 罗衫叶叶绣重重，金凤银鹅各一丛。每遇舞头分两向，"太平万岁"字当中。

杜佑《通典》卷一百四十六中也记：

> 《圣寿乐》，高宗武后所作也，舞者百四十人，金

铜冠，五色画衣，舞之行列必成字，十六变而毕，有"圣超千古"、"道泰百王"、"皇帝万岁"、"宝祚弥昌"。

段安节《乐府杂录》中载：

舞者，乐之容也。有大垂手、小垂手，或如惊鸿，或如飞燕。婆娑，舞态也；蔓延，舞缀也。古之能者，不可胜记。即有健舞、软舞、字舞、花舞、马舞……（字舞，以舞人亚身于地，布成字也）。

宋人周密《齐东野语》卷十中载：

州郡遇圣节锡宴，率命猥妓数十辈舞于庭，作"天下太平"字，殊为不经……

由此可见，没有故事情节的歌舞在宋金杂剧中确是存在的。

在目前已发现的戏曲文物中，四川广元〇七二医院宋墓石刻杂剧图之一、之二[11]、河南修武石棺杂剧线刻[12]、河南焦作金代承安四年邹瓊墓杂剧线刻[13]、山西高平县西李门村二仙庙露台石刻杂剧图[14]、山西襄汾南董金墓杂剧砖雕[15]、山西新绛南范庄金墓杂剧砖雕[16]、河南安阳蒋村金墓戏俑及戏台模型[17]等都是反映这一类型杂剧的表演情形的。

四川广元宋墓杂剧石刻是南宋嘉泰四年（1204）之物，墓中石刻杂剧图共四幅，其中第一、第二幅为一组，一为演员表演部分，一为伴奏乐队部分。演员部分共刻有二人：左一人身材瘦小，戴展脚幞头，穿四襈衫，腰间系带，下穿裤，双臂绞袖合于一起，腰微弓，膝微曲，侧身向右，正在舞蹈；右侧一人头部残缺，上穿衲袍，衣袖较长，下穿裤，曲肘，据其衣袖下垂之状可知此人也正作舞。右侧刻有伴奏乐队的另一图中共三人，皆面向左侧。第一人杖鼓抱于左腋下，右手执鼓鞭正在击打；第二人正吹觱篥；第三人击大鼓。这是偏重歌舞的杂剧形式。河南修武石棺线刻杂剧图是金代之物，全图长约110厘米，高约50厘米，图的中部偏上竖刻"小石调·嘉庆乐",图中共刻12人,其中演员2人,伴奏乐队10人。两位演员在图的中部:左一人头戴花脚幞头,身穿圆领窄袖长袍,袖管较长,腰系博带,两臂绞袖,右臂在前,左臂在后;右边一人侧身向左,头戴花脚幞头,穿圆领窄袖长袍,双臂绞袖于身后,左脚高抬,身微前倾,正在舞蹈。伴奏乐队十人,左四右六。左四人中,前排二人腰系杖鼓,正在击打;后排二人均为吹觱篥者。右侧六人中,前排二人持方响击打;后排左一人以拍板击节,后排左二、左三人吹觱篥,后排左四人正击大鼓。河南焦作金承安四年邹琼墓中线刻杂剧图与修武石棺线刻出自一人之手,其风格、刀法、人物、动作、所用器物与前者完全相同,只是整个图刻布局左右颠倒了一下,伴奏乐队中少了一个吹觱篥者,图中没有标明"小石调·嘉庆乐"。从河南修武石棺和焦作邹琼墓线刻图可以看出,这里的杂剧表演规模大,场面壮观,人物多,明显地受了北宋时期宫廷杂剧的影响,反映了宋金时期处于汴京周围的中原地区偏重于歌舞的杂剧的演出风貌。四川广元南宋墓中所刻与前二者相比,虽然规模小、人数少,但其表演风格、表演特点,甚至演员的舞蹈动作与前二者都是一致的。它所表现的是当时人口较稀少、地域较偏远闭塞地区偏重歌舞的杂剧的表演风貌。金承安四年(1199),与南宋嘉泰四年(1204)前后只相差五年。在同一时间,相距遥远且分属不同政权统治下的不同地区发现相同特点的杂剧表演形式,这证明在宋金时期这种类型的杂剧的存在十分普遍。

最具典型意义的是河南安阳蒋村金墓戏俑和戏台模型。该墓为雕砖仿木结构圆形单室墓,墓门向南,墓壁砌为山花向前式房屋外檐,构成一个院落,墓中碑刻纪年为"金大定二十六年",墓室南壁墓门左侧,有一砖砌仿木结构戏台模型,上有五个戏俑正在作场表演,墓室北壁雕有墓主人夫妇坐于椅子中看戏的砖俑。砖砌戏台模型高 150 厘米，台口宽 66 厘米，台深 10 厘米，台口有两根角柱，上为大额枋，台顶瓦檐呈纵剖面，檐下有斗拱铺作。台上五个戏俑，四男一女，女演员居五人之中间，位置稍前，其高 22.5 厘米，面向前方，头饰高髻，身着长衫、长裙及足，双臂前屈，双手呈拱手状，口微张，面部表情生动，似正在演唱。四个男俑为伴奏乐人，皆头戴浑裹，身着圆领窄袖长袍，腰束带，身微侧，注意力集中于中间的女演员。左一人高 20.5 厘米，双手持钹于胸前击奏；左二人高 23 厘米，左手托鼓至肩部，右手击奏；右一人高 25 厘米，双手击钹；右二人高 22.6 厘米，双手击钹。这些砖俑放在戏台模型中，足以证明所表演的是戏剧无疑。其中四人伴奏，一人演唱，戏剧动作不明显，演员没有使用砌末，衣着整饬，没有扮演戏剧角色的迹象，无法构成戏剧角色之间的冲突，因而其表演形式只能是偏重于歌唱或讲唱。

偏重于歌舞的杂剧类型，是以歌舞为主要艺术因素向戏曲发展演化的戏剧形式，其表演特点是有乐人伴奏，所用曲子是当时流行的大曲、法曲、词调或民间俗曲，表演手段以歌唱或舞蹈为主，故事性不强或完全没有故事情节。

## 第三节 偏重故事表演、综合性较强的杂剧形式

偏重故事表演、综合性较强的杂剧形式是宋金杂剧中发展最快、最接近于成熟的北杂剧的一支，是元代北杂剧的雏形和前身。元人夏庭芝在《青楼集志》中辨析宋金元时期戏剧样式的源流关系时说：

> 唐时有传奇，皆文人所编，犹野史也；但资谐笑耳。宋之戏文，乃有唱念、有诨。金则院本、杂剧合而为一。至我朝乃分院本、杂剧而为二。

关于此，元人陶宗仪在《南村辍耕录》卷二十五中亦云：

> 唐有传奇,宋有戏曲、唱诨、词说,金有院本、杂剧、诸宫调。院本、杂剧其实一也,国朝院本、杂剧始厘而二之。

夏庭芝与陶宗仪都生活于元代晚期,他们的记载是可信的。在谈到金代的戏剧样式时异口同声地说金代有"院本"、"杂剧",这里的"院本",指的不是金代的院本,而是元代与北杂剧并行的院本;"杂剧"也不是指宋金杂剧,而是指元代的北杂剧。我们知道,元代流行的院本和北杂剧是两种内容、形式、表演特点、艺术风格截然不同的艺术形式,它们最初能"其实一也",唯一合理的解释那就是——在宋金杂剧诸多形式中,实际上就包括了后来的北杂剧与院本两种戏剧形式,只是到了元代初年才一分为二。

事实上,在元代初年能突然以完整、成熟面目出现于剧坛、迅速成为当时主要的戏剧形式并取得繁荣的北杂剧,它的成熟、定型就在宋金时期,就是宋金杂剧中偏重于故事表演、综合性较强的杂剧形式。这一点已为目前发现的戏曲文物所证实。

1978年、1979年,在山西南部的稷山县马村,发现了一个有14座墓葬的段氏墓群,在已发掘的九座墓中,M1、M2、M3、M4、M5、M8有戏曲砖雕⑱。这一墓葬群坐北朝南,呈扇形分布,其中在M7中有一砖刻小碑,其内容为:

段楫预修墓记

> 夫天生万物,至灵者人也。贵贱贤愚而各异,生死轮回止一。予自悟年暮,永夜不无预修此穴,以备收柩之所。楫生巨宋政和八年戊戌岁,至大金大定二十一年辛丑,六十四载矣,修墓于母亲坟之下位。母李氏自丙午年守志,至辛巳岁化矣。楫生祖裕一子,一女舜娘,长二孙泽译二人,二女孙,故修此穴,以为后代子孙祭祀之所。大定二十一年四月日。段楫,字济子,改颢

字,曾祖十耻,讳用。成五子,大耻讳先,二耻讳密,
三耻讳世,长父六郎,四耻讳万,五耻讳智方。

据此可知,段楫墓的修造时间是金大定二十一年(1181),其母故于辛巳岁,即金大定元年(1161),其父故于丙午岁,即金天会四年(1126),亦即北宋靖康元年。在 M1 中出土了北宋铜钱"景祐元宝"一枚、"熙宁元宝"一枚,在 M5 中出土"天圣元宝"一枚、"治平通宝"一枚、"元祐通宝"一枚、"大观通宝"一枚。这些铜钱中最晚的一枚"大观通宝"铸造年代应在 1107—1110 年间,此时距宋室南迁尚有十余年时间。根据铜钱及墓葬排列分布可判定 M1、M3、M4、M5 是同一时期的墓葬,时间在北宋末年,墓群最顶端的 M2、M9 的时间要更早一些。

这些墓葬的形式基本相同:墓室均为长方形,仿木结构,墓室的四壁由四座房屋的外檐建筑构成了前厅后堂、左右厢房式的"四合院"。其中,北壁是正堂,南壁是门厅,所有的戏曲砖雕全部在南壁,以"门厅"为表演场所,即这里的戏曲表演场所是"门厅兼戏台"式的建筑,也就是明清时期颇为流行的"过路戏台"——将戏台与门厅融为一体,建在门厅的位置上,平时作门厅,演戏时稍加布置便成戏台。

戏曲进入家庭,在中国古代十分普遍,今所发现墓葬中的戏曲文物,无一不是为墓主人的娱乐和享受而设的。戏曲频频进入家庭,使乡绅、财主、官僚之家在设计建造其住宅群时,不得不考虑戏曲表演场所,但是家庭毕竟不是日日演出的城市勾栏,不宜建造独立的戏台,将戏台融于门厅之中,既经济又合理。

在中国古代建筑中,斗拱只能用于皇宫、神庙,平民住宅是不能使用斗拱的,段氏墓群砖雕的四面房屋或单檐或重檐都有斗拱,因此,与其把这里看成平民住宅,倒不如看成一个家庭的家庙或宗祠更合适。家庙、宗祠是一个家族的成员祭祀祖先、共同议事的集体活动场所,有似于神庙的性质,在这里演戏,一为祭

祀祖先神灵，也为家庭成员的娱乐。因此，家庙、宗祠、神庙中出现戏台十分自然。

中国古代的神庙剧场，一是在神庙中建造独立的亭榭式戏台，一是将戏台融于门厅中成为过路戏台，前者在宋金元时期占主要地位，后者是明清时期流行的戏台样式。迄今发现，最早的过路戏台实物是山西芮城永乐宫元建龙虎殿戏台[19]，段氏墓群砖雕戏台正是当时这种戏台形式的前身。这种建筑样式的形成，不单是戏台建筑实践的结果，更重要的是戏曲实践的结果，戏曲舞台的成熟标志着戏曲艺术的成熟。

从表演形式看，今所可见最完整、最形象的北杂剧的表演材料是山西洪洞广胜寺明应王殿中作于元代泰定元年（1324）的"大行散乐忠都秀在此作场"杂剧壁画[20]，从中可以看到，北杂剧的表演情形是演员在戏台的前部，伴奏乐人在戏台后部，伴奏成员中有面部化妆者，根据剧情需要可随时上场演出。可喜的是，在宋末金初的稷山段氏墓群中有与此相同的情形。在段氏墓群六座有戏曲砖雕的墓葬中，M1、M4、M5中既有演员，也有伴奏乐人，排列形式与广胜寺明应王殿中壁画所绘北杂剧的演出完全一样——演员在前，伴奏乐人在后，伴奏成员可因剧情之需要参加表演。如在M4中，前排演员四人：第一人戴无脚幞头，穿交领左衽衫，衣袖卷起，双手合于胸前，面容丰腴，为一女性演员；第二人身材矮小，耸肩缩脖，扁鼻，头戴软帽，身穿衲袍，腰束布带，双手合于胸前，是一丑角；第三人戴幞头诨裹，穿圆领长袍，腰间束带，左手抚胸，右手置腹间，面目清秀圆润，体态忸怩，为一女性演员；第四人身材高大，面目表情严肃，戴无脚幞头，穿圆领宽袖长袍，双手合于胸前，是一官吏形象。后排伴奏者五人：第一人双手执桴，为击大鼓者，头戴软巾诨裹，面目丑陋，口奇大；第二人身材瘦小，戴无脚幞头，身穿短褐，腰系杖鼓，正在击打；第三人戴展脚幞头，穿圆领中袖长袍，腰系革带，一幅官吏模样，正吹笛；第四人戴无脚幞头，穿圆领宽袖长袍，亦官吏装束，双手持拍板；第五人戴圆脚幞头，穿圆领中袖长袍，腰束革带，官吏打扮，正吹觱篥。这五个伴奏乐人与 M1、M5 中的伴奏成员明显不同：M1、M5 伴奏成员衣装几乎完全一致，而这里五个人装束各有特色：三、四、五人，同戴幞头，但有展脚、圆脚、无脚之分；同穿长袍，衣袖宽窄有别，这一切并非随意而为之，而是专门安排的——他们既是伴奏人员，同时又是演员，根据剧情所需随时上场表演。这种特点与广胜寺明应王殿元杂剧壁画中的情形相同，也符合早期北杂剧戏班人员少、规模小、一人兼数职的实际情况。

从戏台设置和乐器组合来看，M5 中伴奏者四人，全部戴黑漆圆顶幞头，穿圆领宽袖长袍，并排而坐，所坐之处与元人无名氏杂剧《蓝采和》中提及的"乐床"一致。从 M1、M4、M5 中的伴奏乐器可以看出，笛、觱篥、拍板、大鼓、杖鼓是常用的乐器，与北杂剧戏班的乐器组合相吻合。

从演员的角色看，六座有戏曲砖雕的墓葬中的演员角色，除 M4 如前所述外，M1 前排演员五个，发掘时不慎打碎。M2 有演员四人：第一人头戴软巾，身穿衲袍，腰扎布带，衣袖卷起，左手执一竿，竿头悬一椭圆形物；第二人戴展脚幞头，穿圆领宽袖长袍，腰束革带；第三人头戴东坡巾，穿圆领长袍，右手执长木杖；第四人戴展脚幞头，穿圆领宽袖长袍，腰束革带，左手执笏。M3 中有演员五人：第一人戴软帽，穿圆领长袍，右手提袍边；第二人戴无脚幞头，穿圆领长袍，腰束带，双手执磕瓜，面部有化妆所戴胡须；第三人戴无脚幞头，穿圆领长袍，双手执羽扇；第四人戴无脚幞头，穿圆领长袍，腰束带；第五人戴无脚幞头，穿圆领宽袖长袍，腰间束带，双手执笏。M5 有演员四人，第一人戴展脚幞头，穿圆领宽袖长袍，腰束革带，双手合于胸前，是官吏模样；第二人戴软巾诨裹，穿短褐长裤，腰束带，右手执一木棒；第三人戴软巾，插花，穿圆领衲袍，腰束布带；第四人戴无脚幞头，插花，穿交领左衽长衫，左手置口中吹口哨。M8 有演员五人：第一人戴无脚幞头，穿圆领长袍，袍襟扎于腰间带中；第二人幞头高耸，穿襕袍，抱一大木板；第三人戴圆脚幞头，穿襕衫，腰束布带，头侧向左上方，双手向右打拱，双脚交叉而立，面容丑陋，嘴部和眼眉涂成红色；第四人身材瘦小，面目清秀，戴展脚幞头，长袍及足，腰系布带，袍袖卷起，双手合于腰前，是一女性演员所扮官吏；第五人是一女性角色，头梳大髻，穿交领左衽襦裙，表情腼腆，双手合于胸前。在这些演员角色中，有正面角色：M2 之第二、第四人，M3 之第一、第四、第五人，M4 之第四人；有丑角：M2 之第一、第三人，M3 之第二、第三人，M4 之第二人，M5 之第二、第三、第四人，M8 之第二、第三人。除了男性演员外还有不少女性演员：M4 之第一、第三人，M8 之第四、第五人。这些演员角色与北杂剧中的末、旦、丑、净、孤等角色行当一致。特别是女性演员的普遍存在（无论是女性演员女扮男装，还是女性演员直接扮演女性角色），不但使戏剧的角色更加完善，而且大大拓宽了戏剧反映生活的层面。这些男与女、官与民、正面人物与反面人物、美与丑、善与恶、崇高与滑稽、严肃与诙谐的组合，可以构成多侧面、多层次、多种形式的戏剧矛盾，表现社会生活各个方面的内容。

除段氏墓群外，在稷山的化峪、苗圃还发现了类似有戏曲砖雕的墓葬[21]，在山西南部地区发现了三处北宋时期修建戏台的碑刻记载[22]，其中最早的一处为北宋景德四年（1007），就在与稷山县相邻的今山西万荣县，可见稷山马村段氏墓群所展示的戏剧面貌不是孤立和偶然的。

关于偏重故事表演、综合性较强的杂剧形式的存在，历代文人记载中留下了可与文物相印证的史料。宋人孟元老《东京梦华录》卷八中云：

> 七月十五日中元节……构肆乐人，自过七夕，便般《目连救母》杂剧，直至十五日止，观者增倍。

这里的《目连救母》杂剧能连演七八天，而且"观者增倍"，其内容不会是一般的滑稽调笑。耐得翁《都城纪胜·瓦舍众伎》中记：

> 教坊大使，在京师时，有孟角球，曾撰杂剧本子。

"杂剧本子"即杂剧剧本，若是简单随意的表演，绝不需此，杂剧剧本的出现，是杂剧艺术复杂、成熟的要求。

诸宫调起于北宋，它集合多种宫调于一处咏唱故事，是北杂剧音乐系统形成的基础，一问世便风靡一时。王灼《碧鸡漫志》卷二中记：

> 泽州孔三传者，首创诸宫调古传，士大夫皆能诵之。

泽州在宋代属河东路，诸宫调能名震京师，其家乡必首先得益，因此，在宋末金初，诸宫调有可能被用于戏剧舞台表演，促成北杂剧音乐体制和整个戏剧体制的成熟。

还有，一些作家作品的情况，也提供了追寻北杂剧踪迹的线索。著名杂剧作家关汉卿便是金代遗民，《青楼集》朱经之序中有：

> 我皇元初并海宇，而金之遗民若杜散人、白兰谷、关已斋辈，皆不屑仕进，乃嘲风弄月，留连光景，庸俗易之，用世者嗤之。三君之心，固难识也。

元人杨维桢《宫辞二十首》中有其一曰：

> 开国遗音乐府传，白翎飞上十三弦。大金优谏关卿在，《伊尹扶汤》进剧篇。

关汉卿既是金之遗民，他的杂剧创作恐怕不会是入元才开始，而有在金时创作的。在现存关汉卿的杂剧作品中，《调风月》和

《拜月亭》表现的就是女真生活，人物称谓也用女真语。据此，如果说北杂剧在金代中后期已成熟、流行当无大错。

将稷山段氏墓群戏曲砖雕与有关的史料记载综合对照，可以得出这样的结论：北杂剧的雏形在宋末金初已经出现了，这个时间是11世纪末12世纪初，此后它一直在锤炼和完善自己，逐渐把那些简单粗糙的表演伎艺抛到身后，终于在金末元初脱颖而出，一枝独秀，成为中国戏曲史上第一种成熟的戏曲样式。从稷山段氏墓群的戏曲砖雕中，仿佛听到北杂剧那高亢激越的声音。

宋金杂剧从概念上看是一种戏剧样式，实际上并没有形成固定、统一的体制，处于新旧交替过渡阶段的宋金杂剧，仍然是一种处于自然状态下、自由发展的民间艺术，没有人对它过多地关心和有意识地加工提高，即使某一杂剧类型看似有一定的规律和特点，但这些各自有序的个体置于一处，便造成了整体的无序。

**注释：**

① 见山西师范大学戏曲文物研究所编《宋金元戏曲文物图论》图87、88。

② 见文物出版社1957年出版宿白《白沙宋墓》。《考古》1960年第9期徐苹芳《白沙宋墓中的杂剧砖雕》。山西师范大学戏曲文物研究所编《宋金元戏曲文物图论》图47、48。

③ 见《文物》1960年第5期徐苹芳《宋代的杂剧砖雕》。山西师范大学戏曲文物研究所编《宋金元戏曲文物图论》图49。

④ 见山西师范大学戏曲文物研究所编《宋金元戏曲文物图论》图61。

⑤⑪ 见廖奔《宋元戏曲文物与民俗》。

⑥ 见山西师范大学戏曲文物研究所编《宋金元戏曲文物图论》图50。

⑦ 见山西师范大学戏曲文物研究所编《宋金元戏曲文物图论》图54。

⑧ 见《文物》1979年第8期河南省博物馆、焦作市博物馆《河南焦作金墓发掘简报》。山西师范大学戏曲文物研究所编《宋金元戏曲文物图论》图121～128。

⑨ 见《文物》1959年第10期周贻白《侯马董氏墓中五个砖俑的研究》。山西师

范大学戏曲文物研究所编《宋金元戏曲文物图论》图71、72。

⑪见孟元老《东京梦华录》卷九。

⑫见山西师范大学戏曲文物研究所编《宋金元戏曲文物图论》图59。

⑬见《文物》1979年第8期河南省博物馆、焦作市博物馆《河南焦作金墓发掘简报》。山西师范大学戏曲文物研究所编《宋金元戏曲文物图论》图60。

⑭见《文物》1991年第12期景李虎、王福才、延保全《金代乐舞杂剧石刻的新发现》。

⑮见《文物》1979年第8期陶富海《山西襄汾县南董金墓清理简报》。山西师范大学戏曲文物研究所编《宋金元戏曲文物图论》图73~77。

⑯见《文物》1983年第1期山西省考古研究所《山西新绛南范庄、吴岭庄金元墓发掘简报》。山西师范大学戏曲文物研究所编《宋金元戏曲文物图论》图86。

⑰见杨建民《中州戏曲历史文物考》。

⑱见《文物》1983年第1期山西省考古研究所《山西稷山金墓发掘简报》。山西师范大学戏曲文物研究所编《宋金元戏曲文物图论》图62~67。

⑲见《中华戏曲》第八辑景李虎《永乐宫龙虎殿考论》。

⑳见《文物》1959年第1期周贻白《元代壁画中的元剧演出形式》。《文物》1981年第5期柴泽俊、朱希元《广胜寺水神庙壁画初探》。山西师范大学戏曲文物研究所编《宋金元戏曲文物图论》图141。

㉑见《文物》1983年第1期山西省考古研究所《山西稷山金墓发掘简报》。山西师范大学戏曲文物研究所编《宋金元戏曲文物图论》图69~70。

㉒见扬州师范学院编《曲苑》第一辑黄竹三、张守中、杨太康《从北宋舞楼的出现看中国戏曲的发展——山西中南部三通戏剧碑刻考述》。山西师范大学戏曲文物研究所编《宋金元戏曲文物图论》图103~108，附录二·一至附录二·六。

# 第三章 宋金杂剧的表演场所

剧场，是戏剧存在的空间，是戏剧文化的重要组成部分。戏剧与剧场相互依赖、互为因果——戏剧发展，不断对表演场所提出新的要求；剧场的变革不单反映着戏剧的发展，而且促进、制约了戏剧的形态。

在宋金时期的戏剧活动中，出现了许多形式各异、功能不同的剧场，其中最具代表性的有随处划地为场、勾栏、露台、四面观亭榭式戏台、一面观亭榭式戏台几种，它们代表了中国古代剧场从低级到高级、从简单到复杂、从幼稚到完善过程中的不同形态，在中国古代戏曲发展史上留下了一个个深深的足迹。

## 第一节 宋金杂剧表演场所的形式

一、路歧艺人的随处作场

戏剧是社会生活内容之一，最初也与其他生活现象混杂在一起。最早的戏剧表演场所，没有任何特别的设备，只是在宽阔人多处划地为场而已。宋金时期，这种形式的表演仍大量存在，称为"打野呵"，从事这种表演的杂剧艺人被称为"路歧"或"路歧人"。

路歧，即路口。路歧人，在广场或道路交叉、宽敞人多处进行卖艺表演的艺人。宋金时期，在京城、市镇中虽有瓦舍勾栏，但远远无法满足队伍庞大的各色艺人的需要。由于城市观众多，艺人集中，竞争激烈，因而杂剧百戏艺人要在瓦舍中取得一席固定的演出场地是十分困难的，那些演技较差者、在竞争中失败者或刚由农村进入城市的艺人无法进入瓦舍勾栏，只好游街串巷，随地作场表演。耐得翁《都城纪胜》中有：

　　……若遇车驾行幸、春秋社会等，连檐并壁，幕次排列。此外如执政府墙下空地，诸色路歧人在此作场，尤为骈阗。又皇城司马道亦然。候潮门外殿司教场，夏月亦有绝伎作场。其他街市，如此空隙地段，多有作场之人。

《西湖老人繁胜录》载：

　　　　十三军大教场、教奕军教场、后军教场、南仓内、前杈子里、贡院前、佑圣观前宽阔所在，扑赏并路歧人在内作场。

除京城外，在诸州县乃至偏远乡村也有大量杂剧、百戏艺人冲州撞府、走村串巷，流动作场演出。早期南戏《宦门子弟错立身》中"冲州撞府妆旦色，走南投北俏郎君。戾家行院学踏爨，宦门子弟错立身"、"完颜寿马住西京，风流慷慨煞惺惺。因迷散乐王金榜，致使爹爹捍离门。为路歧，恋佳人，金珠使尽没分文……"描写的就是这种情形。比之京城中的路歧人，他们的流动性更强，作场更随便，是州、县、乡村中杂剧表演的主要力量。洪迈《夷坚志》支庚卷第七中有：

　　鄱阳近郭数十里多陂湖，富家分主之。至冬日，命渔师竭泽而取。旋作苦庐于岸，使子弟守宿，以防盗窃。绍兴辛酉，双港一富子守舍，短日向暮，冻雨萧骚，护炉块坐。俄有推户者，状如倡女，服饰华丽，而遍体沾湿，携一复来曰：我乃路歧散乐子弟也，知市上李希圣宅亲礼请客，要去打篥地。家众既往，我独避雨，赶趁不上，愿容我寄宿……

又《夷坚志》补卷第二十二中载：

  隆兴府樵舍镇富人周生，颇能捐赀财，以歌酒自娱乐。绍兴四年六月，有经过路歧老父，自言为王七公，挟一女曰千一姐来展谒。女容色美丽，善鼓琴、弈棋、书大字、画梅竹，命之歌词，妙合音律……

  划地为场进行表演，戏剧成为被观看、被审视、被欣赏的对象，不管引起人们怎样的情感反应，都说明此时的戏剧已经具备了区别于其他生活内容的特点。正因如此，才使人们争先恐后地刮目相看。然而，就表演场所的形式而言，它仍非常原始——戏剧表演者与观看者之间，在空间上没有严格的区分，甚至由于观看者的拥挤，表演者与观看者可不断逼近，乃至相杂而处。场地的形态是表面的，它反映的却是事物的本质——戏剧作为一门艺术虽已显示出自己的一些特色，但还非常稚嫩，仍深深地陷于复杂生活内容的"泥潭里"。

## 二、勾栏

  勾栏，本指栏杆。唐人李颀有诗云："云华满高阁，苔色上勾栏。"王建有诗云："风帘水阁压芙蓉，四面勾栏在水中。"勾栏被用于戏剧表演场所，最早的形式是在表演场地上设栏杆，将观看区与表演区隔开，不使拥挤的观众影响表演。由于所设栏杆与亭台楼阁的栏杆相似，所以借用了"勾栏"这一称谓，从此，"勾栏"便渐渐成为专指杂剧百戏表演场所的名词了。以后，尽管杂剧百戏表演场所的形式和格局不断变化，早期用栏杆设场的形式早被淘汰，但"勾栏"这一称谓始终没变。

  宋金时期，在一些偏远地区，原始的勾栏形式仍有遗存。江少虞《宋朝事实类苑》卷第六十四中记北宋初年事：

  党进，北戎人，幼为杜重威家奴，后隶军籍，以魁岸壮勇，周祖撑为军校。国初至骑帅，领节镇……过市，见缚栏为戏者，驻马问："汝所诵何言？"优者曰："说韩信。"进大怒，曰："汝对我说韩信，见韩即当说我，此三面两头之人。"即命杖之。

这里的"缚栏为戏"，应是"勾栏"的最早形式。

勾栏是最早的剧场形式，因为无论如何它与随处划地为场相比，有了特别的设施——用栏杆围出一片场地，栏内表演，栏外观看。

勾栏的出现，在戏剧史上具有划时代的意义，它最重要的价值就是区别、隔离、界限。它标志着戏剧从一般生活内容到艺术形式的巨大飞跃。

恩格斯在《反杜林论》中评价火与蒸汽机在人类历史发展中的作用时，曾精辟地指出：

> 而尽管蒸汽机在社会领域中实现了巨大的解放性的变革——这一变革还没有完成一半——但是毫无疑问，就世界性的解放作用而言，摩擦生火还是超过了蒸汽机，因为摩擦生火第一次使人支配了一种自然力，从而最终把人同动物界分开。蒸汽机永远不能在人类的发展中引起如此巨大的飞跃。

正如以取火和用火为标志把人同动物界区分开一样，简陋的竹竿、木条做成的栏杆，把戏剧与一般生活划分开来。戏剧从这里自觉，从这里开始独树一帜，从此开始了一个有戏剧的时代，以后所需要的一切已不是戏剧如何产生，而是如何在原有基础上发展与完善了。

非但如此，勾栏出现的里程碑意义还表现在，它在人们心理上筑起了一道使戏剧与一般的生活内容产生间离的屏障——勾栏外面与里面有了"彼"与"此"、"这边"与"那边"之分，勾栏内外成了两个互不相同的领域和系统，尽管它们之间有不可分割的联系，但这种联系的结果不是二者趋于同一，而是各自的特色更加鲜明突出。勾栏里边的内容由于不同于人们日常所见的一般的生活内容而被勾栏外的人群刮目相看；勾栏外的人群因为勾栏里的表演为他们展示了一个新世界，满足了他们特殊的审美要求和娱乐享受，便对它更加注目。结果，"消费者"的爱好与希望必然地促进了勾栏里"产品"水平的提高和功能的完善。

### 三、露台

"露台"一词，最早见于《汉书》，其中记：

> 文帝尝欲作露台，召工计之，直百金，曰："百金，中民十家之产，吾奉先帝宫室，尝恐羞之，何以台为？"

露台在唐代已被用于乐舞百戏表演，宋金时期成为重要的杂剧表演场所。《宋史》卷一百一十三载：

> 三元观灯，本起于方外之说。自唐以后，常于正月望夜，开坊市门然灯。宋因之，上元前后各一日，城中张灯，大内正门结彩为山楼影灯，起露台，教坊陈百戏。

又：

> 真宗景德三年九月，诏许群臣、士庶选胜宴乐，御史台、皇城司毋得纠察。四年二月甲申，上御五凤楼观酺，宗室近臣侍坐，楼前露台奏教坊乐，召父老五百人列坐，赐饮于楼下。

《东京梦华录》卷八《六月六日崔府君生日二十四日神保观神生日》中载：

> 其社火呈于露台之上，所献之物，动以万数。自早呈拽百戏，如上竿、趯弄、跳索、相扑、鼓板、小唱、斗鸡、说诨话、杂扮、商谜、合笙、乔筋骨、乔相扑、

浪子、杂剧、叫果子、学像生、倬刀、装鬼、砑鼓、牌棒、道术之类，色色有之。

在今存戏曲文物中，有多处有关建造露台的记载及露台实物：山西高平县西李门二仙庙①是一座金代建造的庙宇，整个庙院南北长约70米，东西宽约40米，其主要建筑排列在一条南北向的中轴线上，依次为山门、露台及正殿、后殿。在后殿殿基中砌有两块石刻，其中所记时间分别是金代正隆三年和金代大定三年。在正殿的石制门框的门楣上刻有："晋城县菖山乡司徒村众社民户施门一合正隆二年岁次丁丑仲秋二十日谨记"。庙的正殿前面有一与殿基紧相连接的露台，据庙内文字记载，这一露台应在金代正隆二年（1157）建成。此露台东西长13.22米，南北宽7米，高1.05米，为须弥座式建筑。露台的东、西、南三面均有台阶供上下之用，在露台的周围镶有雕有花鸟人物的石刻，其中至今保存完好的有露台右侧一块刻有杂剧表演场面的线刻图、露台正面的一块金人乐舞线刻图，这两幅图刻反映了当时这里的杂剧、乐舞的演出情形。这一露台是迄今发现完整保留下来的最早露台实物。河南登封县中岳庙内存刻于金代承安五年（1200）三月的《大金承安重修中岳庙图》碑②，细致记录了金代承安年间重修此庙后的情形，由碑中可以看到，在庙的主殿——琉璃正殿前面有一露台。此露台为须弥座式建筑，方形，正面有供上下的台阶，台面上标有"路台"二字。可见露台在宋金时期不但存在于京城，乡村神庙中也十分普遍。

露台是勾栏之后剧场的另一代表形式。露台是方形或长方形的高台，或垒土而成，或砖石砌成，临时搭建的多用木料。露台多建于宫观寺庙中，少数建于城中闹市区。

露台是勾栏剧场的进一步发展，其作用仍侧重在戏剧与一般生活内容的区别、隔离和界限。不同的是，勾栏的区别与分离是在二维空间内，露台的区别与分离是在三维空间中。

勾栏的出现,在观看者与表演者之间设立了界限,但观看者和表演者都在平地,即处于同一平面内,这种区别与隔离是简单的。戏剧表演从平地登上高台,与观众的距离不单体现在平面上,而且体现在立体空间上,如果原来是"此"与"彼"、"这"与"那"的区分,此时则变为"这"、"下边"与"那"、"上边"的区分。

从平地到高台,戏剧仍沿着从划地为场到勾栏的方向前进,努力摆脱一般的生活内容,从一般的生活内容中独立出来。平地与高台,不是简单的距离差别,它标志着戏剧与生活之间多了一层界限,表明戏剧的自觉性更强、特点更突出、形态更完备。从平地到高台,戏剧要让更多的人清楚地看到自己的风采,这种"有意卖弄"和"招摇过市"的行为,恰好说明它的实力在不断增加,要求在社会中争得自己应有的位置。

### 四、乐棚、山棚、舞楼、舞亭

乐棚、山棚、舞楼、舞亭都是带顶棚的戏剧表演场所。在城市,多是乐棚、山棚;在农村,多是舞楼、舞亭。

固定的乐棚,多建于城市的瓦舍中。孟元老《东京梦华录》卷二中记载北宋京城汴梁的情形:

> ……街南桑家瓦子,近北则中瓦、次里瓦,其中大小勾栏五十余座。内中瓦子莲花棚、牡丹棚、里瓦子夜叉棚、象棚最大,可容数千人。自丁先现、王团子、张七圣辈,后来可有人于此作场。瓦中多有货药、卖卦、喝故衣、探搏、饮食、剃剪、纸画、令曲之类。终日居此,不觉抵暮。

《西湖老人繁胜录》中则记载了南宋临安城中勾栏瓦舍的数量及分布情况:

> 瓦市:南瓦、中瓦、大瓦、北瓦、蒲桥瓦。惟北瓦

大,有勾栏一十三座。常是两座勾栏专说史书,乔万卷、许贡士、张解元。背做莲花棚,常是御前杂剧。

城外有十二座瓦子,钱湖门里勾栏,门外瓦子,嘉会门外瓦,候朝门瓦,小堰门瓦,四通馆瓦,新门瓦,荐桥门瓦,菜市门瓦,艮山门瓦,朱市瓦,旧瓦,北关门新瓦,钱塘门外羊坊桥瓦,王家桥、行春桥瓦,赤山瓦,龙山瓦。余外尚有独勾栏瓦市,稍远于茶,中夜作场……

吴自牧《梦粱录》、周密《武林旧事》对此也有详细的记载。瓦舍中的乐棚固定建在一处,多是木料、苇席搭成,宋人张仲文《白獭髓》中曾记,南宋京城瓦舍中苇席搭的乐棚为大火所焚。

除瓦舍中固定乐棚外,若遇节日、庆典,还要临时搭建大量乐棚,以供演出。《东京梦华录》卷六中记北宋京城汴梁元宵的盛况:

……于是贵家车马,自内前鳞切,悉南去游相国寺。寺之大殿前设乐棚,诸军作乐……其余宫观寺院,皆放万姓烧香。如开宝、景德、大佛寺等处,皆有乐棚,作乐燃灯……诸门皆有宫中乐棚。万街千巷,尽皆繁盛浩闹。每一坊巷口,无乐棚去处,各设小影戏棚子,以防本坊游人小儿相失,以引聚之。殿前班在禁中右掖门里,则相对右掖门设一乐棚,放本班家口登皇城观看。

同书卷八又载:

六月六日,州北崔府君生日,多有献送,无盛如此。二十四日,州西灌口二郎生日,最为繁盛,庙在万胜门外一里许,敕赐神保观,二十三日,御前献送后苑作与书艺局等处制造戏玩,如毬杖、弹弓、弋射之具,鞍辔、衔勒、樊笼之类,悉皆精巧,作乐迎引至庙,于殿前露台上设乐棚，教坊、钧容直作乐，更互杂剧、舞旋。

这里的乐棚多是节日、庆典时临时搭成的棚状演出场所，或在街巷，或在寺院神庙，或于平地束竿搭棚而成，或在露台上搭棚，节日、庆典过后便拆掉。

山棚也是临时搭成的棚式演出场所。《东京梦华录》卷六中载：

正月十五日元宵，大内前自岁前冬至后，开封府绞缚山棚，立木正对宣德楼……

十六日，车驾不出，自进早膳讫，登门，乐作卷帘，御座临轩宣万姓，先到门下者，犹得瞻见天表，小帽红袍独卓子。左右近侍，帘外伞扇执事之人。须臾下帘则乐作，纵万姓游赏。两朵楼相对，左楼相对郓王以次彩棚幕次，右楼相对蔡太师以次执政戚里幕次。时复自楼上有金凤飞下诸幕次，宣赐不辍。诸幕次中家妓，竞奏新声，与山棚、露台上下，乐声鼎沸。

《宋史》卷一百一十三载：

……天子先幸寺观行香，遂御楼，或御东华门及东西角楼，饮从臣。四夷蕃客各依本国歌舞列于楼下。东华、左右掖门、东西角楼、城门大道、大宫观寺院，悉起山棚，张乐陈灯。

《宋史》卷一百四十二载：

每上元观灯，楼前设露台，台上奏教坊乐，舞小儿队。台南设灯山，灯山前陈百戏，山棚上用散乐、女弟子舞。

从这些记载中可以看出山棚与乐棚的区别：乐棚搭建于地面，因而简单方便，山棚则用木料缚结成离地面较高的表演场所，因而比较复杂。如《东京梦华录》卷六中所载，正月十五元宵节所用山棚自年前冬至后便开始搭建了。《宋史》记载中有"山棚上用散乐"句，这里的"上"正是就山棚与地面的高下关系而言的。由此，可推知山棚的形制：先用木料搭成离地面有一定高度的架子，架子上端铺成平台，平台上再搭棚子。由于这种演出场所看起来高耸如山，所以称之为山棚。

在农村，这类带有顶棚的戏剧表演场所是砖木结构的固定戏台，多建在神庙中，在建造方法和建筑材料上比城市乐棚先进多了，这些便是亭榭式戏台，当时称"舞楼"、"舞亭"。

迄今为止，最早记录中国古代固定砖木结构戏台建造的碑刻共发现有三处：

第一处是山西万荣桥上村的《河中府万泉县新建后土圣母庙记》碑③，碑文中记载北宋景德二年（1005）修建"舞亭"的事。在碑阴部分载有：

修舞亭都维那头李廷训等。
此庙于景德二年岁次乙巳七月三日郭下柳文遂等，
诣天台祖庙迎请后土圣母，就当县多人供养祈福，行至
于此处，神马不往前进，却行往此地，立马多时，遂乃
地主赵智元启心发愿，舍施此地，充为庙基，后乃三载
之间，庙□完备矣。施地主赵智元。

据此可知，这里的后土庙始建于北宋景德二年（1005），历时三载落成，也就是北宋大中祥符元年（1008）已全部完工，无疑，庙中的舞亭也应同时建成。这是目前发现我国最早的关于固定戏台建筑的记载。

第二处是山西沁县城内关帝庙《威胜军关帝侯新庙记》碑④。此碑为北宋元丰三年（1080）所立，记载北宋熙宁十年（1077）任真等征蛮北返后修庙及舞楼事，其中载有：

基钱一百七十三贯文，并是安南道回人出辨，所有
殿宇系众合营修盖，其合上石姓名如后。周围地基深三

十七丈五尺，广一十一丈四尺，正殿三间，舞楼一座，南北廊上下共二十口。

第三处是山西平顺县东河村圣母庙北宋建中靖国元年（1101）所立《潞州潞城县三池东圣母仙乡之碑》⑤，其中记载北宋元符三年（1100）修建舞楼事。碑文中有：

圣母尊祐者□于有灵母仙乡，众心跻跻，旅意彬彬，掌明珠于智海，藏美玉在玄山。便乃谨会，住下乡党中，一盖遵依，银贿尤以弥丰。命良工再修北殿，创起舞楼……

碑阴记载当时的施工情况：

元符三年庚辰岁十二月癸巳朔二十三日辛卯刻字毕。修舞楼老人苗庆、刘吉、秦灵……

宋金砖木结构亭榭式戏台的模型，迄今发现两处：

1982年，河南省安阳县蒋村发现一座金代墓葬⑥，该墓为砖雕仿木结构单室圆形墓，墓壁雕如一个院落四边房屋的外檐，墓室直径2.4米，在离地面2.92米处收缩为八角攒尖顶，墓中碑刻纪年为"金大定二十六年"，即1186。在南侧墓壁高0.8米处有一砖砌仿木结构戏台模型，该戏台模型高150厘米，台口宽66厘米，台深10厘米，台口有角柱两根，上施大额枋，台顶瓦檐呈纵剖面，下有斗拱铺作，台上有正在作场表演的戏俑五个。从形状看，这里的表演场所是一座单檐歇山顶的亭榭式戏台。

1959年，在山西侯马发掘出一座金代大安二年（1210）的雕砖仿木结构单室方型董氏墓⑦，在墓室的北壁有一戏台模型，该戏台模型宽约60厘米，高约80厘米，进深约20厘米，台深三分之二处有山墙，形成前台三面敞开的表演区。两根角柱上，横施一大额枋，台顶为十字歇山式构筑，下有斗拱，台上有彩绘杂剧角色砖俑五个。

除碑记和模型之外，建造于宋金时代，以后经过迁移或重修的宋金时期砖木结构的亭榭式戏台，仍保留着当年建造时的风貌：

　　山西晋城市冶底村有天齐庙一座，庙内有正殿三间，始建于宋代元丰三年（1080），金代大定间重修，明万历三十四年（1606）依原样维修过。正殿对面有舞楼一座，台基为正方形，高1.07米，宽8.34米，上立四根小八角石柱，柱距5.14米，上为单檐十字顶，柱与柱之间没有砌墙，四面透空，其中一柱上有阴文刻记，隐约可辨"正隆二"字样⑧。

　　山西沁水县郭壁村有崔府君庙一座，据碑记，该庙在宋元丰八年（1085）已经存在，明代作过迁移与维修，均未改变原来的风格和样式。庙内有舞楼一座，台基高1.05米，长9.19米，宽8.85米，上立四根木柱，舞楼顶为单檐歇山式，山花向前，有博风悬鱼，柱与柱间没有砌墙，四面透空⑨。

　　从露台到乐棚、山棚、舞楼、舞亭是戏剧表演场所发展演进中的又一大进步。

　　戏剧表演场所在从划地为场到露台的演化过程中，与其说是戏剧与一般生活内容分离，不如说是表演性的时空艺术与一般生活内容的分离。因为在这一阶段，从一般生活内容中分离出来的不仅仅是戏剧，还包括了百戏、歌舞、各种伎艺。前引《宋朝事实类苑》所记"缚栏为戏"者所表演的就不是戏剧，而是"说韩信"——讲史。除此之外，这一时期从嘈杂人群中走入勾栏、登上露台的还有诸如宋人孟元老《东京梦华录》所记"上竿、趯弄、跳索、相扑、鼓板、小唱、斗鸡、说诨话、杂扮、商谜、合笙、乔筋骨、乔相扑、浪子、杂剧、叫果子、学像生、倬刀、装鬼、砑鼓、牌棒、道术之类，色色有之"。作为宋金时期戏剧代表形式的"杂剧"、"杂扮"就被淹没在这形态各异、鱼龙混杂的诸多"勾栏伎艺"中。显然，戏剧要成为独立的艺术形式，不但需要同一般的生活内容相分离，而且需要进一步与其他表演性时空艺术相分离——艺术与生活的分离仅仅是第一步，艺术领域内部各个门类、各种形式的分离是第二步。这是戏剧，也是各种艺术形式走向成熟的必由之路。

在完成了艺术与生活的分离之后，戏剧从露台走入棚下，开始了与其他表演形式相分离的第二阶段的历程。

乐棚、山棚、舞楼、舞亭等亭榭式戏台的出现，开始了戏剧与其他表演伎艺的分离，这时的表演场所与露台相比，不但有四根立柱，而且有固定的顶盖，等于在表演空间上设置了障碍，增加了一些限制，其结果是将原来曾与戏剧混杂在一起、可在同一场地上表演、而现在又不能适应亭榭式戏台特点的表演伎艺剔除出去。最典型的比如上竿，原来在平地或露台表演时，所竖高竿可以不受任何空间限制，在亭榭式戏台上无法竖较高的竿子，当然就无法表演了。这种伎艺要想存在下去，只能同原来相杂而处的戏剧相分离——在戏剧走进亭榭式戏台时，它仍留在露天的表演场所。这种分离的趋势，使戏剧从诸多的百戏、乐舞、伎艺表演中挣脱出来，向单一、成熟的方向迈进。

与分离和剔除同时进行的是，戏剧对其他表演形式中可借鉴、利用因素的吸收与融合，如讲唱、伎艺、武打等，其结果是戏剧博采众长，进一步提高和完善了自己。

五、过路戏台

"过路戏台"，是指在一个建筑群中，将大门与戏台合二为一——平时是大门，演戏时稍加布置便成为戏台；或者在大门的位置上建一座高台，高台中建有拱形门洞作为大门，高台之上建戏台，即将大门与戏台重叠起来建于同一位置。这类戏台多是面宽三间，中间施柱两根，戏剧表演就在两柱之间。这种戏台在明、清两代极为流行。

早期过路戏台的线索发现于山西稷山马村段氏墓群中[10]，这些墓葬的形式基本一致，墓室全部是仿木结构，四面由四座房屋的外檐建筑构成前厅后堂、左右厢房式的"四合院"，其中北壁为"正堂"，南壁是"门厅"，戏剧人物的雕刻全部在南壁"门厅"之中。"门厅"的形制是单檐或重檐式屋顶，下部皆有须弥座式的台基，门厅建在台基上，面宽三间，中间施柱两根，进入墓室的入口全在南壁——或在戏剧演出"舞台"之下的须弥座中，或在其左侧一间的下部。很明显，这里的戏剧演出场所就是门厅兼戏台式的"过路戏台"，是当时现实生活中过路戏台这一表演场所的仿造。它与当时的舞亭、舞楼成为我国古代戏曲舞台建筑的两种主要形式。

门厅兼戏台式的过路戏台是在建筑过程中将门厅与戏台灵活变通、巧妙结合的结果，这种高超的建造方法表明：固定的砖木结构的戏剧舞台在此之前早已普遍存在了，只有经过无数次的试验，在反复尝试中才能将戏台与门厅融为一体，创造出一种新的舞台形式。这种舞台形式尽管在明清时期才广泛流行，但它与中国古代戏曲的成熟同步出现，而且成为成熟戏曲的重要标志之一。

从以上罗列宋金杂剧的演出场所来看，其中有平地的，有高台的；有露天的，有棚下的；有随处划地为场的，也有固定砖木结构与后世戏曲演出场所相近的戏台。这些演出场所几乎概括了一部中国戏曲舞台产生、发展、形成、变迁的历史。戏剧由随地表演而进入勾栏；由平地登上露台；由露天进入乐棚、山棚；由临时搭建的乐棚、山棚到固定成熟的戏台，这一步步的发展，标志着戏剧逐步脱离一般的生活内容，脱离繁杂的百戏、伎艺而成为一门独立的艺术不断发展、完善。宋金杂剧多种表演场所的同时并存，完全是由于它自己作为一门完整的艺术在整体上的不成熟。正是因为戏剧自身体制的不完善、不统一使得它还没有能够对表演场所提出具体、准确、严格的要求。

## 第二节　神庙文化与中国古代剧场

中国古代戏台，按其建造环境的不同可分为两类：一类建于宫观寺庙中，称为"舞楼"、"舞亭"或"乐楼"；另一类是建在城市中的商业性戏台，称为"勾栏"。在戏曲活动中，以戏台为中心，形成了神庙剧场和勾栏剧场两种富有特色的剧场格局，这种剧场格局与中国历史文化、宗教信仰紧密相连。

### 一、神庙剧场的形成

供奉神灵、纪念先祖、好祀鬼异，在中国有久远的传统，历朝历代、各个地方都有国立、官立的宫观寺庙，以及不可胜计的民间所建"淫祠"，所祀对象完全按照功利观点和各人、各地的所需，名目繁多：皇帝祀天地，民间则靠山敬山神、近海供海神。戏曲在孕育时期就进入神庙，产生了处处有神庙、有神庙必有戏台的现象。由于民众对神鬼的敬畏和宗教信仰、风俗习惯的极强的稳定性，各地各村的神庙在古代建筑中保护最好，建于神庙中的戏台作为其中的一部分也幸运地得以保存下来。

神庙中的戏台，被融于神庙建筑群中，成为神庙的有机构成部分，其布局一般是：戏台与神庙同处于一条南北向的轴线上，神庙中的神殿背北向南，戏台背南向北，正对主神殿。在神殿与戏台间，有或大或小的空旷场地，是演戏时观众观看的场所，具体形制如山西临汾魏村三王庙元代戏台：

这种布局代表了中国古代、特别是宋金元时期神庙剧场的典型格局。

神庙剧场的格局，与神庙格局的形成是联在一起的。

中国的神庙，几乎无一例外地是背北向南，作为一个建筑群，其主要建筑均排列在南北向的轴线上，这种建筑格局的渊源

第三章　宋金杂剧的表演场所

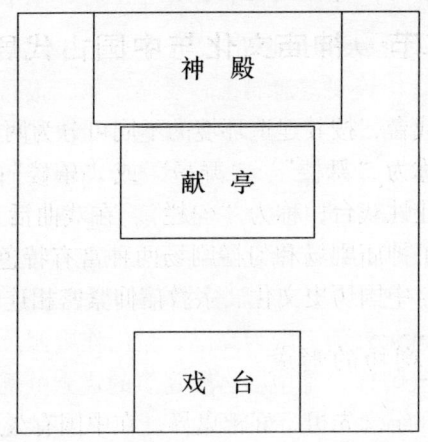

十分久远。

中国位于北半球，属中纬度国家，一年四季太阳总是出现在南面，太阳给人们带来光明、带来温暖、带来丰收和喜悦，因此太阳和天空被人们看得极为神圣。与此相联，太阳天天出现的南方也被看得比北方更为重要。《礼记》中有：

　　南方者夏，夏之为言假也。养之长之，假之仁也。

《尸子》曰：

　　夏为乐，南方为夏。夏，兴也；南，任也。是故万
　物莫不任兴，蕃殖充盈，乐之至也。

《汉书·律历志》亦记：

　　大阳者，南方。南，任也，阳气任养物，于时
　为夏。

早在上古时期，中国人就有了阳为天，阴为地，南方为阳，北方为阴的观念，皇帝国君祭天在都城的南郊，祭地则在都城的北郊。几千年来，中国的皇帝都是南面为君，臣僚则北面称臣。《礼记·郊特牲》云：

　　君之南乡，答阳之义也；臣之北面，答君也。

皇帝国君治理国家、统治万民是受命于天，作为上天之子，他要背北向南，面对上天（太阳出现的南方），恭敬于天，以承天命，以报天恩。臣僚要效忠君王，受命于君，报君之恩，当然要面对君王，背南面北了。这种按照权力等级决定的朝向格局一旦确定下来，便永无变动。于是，不但皇帝面南，而且与皇帝相关的皇宫、皇位都是背北向南的。如隋唐都城"长安"的宫室、坛庙和重要的官署，位于南北纵轴线上的北端及其两侧⑪。"以北京故宫为例，它的总体布局是沿着南北轴线纵向布置起来的，以天安门为序幕，外朝三殿为高潮，景山作殿尾，既有主从，又前呼后应，一气呵成，是中国宫殿建筑的优秀范例"⑫。

由于王权的神圣，皇帝的至高无上，久而久之，人们便把尊贵的、神圣的、具有权威的事物与皇帝的朝向、皇宫的朝向联系在一起，最终，"背北向南"成了表示神圣与权威的固定程式。所谓"天下衙门朝南开"便是极好的例证。

恩格斯在《反杜林论》中指出：

> 一切宗教都不过是支配着人们日常生活的外部力量在人们头脑中的幻想的反映，在这种反映中，人间的力量采取了超人间力量的形式。

对古代中国人来说，最可敬畏的，除了皇帝之外，莫过于鬼神了。在为鬼神建庙立祠时，对那些"人们头脑中的幻想的"、"超人间力量的形式"，采用了人间的方式来对待它们——于是，中国古代遍布城乡的宫观寺庙都采用了与皇帝、皇宫朝向相同的格局——背北向南，以表示神鬼的尊严及人们对它们的"臣服"。

迄今发现最早的神庙建筑遗址，位于陕西省岐山县凤雏村的周人宗庙遗址，就是背北向南，并严格以南北向轴线对称布局的。这一宗庙遗址南北长 45.2 米，东西宽 32.5 米，占地 1 469 平方米，建有大小不等的房屋 20 余间。从其中发现的 1 万多片龟甲卜骨内容判断,这一周人宗庙始建于商代晚期,一直使用到西周晚期[13]。

神庙的出现,对中国文化产生了极大的影响,神庙不但用于祭祀神鬼祖先,而且渐渐发展为集会、贸易、娱乐的场所,产生出一种神庙、祭祀、节日民俗相融合的"神庙文化",从某种意义上说,戏曲也是神庙文化的一部分。

所谓祭祀,无非是通过贡献礼物,贿赂神灵,博得神灵欢心,达到消灾求福的目的。向神鬼祖先供奉的祭品,也是按人的生活欲望和审美要求选择的———一是牺牲,二是歌舞伎艺——一为饮食,一为声色;前者满足物质之需,后者供以精神享乐。据《礼记·祭统》载:

> 夫祭有三重焉:献莫大于祼,声莫重于升歌,武莫重于武宿夜。

随着生产力的发展和人们对环境、社会认识的增加,祭祀活动的严肃性、宗教性渐渐被削弱,世俗性、象征的仪式性增加,表现为参加祭祀活动的人数增多、成分变杂,以及乐舞百戏等民间娱乐形式的大量涌入。南北朝时,这一倾向的发展已相当突出。《洛阳伽蓝记》载,四月八日佛之生日时,"召诸音乐,呈伎寺内","梵乐法音,聒动天地。百戏腾骧,所在骈比"。娱乐活动的增加,导致在宫观寺庙的设计和建造中,出现了专门陈放祭品和演出乐舞百戏的设施——露台。

山西芮城岳庙金代泰和三年(1203)立《岳庙新修露台记》碑[14]中载:

> 县□□东营修岳庙□□□日矣,基址宏敞,殿宇廊庑制度完备,□□□丽。惟有露台一所,累土为之,岁律□□风颓雨圮,屡修屡坏,终不称于庙貌,□有时祭月享,当奏乐于其上,用荐庶羞。今以卑隘不克行,列□人乐其备□□□格恩居为,常以为憾,数议兴修……及

> 二载中间，工匠日用馈饷，公□□应办，寒暑不避，始终如一，迄者方□□功。□台崇七尺五寸，方广二十四步，砖□万有六千，数边隅用石一百五十□，□畚绝疵，细功鳞砌，荡人耳目，黄童白叟，□□□□。□□牲陈皿者，得以展其仪；流宫泛羽者，得以奏其雅。……

这里的碑文，不但清楚地记载了露台建造由"累土为之"到用砖石砌就的变迁，而且明确地记录了露台的功用：陈放牺牲祭品和用于歌舞戏曲表演。

露台上陈列祭品、表演歌舞戏曲都为祭神、娱神，按照前述朝向、方位的君臣主次原则，决定了露台在神庙建筑群中的位置——在神庙主神殿的正对面，与主神殿处于同一条轴线上。露台没有棚盖，可以四面观看，但实际上它是有方向性的，它与对面的主神殿是"从"与"主"的关系，面对背北向南的主神殿，它的方向是背南向北的。

随着宫观寺庙中祭祀活动的一步步世俗化，祭祀中乐舞百戏伎艺戏曲演出占的比重越来越大，露台陈放祭品和表演节目的双重功能发生了分化——原来用于陈放祭品的功用逐渐淡化，以至最后彻底分离出去；原来用于乐舞百戏伎艺戏曲表演的功用逐渐增强，最终成了露台唯一的功用——露台变成了专门的乐舞百戏和戏曲的表演场所。经常在露台上演出的民间杂剧艺人被称为"露台弟子"。《东京梦华录》卷之七中载：

> ……其村夫者以杖背村妇出场毕，后部乐作，诸军缴队杂剧一段，继而露台弟子杂剧一段，是时弟子萧住儿、丁都赛、薛子大、薛子小、杨总惜、崔上寿之辈，后来者不足数。

由此可见露台的功用已趋于专一，并在当时的杂剧表演场所中占突出的地位。

神庙中露台的出现，是中国古代戏曲表演场所发展过程中最重要的一个环节，它是成熟的戏曲舞台的雏形和前身，它的形制，直接影响了此后成熟戏曲舞台的形成，它在整个神庙建筑群中的布局，以及它与神庙主神殿的位置关系，不但直接影响了神庙剧场的格局，而且影响到了城市勾栏剧场。

神庙剧场是以露台为基础发展完善起来的。

在露台向戏台发展的过渡中，露台丧失了原来独立存在的物质形式，成为戏台的一部分——戏台台基。今存金元时期的戏台，全部有高1米左右的台基，这台基便是以往的露台。将戏台建于其上，为的是让更多的观众看到台上的表演，不至造成前面观众挡住后面观众视线的情况。所不同的是，露台为求美观与结构线条的变化，多砌为须弥座式；戏台台基要承受戏台重量，要求坚实稳固，改为平面直立砌法。

从露台到固定砖木结构的亭榭式戏台的过渡，是在露台上搭建临时性"乐棚"。"乐棚"，由其名称可知，目的为奏乐演出，形制为棚状。乐棚出现于唐代，至宋时，在露台上架设乐棚表演歌舞杂剧已十分普遍。当露台上临时性的简易乐棚被固定下来，变成砖木结构的棚状或亭状表演场所时，中国古代戏台便出现了，这便是今所可见金元时期的亭榭式戏台。

神庙中的戏台和神庙剧场在形成过程中，自始至终受着神庙这一特殊环境的制约，戏台作为神殿的从属建筑物，必须严格遵循主从等级关系，最终，按照王位、皇宫、神庙的朝向和布局特点，形成了如前所述的神庙剧场布局。

二、勾栏剧场的形成

城市中的勾栏剧场与神庙剧场的建造目的不同。神庙中建戏台演戏是为祭神、娱神，演出是非商业性的——戏班自愿演出或由村社、乡绅出资演出；城市中勾栏剧场的演出完全为了商业目的——赚钱获利。

宋人郭彖《睽车志》卷五中记：

> 朱藻，字元章，徽人。某年南宫奏名，方待廷试，有士人同寓旅邸。士人便服，日至瓦市观优，有邻坐者，士人与语颇狎，因问其姓字乡里，皆与元章同，士人讶之。又云，某幸已过省，而不得及第，今且欲部中注授差遣，士人益怪之。未及详诘，适优者散场，观者阗然而出，士人与邻坐者亦起，出门，将邀就茶肆与语，而稠人中遂相失。

这里所记的勾栏剧场有围墙、有门，观众进出必须通过门，剧场中安排了许多座位，使观众可以坐下来看戏，颇有点现代剧场的味道。元人无名氏杂剧《蓝采和》第一折中对勾栏剧场记录得更详细：

> （旦同外旦引俫儿二净扮王李上净云）俺两个一个是王把色，一个是李薄头，俺哥哥是蓝采和，俺在这梁园棚内勾栏里作场，这个是俺嫂嫂，俺先去勾栏里收拾去，开了这勾栏棚门，看有甚么人来。（钟离上云）贫道按落云头，直至下方梁园棚内勾栏里走一遭，可早来到也。（做见乐床坐科净云）这个先生，你去那神楼上或是腰棚上看去，这里是妇人做排场的，不是你坐处……

> （正末云）来到这勾栏里也，兄弟，有看的人？好时候也，上紧收拾。（净云）我方才开了勾栏门，有一个先生坐在乐床上，我便道："先生，你去神楼上或是腰棚上那里坐，这里是妇女每做排场的坐处"，他倒骂俺……

> （正末云）我锁了勾栏门，看你怎生出的去……你若恼了我，十日不开门，我直饿杀你……

从这几个剧情片断可知，这里的瓦舍在洛阳城内，名叫梁园棚，蓝采和戏班在其中一个勾栏作场演戏；勾栏剧场用围墙围起来，锁了门观众便无法出入；剧场中建有专门供观众坐下来看戏的"神楼"和"腰棚"。"神楼"和"腰棚"上的观众坐下来看戏不会被别的观众挡住视线，说明"神楼"、"腰棚"有一定的高度。至于神楼、腰棚与戏台的位置关系，金元之际的散曲作家杜仁杰的著名散曲〔般涉调·耍孩儿〕《庄家不识勾栏》做了描绘：

〔耍孩儿〕风调雨顺民安乐，都不似俺庄家快活。桑蚕五谷十分收，官司无甚差科。当村许下还心愿，来到城中买些纸火。正打当街过，见吊个花碌碌纸榜，不似那答儿闹穰穰人多。

〔六煞〕见一个人手撑着橡做的门，高声的叫："请，请"，道："迟来的满了无处停坐。"说道："前截儿院本《调风月》，背后幺末敷演《刘耍和》。"高声叫"赶散易得，难得的妆哈。"

〔五煞〕要了二百钱放过咱，入得门上个木坡，见层层叠叠团围坐。抬头觑是个钟楼模样，往下觑却是人旋窝。见几个妇女向台儿上坐，又不是迎神赛社，不住的擂鼓筛锣。

……

这个散曲套数，描写了一个乡下庄稼人在城里看到的勾栏剧场及演出情形。"花碌碌纸榜"——剧场外装饰得醒目的招子，上面可能写着演出的剧目，或是概括剧情的"题目"。"一个人手撑着橡做的门"——勾栏有围墙，不能随便进入，有人把门收钱。勾栏的门用木条做成，像栅栏一样。"入得门上个木坡"——进入剧场，顺着木制楼梯上了神楼。将"木坡"解释为"观众坐的看台"[15]，或"观众坐的阶梯看台"[16]，都不对。"见层层叠叠团圞坐"——庄家看到的神楼上一个挨一个坐着的观众。"团圞",犹言团团,形容人多拥挤,将"团圞"解释为"围成圆形"[17],不对。如果观众"围成圆形"而坐,必然面面相对,也必然有一部分人背对戏台,如此坐无法看戏。"抬头觑是个钟楼模样"——"钟楼模样"指神楼楼顶的结构形状。将"钟楼"解释为"看席的上层,楼座"[18],不准确;或解释为"戏台"[19],不对。因为神楼位置较高,从神楼看戏台应是俯视,至少是平视,无需"抬头觑",因而抬头所见只能是观众头顶上神楼上部棚状或亭状的内部结构形状。"往下觑却是人旋窝"——"人旋窝",在神楼与戏台间的空地上,站立看戏的稠密观众。因神楼位置高,所以要"往下觑"。"见几个妇女向台儿上坐"——"台儿",应指戏台上的"乐床"。有的学者将"台儿"解释为"舞台"[20],也不对。女艺人不可能在戏台上席地而坐,而只能坐在如《蓝采和》中所讲"妇女每做排场"的"乐床"上,山西稷山马村段氏墓群M5的杂剧砖雕[21]中可见其具体形制。

将这些材料对照补充,可以得到宋金元时期城市勾栏剧场的基本形制:勾栏剧场整体为方形或长方形,四周建有围墙,围墙上装门,剧场内一边是戏台,戏台正对面是神楼,神楼由木料搭成,或是由砖石建成,顶部如房屋或亭子,形如"钟楼模样"。神楼位置较高,是最佳的观众看席。在神楼两边,各有"腰棚",据"腰棚"之称,知其建造低于神楼,仅达神楼之"腰"部。腰棚上有棚盖,以遮挡风雨。腰棚上的观众也可坐着看戏,是仅次于神楼的"二等看席"。在戏台与神楼、腰棚之间,有空旷的平地,供观众站立看戏,没有什么特别的设施,是最平常的"三等看席"。

城市勾栏剧场格局的形成并非一蹴而就,而是经过长时间的发展与演变。具体地说,它从神庙剧场演变而来。

勾栏剧场如何由神庙剧场演变而来,解开这一问题的关键是

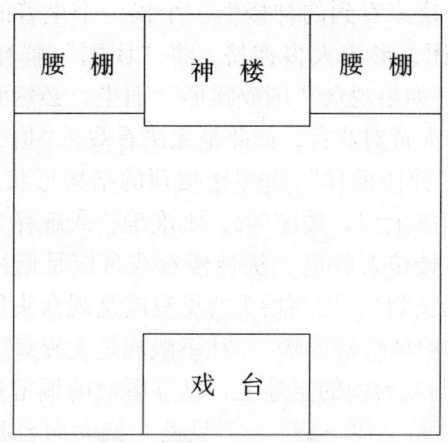

"神楼"。

"神楼",顾名思义,为敬神、供神之楼,最初并不是剧场中的观众看席,它是剧场从神庙中走出时,神庙中神殿的象征替代物。

宗教祭祀活动连绵不断,歌舞戏曲的频繁演出,使神庙剧场较早地成熟定型。但是,神庙并不是唯一的娱乐场所:其一,在人口集中的大城市,仅仅靠神庙剧场,无法满足人们的娱乐需要;其二,有些地方没有神庙,便限制了人们的娱乐。显然,神庙剧场这一种形式,无法满足不同环境、不同经济条件、不同职业特点的人们的戏曲娱乐需要,于是,勾栏剧场出现了。

早期的戏曲活动,纯粹为娱人或赚钱的演出并不多,特别是那些无法经常演戏的地方,每一次演出都要或多或少地带上一些宗教色彩——祈求风调雨顺五谷丰收,祈求神灵保佑战争胜利等。在神庙剧场,戏台对面就是神殿,祭神、酬神的演出无需作特别布置,但在没有神庙的地方,要演戏祭神、酬神就为难了,于是,这些地方的戏曲演出场所,在照搬了神庙剧场格局的时候,根据自身的实际条件作了灵活变通——用象征的手法,将神庙中的神殿压缩、简化，使其变得规模小、耗资少、容易建造，同时又满足供神、敬神的目的。这样，神殿变成了神楼。在神庙之外的剧场中，神楼是神庙剧场中神殿的替代物，它的作用相当于神庙剧场中的神殿，它的位置及其与戏台的关系与神庙剧场中神殿的位置及其与戏台的关系是相同的。

从神殿到神楼，这是从神庙剧场向勾栏剧场演变的重要一步，这种变化的轨迹是可以稽考的。

在山西临县克虎镇，完好保存有一处"戏台—神楼"的建筑。克虎镇，位于临县西面，坐落于黄河岸边，距临县县城约80公里，隔黄河与陕西佳县（旧称葭县）相望。克虎镇所处偏远，交通不便，与外界联系较少，地理位置十分险要，是宋金时期重要的军镇要塞。1959年"临县人民委员会"在此设立了"文物古迹保护标志"，其曰：

> 克虎寨，即宋建。原名克胡，前清改为克虎，其山岭古寨形迹犹存，周约五里之多，与葭芦寨隔河相对峙，相传金大定筑城屯兵于此，以防西夏，有其历史价值，全体人民应认真保护，严禁破坏。

由此可见克虎镇的悠久历史。

克虎镇戏台建于黄河岸边，坐西向东，背对黄河，戏台台基石砌而成，高2.5米，台基中有石券门洞，高2米，汛期，黄河水涨，会从门洞涌入。戏台为单檐卷棚顶，面宽三间，台口宽6.6米，中间两柱相距3.3米，台深7.3米，在台后部2.25米处设辅柱和隔墙，将戏台分为前台、后台两部分，台内有绘画木板顶棚。从台基石块严重风化磨损的程度看，这里的戏台台基建成较早，现在的戏台应是在原有台基上重建或改建而成。从戏台的建筑风格和结构特点看，重建或改建时间应在清代。戏台的对面是神楼（当地百姓即如此称呼），神楼所建位置的地势高于戏台，神楼基座也是砌石而成，风化磨损程度与戏台台基相仿，高

3.1米，基座中的石券门洞高2.4米，可通车马行人。神楼为单檐歇山顶建筑，面宽5.5米，深3.75米，前面额枋加辅柱两根，三面围墙，正面敞开。神楼的门开在右侧山墙上，须用梯才能进入。神楼室内地面比戏台台面高1.5米左右，从神楼看戏台，要俯视才行。神楼与戏台相距12.65米。这里的戏曲活动早有定俗，每年三次，从未间断：正月黄河"开河"时唱戏；六月汛期来时唱戏；九月黄河"闭河"时唱戏。神楼专为供神所用，每到唱戏时，要在上面安放观音、河神、山神的神位，还要烧香祭祀。神楼与戏台间的空地，是观众看戏的场所。

克虎镇戏台与神楼的布局的传统十分久远，在这几乎与世隔绝的偏远山区，远离现代文明的冲击，保留了早期剧场的原始面貌，它向我们形象地展示了剧场走出神庙后第一次的变化情形。

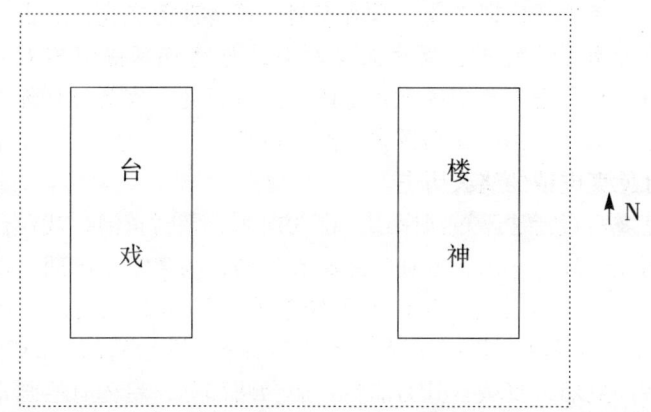

早期城市中勾栏剧场的格局应与克虎镇戏台、神楼的特点相近，勾栏为满足市民文化需要而设，观众进入剧场为消遣娱乐，戏班演出为赚钱获利，这里的戏曲活动与神庙剧场相比，几乎没有任何宗教色彩，当然更不需要在建戏台的同时再建神殿供神了。然而，当人们为了自身的需要，把当初一直在祭神、娱神幌

子下进行的戏曲活动移出神灵居住的宫观寺庙的时候，当神庙剧场由专门用于祭神、娱神向花花绿绿的世俗生活转移的时候，人们不能不顾及神灵的威严，于是，在建造戏台的时候，按照神庙剧场的格局，在戏台对面象征性地建一个"小神殿"——神楼，供神灵看戏，以表示对神灵的尊敬，结果便出现了与山西临县克虎镇戏台、神楼相似的建筑格局。随着戏曲活动的进一步世俗化，人们头脑中的鬼神观念越来越淡漠，终于，有一天，完全忘记了神灵所在，忘记了神楼原来的用途，大胆地登上了神楼，把它变成了世俗的"观众席"，把原来神灵看戏的位置据为己有，堂堂正正地坐在里面看戏了。至此，神楼的作用完全转变了，"神楼"的名称也只是徒有虚名了。

神楼从用于供神到变为观众看席，是从神庙剧场到勾栏剧场演变的第二步，这第二步演变，山西临汾东羊村元代重建的后土庙中的戏台、神楼、神殿的布局留下了旁证。

山西临汾东羊村位于临汾市西北约15公里处，村中后土庙内有金代正隆三年残碑一通，碑文已模糊不可辨。整个庙宇的布局背北向南，主要建筑排列在南北向的轴线上，自北向南依次分别是后神殿、主神殿、献亭、山门及神楼、戏台，其中主神殿和献亭已毁，仅存房基。戏台是神庙的附属建筑，单檐十字顶，台基用砖石砌成，高1.75米，台口宽7.15米，台深7.5米，台口施小八角石柱两根，高4.1米，在左侧石柱上部刻有：

  本村施主王子敬男王益夫施至石柱一条，众社般
   载，元至正五年月日，本村石匠王直、王二。

神楼在戏台正对面，即神庙山门、围墙的位置，与戏台相距18米。神楼为两座，位于山门两侧，左右对称，砖砌基座高约5米，台基中券有门洞，与庙院相通，门洞内有砖砌台阶通往神楼。神楼上部长、宽各4.2米，上立四木柱，建单檐歇山顶亭子，面积约17.6平方米。

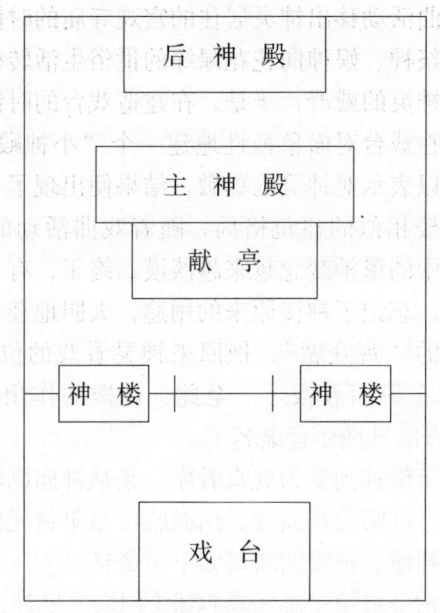

临汾东羊村后土庙及戏台是村社所建，处于农村中，应属神庙剧场，戏曲演出不会是商业性的。但特别的是，作为神庙剧场的戏台，不建在庙内，而建在庙外。更特别的是，在戏台与主神殿之间，建了供观众看戏的神楼。这种建筑布局，清楚地表明古代戏曲活动离开神庙、走向大众、走向世俗生活的趋向。戏台与神殿之间不但隔了一堵围墙，而且还有高高在上的观众看席——神楼。神灵、神殿被人们抛在脑后了。这种格局明显受了勾栏剧场格局的影响，从一个侧面反映出当时勾栏剧场的影子。

戏曲由专用于祭神、娱神发展到既娱神又娱人，并且以娱人为主；神楼从专用以供神到与神殿并存成为观众看席——当城市勾栏剧场按照这一发展趋势完全抛弃了宗教目的的束缚，自由独立地成为商业性娱乐场所时，从神庙剧场到勾栏剧场的过渡演化就彻底完成了。

至于腰棚，应是在神楼定型为最佳观众看席后才出现的，是神楼的仿造物。它按照戏台、神楼的位置关系，充分利用剧场空间，为观众提供了更多的条件较好的看席。

　　将前述山西临汾魏村三王庙剧场格局、山西临县克虎镇戏台及神楼、山西临汾东羊村后土庙剧场及从杂剧《蓝采和》、散曲《庄家不识勾栏》等史料记载中得到的剧场的格局联系起来看，便会得到中国古代剧场发展演变的基本规律：

　　（1）在中国古代两种主要剧场形式中，最先成熟定型的是神庙剧场；为满足不同地域、不同经济状况、不同职业观众的娱乐需要，神庙剧场在成熟定型的同时向神庙之外的其他娱乐场所扩散、演化，戏曲呈现出既娱神又娱人的发展趋势。

　　事实上，乐舞、百戏、戏曲既娱神又娱人，双重功能无法分割，只不过各个时期的侧重点不同而已。早期以娱神为主，同时也埋下了娱人的种子——即使人们全心全意地把乐舞、百戏、戏曲献给神灵观看，实际上也是娱神娱人同时存在的——为什么向神灵奉献这种伎艺而不奉献其他伎艺，为什么奉献这一节目而不奉献其他节目，都是以人的好恶为标准、经过人来选择，而不是神选择的。选择的过程就是认识、比较、欣赏、娱乐的过程，娱神的演出，恰恰是先娱人后才娱神的——四面观的露台明显地要为更多的观众提供观看的条件，神庙剧场中的戏曲活动绝大多数情况下是以神为幌子，以人为主体。之所以造成以神为主的原因，是因为尽管人们在神之先取得娱乐，但这时人的自娱意识还不强，他们是为神而选择，而不是为自己。娱神是主流，娱人是潜流。到娱人为主时，娱人成为主流，娱神则变成潜流——勾栏剧场挪用神庙剧场格局，商业性勾栏中却有从娱神剧场中带来的"神楼"，神的影子一直笼罩着勾栏剧场。乐舞、百戏、戏曲双重功能自始至终纠缠在一起，反映了中国思想史、中国哲学史中贯穿着的一个重要主题——神人合一，天人合一。

(2) 早期城市勾栏剧场移用了神庙剧场的格局，把神殿缩小为神楼；勾栏剧场中的神楼由初期的用以供神演变为后来的最佳观众看席；之后，在神楼两侧出现了它的仿造物——腰棚。从神庙剧场到勾栏剧场，剧场的重心发生了彻底的转移：神庙剧场的戏曲活动以娱神为主，勾栏剧场重在娱人；神庙剧场中神殿为主，戏台为从，勾栏剧场中以戏台为主，神楼为从。神庙剧场向勾栏剧场演化中，脱离了神庙环境，神殿的主导统治地位逐渐消失，勾栏剧场不再像神庙剧场那样严格地以南北向的轴线为中心来布局，而有了灵活的朝向。

剧场重心的转移，戏曲活动独立性的增强，反映出神权对艺术控制与禁锢的不断削弱，同时也从一个侧面反映出随着经济的发展、社会观念的演进、市民阶层的出现、自由贸易经济的高涨、资本主义萌芽的产生，神权、皇权及封建统治一步一步地崩溃和瓦解。在这里，剧场成了社会历史的一面镜子。

(3) 在神庙剧场向勾栏剧场演化的同时，勾栏剧场也对神庙剧场产生了反作用，这种迂回反复，展示了艺术、社会发展的复杂性。

注释：

①见《文物》1991年第12期景李虎、王福才、延保全《金代乐舞杂剧石刻的新发现》。

②见山西师范大学戏曲文物研究所编《宋金元戏曲文物图论》图109、110。

③见扬州师范学院编《曲苑》第一辑黄竹三、张守中、杨太康《从北宋舞楼的出现看中国戏曲的发展——山西中南部三通戏剧碑刻考述》。山西师范大学戏曲文物研究所编《宋金元戏曲文物图论》图103、104、附录二·一、附录二·二。

④见扬州师范学院编《曲苑》第一辑黄竹三、张守中、杨太康《从北宋舞楼的出现看中国戏曲的发展——山西中南部三通戏剧碑刻考述》。山西师范大学戏曲文物

研究所编《宋金元戏曲文物图论》图 105、106、附录二·三、附录二·四。

⑤见扬州师范学院编《曲苑》第一辑黄竹三、张守中、杨太康《从北宋舞楼的出现看中国戏曲的发展——山西中南部三通戏剧碑刻考述》。山西师范大学戏曲文物研究所编《宋金元戏曲文物图论》图 107、108、附录二·五、附录二·六。

⑥见杨建民《中州戏曲历史文物考》。

⑦见《文物》1959 年第 10 期周贻白《侯马董氏墓中五个砖俑的研究》。山西师范大学戏曲文物研究所编《宋金元戏曲文物图论》图 71、72。

⑧⑨见《中华戏曲》第四辑寒声、常之坦、栗守田、原双喜《泽州三座宋金戏台的调查》。

⑩㉑见《文物》1983 年第 1 期山西省考古研究所《山西稷山金墓发掘简报》。山西师范大学戏曲文物研究所编《宋金元戏曲文物图论》图 62~67。

⑪⑫见罗哲文《中国古代建筑》。

⑬见《文物》1979 年第 10 期陕西周原考古队《陕西岐山凤雏村西周建筑基址发掘简报》。詹鄞鑫、徐莉莉著《神秘·龙的国度》。

⑭见山西师范大学戏曲文物研究所编《宋金元戏曲文物图论》图 111、附录二·七。

⑮⑲见北京出版社出版,王季思、洪柏昭、卢叔度、罗锡诗、卢汉超《元散曲选注》。

⑯见人民文学出版社出版,王起主编,洪柏昭、谢伯阳选注《元明清散曲选》。

⑰⑳见上海古籍出版社出版,萧善因选注《元散曲一百首》,广东人民出版社出版,刘逸生主编、龙潜庵选注《元人散曲选》。

⑱见广东人民出版社出版,刘逸生主编、龙潜庵选注《元人散曲选》。

# 第四章　宋金杂剧的角色

中国古代戏曲角色最早出现于唐代的参军戏中。唐人段安节《乐府杂录》中记：

> 开元中，黄幡绰、张野狐弄参军——始自后汉馆陶令石耽。耽有赃犯，和帝惜其才，免罪。每宴乐，即令衣白夹衫，命优伶戏弄辱之，经年乃放。

《太平御览》中则记：

> 石勒参军周延，为馆陶令，断官绢数百匹，下狱，以八议宥之。后每大会，使俳优著介帻，黄绢单衣。优问："汝为何官，在我辈中？"曰："我本为馆陶令。"斗数单衣曰："正坐取是，故入汝辈中。"以为笑。

参军戏源于何时，二处记载差异甚远。汉代和帝在位是89年至105年，《太平御览》引《赵书》所记后赵石勒执政在319年至333年，前后误差两个多世纪。但不管怎样，作为一种戏剧形式，参军戏是到唐代才开始大规模流行的，由于文人的注意，史书著作中才对它进行记录并追溯其源起。范摅《云溪友议》卷九中载：

> 俳优周季南、季崇及妻刘采春，自淮甸而来，善弄陆参军，歌声彻云。

薛能《吴姬》诗云：

> 楼台重叠满天云，殷殷鸣鼍世上闻。此日杨花胜似雪，女儿弦管弄参军。

赵璘《因话录》卷第一中有：

> 肃宗宴于宫中，女优有弄假官戏，其绿衣秉简者，谓之参军桩。

李商隐《娇儿诗》中也记：

> 忽复学参军，按声唤苍鹘。

参军戏中，有两个固定角色，即"参军"和"苍鹘"。尽管这两个角色名称的来源还待考证，但它们作为中国古代最早的戏剧角色，这一点是毋庸置疑的——不但名称固定，而且各自的表演特点也是固定的——参军装痴弄乖，苍鹘嘲讽扑击。这两个最早的戏剧角色直接地影响了中国戏曲角色的构成。可以这样说，中国古代戏曲的角色系统是以这两个角色为中心发展、完善起来的。

## 第一节　宋金杂剧角色考述

时代步入到宋王朝执政时期，中国古代戏剧形式从"参军戏"发展为"杂剧"，演员角色、表演手段较前有了长足的进步。

北宋初期，参军戏仍然存在，但它已失去唐代那样的主导地位，成为当时众多表演形式中次要的一种。与此同时，宋金杂剧迅速繁衍，成为当时主要的戏剧形式，角色也有变化。元人夏庭芝《青楼集志》追述这一段戏剧历史时说：

> 院本始作，凡五人：一曰副净，古谓参军；一曰副末，古谓之苍鹘，以末可扑净，如鹘能击禽鸟也……

陶宗仪《南村辍耕录·院本名目》下记：

> 院本则五人，一曰副净，古谓之参军；一曰副末，古谓之苍鹘，鹘能击禽鸟，末可打副净，故云。

朱权《太和正音谱·词林须知》中有载：

# 第四章　宋金杂剧的角色

> 靓——付粉墨者，谓之"靓"，献笑供诌者也。古谓"参军"。书语称狐为"田参军"，故"付末"称"苍鹘"者，以能击狐也。

的确，从表演风格和表演特点上来看，宋金杂剧中的副净、副末是唐参军戏中参军和苍鹘的演变，但有两点值得注意：

第一，参军和苍鹘是唐参军戏中仅有的两个角色，在宋金杂剧中，除了副净、副末，还有末泥、引戏、装孤、装旦等角色人物，副净、副末处在一个角色群中，原来"绝无仅有"的重要位置被削弱了。

第二，从"参军"、"苍鹘"到"副净"、"副末"，既有前后继承，又有明显变化：参军戏中"参军"、"苍鹘"是两个固定搭配的角色，宋金杂剧中"副净"、"副末"也是经常搭配的角色；参军戏中参军装痴弄乖，苍鹘嘲讽扑击；宋金杂剧中副净滑稽不经，副末嘲讽扑击。与先前不同的是：参军戏中参军所扮人物的身份是官吏，即"弄假官"，苍鹘所扮人物的身份是优人；宋金杂剧中"扮假官"的职责由装孤色担当，副净、副末所扮人物的身份全部是乡村庄家和市井细民。

以下对宋金杂剧的角色逐一加以考述：

## 一、"末泥色"和"戏头"

宋金杂剧的角色名目，历代不乏记载，宋人耐得翁《都城纪胜·瓦舍众伎》中有：

> 杂剧中，末泥为长，每四人或五人为一场，先做寻常熟事一段，名曰艳段；次做正杂剧，通名为两段。末泥色主张，引戏色分付，副净色发乔，副末色打诨，又或添一人装孤。其吹曲破断送者，谓之把色。

吴自牧《梦粱录》卷二十《妓乐》中载：

> 且谓杂剧中末泥为长，每一场四人或五人。先做寻

常熟事一段，名曰艳段。次做正杂剧，通名两段。末泥色主张，引戏色分付，副净色发乔，副末色打诨，或添一人，名曰装孤。先吹曲破断送，谓之把色。

《青楼集志》和《南村辍耕录·院本名目》的记载内容也大致相同——宋金杂剧中常见的角色人物有末泥、引戏、副净、副末、装孤等五种。

以前的学者，不假思索地认为"末泥"、"引戏"、"副净"、"副末"、"装孤"全部是宋金杂剧中的角色，其实不然，其中，"末泥"、"引戏"为一类；"副净"、"副末"、"装孤"为另一类，二者名称来历的依据和背景是不同的。

上引史料在分述五个角色和人物的特点时，副净、副末、装孤的特色最清楚：副净色"发乔"，即刁滑、古怪、乖戾；副末色"打诨"，表演中多滑稽的语言和动作，逗人发笑；装孤色就是假扮官吏。而另外两个人物"末泥"、"引戏"特色的概括使人费解——末泥色"主张"，作为戏剧角色，表演中如何"主张"？引戏色"分付"，作为戏剧角色，表演中如何"分付"？由此，引出另一个重要的疑问——"末泥"、"引戏"是不是宋金杂剧中戏剧角色的名称？

在较早记录宋金杂剧戏班及其演出情况的《都城纪胜》和《梦梁录》中，都有"杂剧中，末泥为长"、"末泥色主张"二句，弄清"长"和"色"的含义，对解释末泥的作用非常必要。

《都城纪胜·瓦舍众伎》在记录杂剧角色人物和戏班构成前，有一段关于教坊分工及管理情况的记录：

散乐，传学教坊十三部，唯以杂剧为正色。旧教坊有觱篥部、大鼓部、杖鼓部、拍板色、笛色、琵琶色、筝色、方响色、笙色、舞旋色、歌板色、杂剧色、参军色，色有色长，部有部头。

《梦梁录·妓乐》记录杂剧角色人物和戏班构成前也有与此相同

的记载。在这里,"唯以杂剧为正色",指杂剧是"十三部"中最重要的部色,这里的"色",指杂剧作为教坊中戏剧、歌舞、伎艺中的一种。"歌板色、杂剧色、参军色"是将所有艺人按所从事的表演形式分类,"杂剧色",即指教坊中所有的杂剧艺人。"色有色长",指由一名技艺最精湛者作为从事某种表演的艺人的管理者和负责人,即"歌板色"中有其色长,"杂剧色"中有其色长,"参军色"中也有其色长。"长"是某类艺人中艺之最精者、代表人、负责人、管理者。

在一个杂剧戏班中,有各种作用和职责不同的人物和角色,这些人被分为"末泥色"、"引戏色"、"副净色"、"副末色"等,这里的"色"只是指戏班中某一个成员。这样,关于末泥的情况便清楚了:"杂剧中,末泥为长",——在杂剧戏班的诸多角色和人物中,末泥色是技艺最精湛的,是戏班的骨干和中心,也是戏班的负责人和管理者。那么,"末泥色主张"则是指在戏班组织中和戏剧演出时,末泥色是主要的负责人。"末泥色"的称谓,并不完全是表演中的戏剧角色名称,而更加侧重于他作为戏班中技艺最精湛者和戏班中组织、管理者的职责而言。著名的以家庭为单位、以骨干演员为中心的蓝采和戏班(见无名氏杂剧《蓝采和》)中,那位许坚末泥,既是戏班中的骨干,又是戏班的领导者,戏班的重要事务需由他出面处理,他一出家,戏班便瘫痪了。正由于此,在《武林旧事》关于戏班组织的记载中又称之为"戏头"。

"戏头",戏班之头领也。《武林旧事》卷第四《乾淳教坊乐部》中记:

杂剧三甲

刘景长一甲八人:

戏头李泉现,引戏吴兴祐,次净茆山重、侯谅、周泰,副末王喜,装旦孙子贵。

> 盖门庆进香一甲五人：
> 戏头孙子贵，引戏吴兴祐，次净侯谅，副末王喜。
> 内中祗应一甲五人：
> 戏头孙子贵，引戏潘浪贤，次净刘衮，副末刘信。
> 潘浪贤一甲五人：
> 戏头孙子贵，引戏郭名显，次净周泰，副末成贵。

这里的四个戏班中均无"末泥"而都有"戏头"。《都城纪胜》和《梦粱录》中按照戏班中角色人物作用的重要性将其次序列为："末泥、引戏、副净、副末、装孤"，上面四个戏班中角色人物的顺序则是"戏头、引戏、次净、副末、装旦"。"戏头"若不是"末泥"，戏班便无人"主张"了。

除此之外，宋人著作中还提到了"戏头"。宋人陈淳《北溪大全集》卷四十三《上傅寺丞论淫戏》中有：

> 某窃以此邦陋俗，常秋收之后，优人互凑诸乡保作淫戏，号"乞冬"。群不逞少年，遂结集浮浪无图数十辈，共相唱率，号曰"戏头"，逐家哀敛钱物，豢优人作戏或弄傀儡。

这里的"戏头"与戏班组织无关，是"乞冬"戏剧活动的组织者，其身份作用则另当别论。

## 二、"引戏色"

"引戏色"，又称"引"（见《武林旧事》卷第四），其名称来历当与唐宋乐舞中"引舞"的名称有关。引舞是舞蹈演出中的率领和指挥者，引戏在宋金杂剧表演中的作用当与之相似。《都城纪胜》和《梦粱录》中均记"引戏"的特点是"分付"。"分付"，即给予、委派之意。1983年《戏剧学习》第1期郭漤《引戏考》一文中，引述了明人陈与郊传奇《鹦鹉洲》中一则反映引戏作用的实例。该剧第六出串演楚襄王和宋玉故事的《傀個梦》，其中有：

> （扮楚襄王、宋玉上）（引）楚王、宋大夫同游云梦者。（楚演科）（引）王问者。（宋应对科）（引）大夫回奏者。（楚问宋科）（引）王命大夫作赋者。（楚下）（引）王下。（宋正立隐几科）（引）大夫归帐中安宿者。（神女登场科）（引）神女上。（宋、女演科）（引）大夫梦中与神女若远若近，若密若疏。（旦下）（引）神女下。（宋俯伏科）（引）大夫奏梦者。（楚演科）（引）王又命作赋者。（俱下）（引）出场了也。荒唐云雨千年后，仿佛君臣两赋中。（下）

作为戏中之戏，引戏如何在演出中发挥作用，是必有所本的。在这里，引戏的作用是解说人物动作、介绍剧情、指挥上下场等，正与宋金杂剧史料中所记"分付"之意相合。据此推知，宋金杂剧中引戏色的作用是介绍剧情、在演出中指挥调度，有似于后世戏剧表演中的舞台调度，具体形象在宋金戏曲文物中可以看到。

1978年冬，在河南省荥阳县东槐西村出土石棺一口，青石棺盖中央竖刻"大宋绍圣三年十一月初八日朱三翁之灵，男朱允建"，石棺侧面有一幅墓主人夫妇饮宴观杂剧图，其中有四位杂剧演员正在作场[①]，左第一人头戴东坡巾，身着圆领窄袖袍，腰间束带，左手前指，右手执一细长木杆，正在指挥表演，此即引戏色；1958年4月在河南省偃师县酒流沟水库西侧一座宋墓中出土的三块杂剧人物砖雕[②]中，第一砖高44厘米，宽23厘米，雕一人，头戴花脚幞头，身穿圆领窄袖长袍，腰束革带，身微前倾，双手正在展示一幅立轴画，似在据画解说什么，这也是引戏色；出土于山西省垣曲县后窑村金墓中的杂剧人物砖雕[③]，第一砖雕一人，戴幞头，穿圆领窄袖袍，腰束带，足穿靴，双手执一细长竿，当为指挥演出之用，这也是引戏色。除此之外，河南省温县宋代杂剧砖雕④演员部分的左第一人、山西省垣曲县古城金代杂剧砖雕⑤中的左第三人、河南省温县博物馆藏金代五人杂剧砖雕⑥中的左第一人都是引戏色。

从文字记录和出土实物中可以看出,"引戏"的名称是根据他在戏班组织和戏剧演出中的作用而来的。

引戏色所用的道具,多是光而直的木杆或竹棍,这是他用以指挥调度的号令标志,这方面受了宋金时期宫廷事务中参军色的影响。

### 三、"副末色"和"末色"

"副末色"是宋金杂剧中最重要的角色之一,也是由唐参军戏中的苍鹘演化而来的最古老的戏剧角色之一。在宋金杂剧中,副末色的表演特点是"打诨",即插科打诨,语言行为滑稽怪异,引人发笑。宋人刘昌诗《芦浦笔记》卷三中云:

> "打"字,欧阳公《归田录》云:世俗言语之讹,而君子小人皆同其谬,惟"打"字耳,如"打船"、"打车"、"打鱼"、"打水"……然世间言"打"字尚多:……"打杂剧"、"打诨",僧道有"打化",设斋有"打供",荷胡床为"打交椅",舞傩为"打驱傩"……

宋金杂剧在相当长时间内以表演说白科诨为主的滑稽小戏,主要角色就是副末色和与之搭档的副净色。表演中,副末继承了唐参军戏中苍鹘嘲讽、扑击参军的程式,对出乖弄丑的副净给以嘲讽,甚至用磕瓜打击副净,故《青楼集志》和《南村辍耕录》中都云"末可扑净"、"末可打副净"。

副末色所扮演的多是处于社会下层的乡村庄农、市井细民、手工业者等,舞台形象很有特色——衣冠不整、装束奇特、面目丑陋,最常见的动作是把手指放在口中打口哨,最常用的道具是手中拿一大木杖或腰间别一短而粗的磕瓜，那是用来打副净的道具。

副末色的形象在宋金杂剧的文物中很容易辨认：宋杂剧绢画《眼药酸》⑦中右侧一人，头戴软巾，诨裹为冲天状，身着青色圆领衫，衣袖卷至肘部，衫之前襟扎入腰间布带中，下穿白裤，足乘练鞋，身后插一破扇，上书"诨"字，双臂有点青图案，左手执一大木杖，右手指眼部。其中书有"诨"字的破扇是角色的提示，与"副末色打诨"的特点相符。大木杖是用来扑击副净用的道具。1982年4月在河南省温县前东南村宋墓中发现杂剧角色和伴奏乐人砖雕⑧各一组，杂剧角色之第四人，头戴蓝色软巾诨裹，脑后插竹枝，身穿赭黄短褐，衣襟掖于腰间带中，皂鞋白袜，左手握带穗长板，右手拇指、食指置口中打口哨，这是副净色形象。1959年发现于山西省侯马市金代大安二年董氏墓戏台模型⑨中的戏俑，其第五人，上穿黄色虎皮花纹黑边衣服，下穿黑裤，脚着红靴，头梳偏髻，裹软巾，左臂赤裸，执一大木棒，右手置口中打口哨，据其衣装、砌末和动作知这是副末色。1973年在河南省焦作市西冯村金墓中出土的杂剧社火俑⑩中也有副末色形象，此俑头戴软脚幞头，身着圆领窄袖长袍，腰间束带，左手执磕瓜，右手拇指、食指置口中打口哨。除此之外，宋金戏曲文物中，河南省禹县白沙宋墓杂剧砖雕⑪演员角色中的左第四人、河南省偃师县酒流沟水库宋墓杂剧砖雕⑫第三砖左侧一人、河南省荥阳县东槐西村朱三翁石棺杂剧线刻图⑬中左第二人、河南省温县博物馆藏金代模制单人戏雕⑭、山西省垣曲县后窑金墓杂剧砖雕⑮第四砖二人中的后面一人、河南省温县博物馆藏金代五人杂剧砖雕⑯中的第三人、山西省稷山县马村段氏墓群⑰M2中的第三人、M3中的第二人、M5前排演员的第二人、M8中的第二人都是副末色形象。

关于"末"和"末色"，文字记载见《武林旧事》卷第四

《乾淳教坊乐部》,《杂剧色》下记:"盖门庆(末)"、"侯谅(侯大头,次、末)"、"杨名高(末)"等,后来《青楼集志》和《南村辍耕录》中谈及副净、副末的表演时称"末可扑净"、"末可打副净"。此外,在两位女优人作场的宋杂剧绢画[18]中,右侧一人头戴簪花罗帽,身穿白色对襟旋袄,内束抹胸,腰间布巾中前插磕瓜,后插破扇,扇上书"末色"二字,这是宋金杂剧中典型的副末色形象。由此可知,"末"或"末色"实际是"副末"或"副末色"的别称。

磕瓜,是副末使用的典型道具,是用以打击副净的工具,从戏曲文物展示的情况看,它最初是一大木棒,后来逐渐演变、缩小、精细、艺术化,而成为磕瓜。杜仁杰散曲《庄家不识勾栏》中"把一个皮棒槌则一下打做两半个",写的就是副末用磕瓜打副净的情形。元人李伯瑜散曲〔越调·小桃红〕《磕瓜》如是说:

> 木胎毡观要柔和,用最软的皮儿裹,手内无他煞难过,得来呵,普天下好净也应难躲。兀的般砌末,守着个粉脸儿色末,诨广笑声多。

这里详细具体地描述了磕瓜的制作、形状、作用和表演效果。山西省洪洞县广胜寺明应王殿中作于元代泰定元年著名的"大行散乐忠都秀在此作场"戏曲壁画[19]中,前排演员左第四人的腰间还可见插有磕瓜。

## 四、"副净色"

"副净色"由唐参军戏中的"参军"演变而来,是宋金杂剧中与副末搭配最多的角色。"副净"又称"次净"、"次"(见《武林旧事》卷第四)或"净"(见《青楼集志》)。副净色所扮人物的身份与副末色所扮人物的身份相近,是社会下层的乡村庄家、市井细民或手工业者,舞台形象是面目丑陋,衣冠不整。副净色的表演特点是"发乔"。"发",动词,如"发混"、"发野"。"乔",狡诈、刁滑、古怪、装假。发乔,即装乖弄丑,出洋相。表演中,副净色没有什么固定的道具,典型动作是叉手。

　　副净色在表演中总是与副末色搭档,所以极易辨认:河南省温县前东南村宋墓杂剧砖雕[20]中的第五人,头戴簪花幞头加抹额,襕袍束带,小腿赤裸,袜筒外翻,双手于胸前作叉手动作;河南省荥阳县东槐西村出土宋绍圣三年朱三翁石棺杂剧作场线刻图[21]中,左第三人,颧骨高凸,侧身作笑,幞头高耸,身着袍,肩头有一大补丁,腰微弓,双手正做叉手动作;山西省稷山县马村段氏墓群[22]M8杂剧砖雕中的第三人,面目丑陋,嘴眼涂为红色,头戴圆脚幞头,身穿衲袍,腰扎布带,仰头向左,双手向右打揖;河南省焦作市西冯村金墓社火杂剧俑[23]中有一俑,粗眉大眼,张口吐舌,头戴软帽,帽顶所插饰物已朽失,仅存其孔,帽顶左侧也有一孔,所插之物也已朽失,仅存其孔,身着圆领长袍,腰束布带,衣袖卷至肘,双手正做叉手动作。据衣装、动作、神态判断,这些都是副净色。另外,两幅宋杂剧绢画[24]中左侧的一人、河南禹县白沙宋墓杂剧砖雕[25]中的第三人、河南偃师县酒流沟水库出土的宋墓杂剧砖雕[26]第三砖左侧一人、山西垣曲县后窑金墓杂剧砖雕[27]第四砖两人中的前面一人、山西省垣曲县古城金代杂剧砖雕[28]中的第四人、河南省温县博物馆藏金代五人杂剧砖雕[29]中的第五人、山西省稷山县马村宋金段氏墓群[30]M4杂剧砖雕前排演员中的第二人、山西省稷山县苗圃金墓杂剧砖雕[31]中的第二人、山西省稷山县化峪金墓杂剧砖雕[32]中的第三人、山西省侯马市金代大安二年董氏墓戏台模型戏俑[33]中的第一人都是副净色形象。

## 五、"装孤色"

　　"装孤",即装扮官吏,也就是"扮假官",这也是中国古代戏剧中最古老的角色之一。唐代参军戏中的参军就是"扮假官"者，只是到宋金杂剧中它的名称和扮演人物的身份都发生了变化，原来"扮假官"的职责由一个新的专门角色——"装孤"来担任了。

装孤色在宋金杂剧中形象最鲜明、最容易辨认：河南省禹县白沙宋墓杂剧砖雕[34]中的第二人、河南省偃师县酒流沟水库宋墓杂剧砖雕[35]第二砖右侧一人、河南省温县前东南村宋墓杂剧砖雕[36]演员部分之第二人、山西省垣曲县后窑金墓杂剧砖雕[37]第三砖所雕、河南省温县博物馆藏金代五人杂剧砖雕[38]中第二砖所雕、山西省稷山县马村宋金段氏墓群杂剧砖雕[39]中M2之第二、第四人，M4之第四人，M5第一人，M8之第四人、山西省稷山县苗圃金墓杂剧砖雕[40]中的第四人、山西省稷山县化峪金代墓葬[41]M2杂剧砖雕中的第五人、M3中的第五人、山西省侯马市金代大安二年董氏墓戏台模型戏俑[42]中的第三人都是装孤色。装孤色扮演人物的身份决定了他的舞台形象：头戴展脚或圆脚幞头，身穿圆领宽袖长袍，腰束革带，双手秉笏，表情严肃，神态庄重。

## 六、"装旦色"

"装旦"，又称"旦"，即扮演女性角色，亦即扮假妇人，这也是中国古代戏剧中最古老的角色之一。著名的唐代歌舞戏《踏谣娘》就是由女性角色主演的。《教坊记》载：

> 《踏谣娘》——北齐有人姓苏，䶌鼻，实不仕，而自号为郎中，嗜饮酗酒，每醉辄殴其妻。妻衔悲，诉于邻里。时人弄之。丈夫著妇人衣，徐行入场。行歌，每一叠，傍人齐声和之云："踏谣和来，踏谣娘苦和来！"以其且步且歌，故谓之"踏谣"；以其称冤，故言苦。及其夫至，则作殴斗之状，以为笑乐。今则妇人为之，

遂不呼郎中，但云"阿叔子"。

无论是"丈夫著妇人衣"，还是"妇人为之"，都是扮演女性，除此之外，在《乐府杂录·俳优》中有记：

> 弄假妇人，大中以来有孙乾、刘璃瓶，近有郭外春、孙有熊。僖宗幸蜀时，戏中有刘真者，尤能，后乃随驾入京，籍于教坊。

"弄假妇人"成为唐代教坊优人专门的表演节目之一，说明这种表演在当时已普遍存在并有相当高的水平。无论是"弄"什么身份的"假妇人"，也无论是男性装扮还是由女性装扮，都是"装旦色"的源起。

前面所引几条有关宋金杂剧角色人物的史料记载中，都没有提及"装旦色"，但实际上装旦色在宋金杂剧中普遍存在而且相当重要。《武林旧事》卷第四《乾淳教坊乐部》中记：

> 杂剧三甲
>
> 刘景长一甲八人：
>
> 戏头李泉现，引戏吴兴祐，次净茆山重、侯谅、周泰，副末王喜，装旦孙子贵。

《武林旧事》卷第六《诸色伎艺人》中有：

> 杂扮（纽元子）
>
> 铁刷汤、江鱼头、兔儿头、菖蒲头、眼里乔……郑小俏、鱼得水（旦）、王道泰、王寿香（旦）、厉太、顾小乔、陈橘皮、小橘皮、莱市乔、自来俏（旦）。

"装旦孙子贵"是指在"刘景长"戏班中，装旦色是由演员孙子贵担任的；"鱼得水"、"王寿香"、"自来俏"三人名下注"旦"，说明在"杂扮（纽元子）"演出中，他们是装旦色的。

在已发现的宋金戏曲文物中，装旦色的形象并不罕见。河南省荥阳县东槐西村宋代绍圣三年朱三翁石棺杂剧线刻图[43]中的左第四人，鼻大如蒜，双目圆睁，两道黑墨自额贯眉眼而下至颧骨部,呈"八"形,左脸有一大墨点,头披软巾,上穿右衽襦,下系百褶裙,正面而立,双手作揖,这便是装旦色形象。山西稷山县马村宋金段氏墓群[44]M8杂剧砖雕中的第五人,头梳大髻,上穿左衽襦,下系长裙;山西省稷山县化峪金墓[45]M3杂剧砖雕中的第一人,面庞丰满端庄,上穿左衽襦,下系长裙,外穿背子,双手执团扇,也都是装旦色形象。

宋金戏曲文物的实例告诉我们:宋金杂剧中的装旦色可分为两类:一类如山西稷山县马村宋金段氏墓群 M8 杂剧砖雕中的第五人和山西省稷山县化峪金墓 M3 杂剧砖雕中的第一人,她们属正面形象,有似于元代杂剧中的"正旦";另一类如河南省荥阳县东槐西村朱三翁石棺杂剧图中的第四人,属反面形象,有似于元杂剧中的"搽旦"。

值得注意的是,除了装旦色外,在宋金杂剧砖雕中,发现有大量的女性演员,如宋杂剧绢画[46]《眼药酸》中左侧的一人,另一幅宋杂剧绢画中的两人,河南省偃师县酒流沟水库宋墓杂剧砖雕[47]中的第一人,"丁都赛"砖雕[48],山西省稷山县马村宋金段氏墓群[49]M4 中的第一、第三人,M8 中的第四人,山西稷山苗圃金墓杂剧砖雕[50]中的第一、第三、第四人,山西省稷山县化峪金墓[51]M2 杂剧砖雕中的第四、第五人,M3 中的第四、第五人,山西省侯马市金代大安二年董氏墓戏台模型戏俑[52]中的第四人,全部都是女性演员,她们的存在必将突出女性演员在戏班中的作用,增加女性角色在表演中的比重。

### 七、"参军色"

"参军色"的始祖是唐代参军戏中的"参军"。在宋金时期,参军色的情况很复杂,他不仅参加杂剧表演,而且是宫廷事务中重要的组织者,所以《都城纪胜·瓦舍众伎》和《梦粱录·妓乐》所记宫廷教坊构成的部色中,都有与"杂剧色"并列的

"参军色"。

作为宋金杂剧中的角色之一,参军色的表演有两种情形:

第一,在表演中完全保留了唐代参军戏中"参军"的特点——扮假官,受嘲弄。宋人吴曾《能改斋漫录》中记:

> 本朝张景,景德三年以交通曹人赵谏,斥为房州参军。景为《屋壁记》,略曰:"近置州县参军,无员数,无职守,悉以旷官败事违戾政教者为之,凡朔望享宴使与焉。外人一见之,必指曰:'参军也,尝为某罪矣。'至于倡优为戏,亦假而为之,以资玩戏,况真为者乎!宜为人之轻视,又将狎而侮之。"

从张景被贬参军的牢骚之辞可以看出,正是因为当时参军戏的流行,参军的官职也被搞得声名狼藉。宋人岳珂《桯史》卷第七中载:

> 秦桧以绍兴十五年四月丙子朔,赐第望仙桥。丁丑,赐银绢万两匹,钱千万,彩千缣。有诏就第赐燕,假以教坊优伶。宰执咸与,中席,优长诵致语,退,有参军者前,褒桧功德。一伶以荷叶交椅从之,谐语杂至,宾欢既洽,参军方拱揖谢,将就椅,忽坠其幞头,乃总发为髻,如行伍之巾,后有大巾环,为双叠胜。伶指而问曰:"此何环?"曰:"二胜环。"伶遽以击其首曰:"尔但坐太师交椅,请取银绢例物,此环掉脑后可也。"一坐失色。桧怒,明日下伶于狱,有死者。

这里参军色的表演,出场时十分严肃,道貌岸然,继而虚弱丑恶面目被揭穿,受打击、受嘲讽。

第二,在杂剧表演中扮假官,并不受嘲弄和打击。宋人周密《齐东野语》卷二十中载:

> 宣和间,徽宗与蔡攸辈在禁中自为优戏。上作参军趋出,攸戏上曰:"陛下好个神宗皇帝。"上以杖鞭之

曰："你也好个司马丞相。"

这里蔡攸被以杖鞭击，并不是因为参军色由皇帝扮演，而是宋金杂剧中的一种表演程式。江少虞《宋朝事实类苑》卷第六十四中有：

> 景祐末，诏以郑州为奉宁军，蔡州为淮康军。范雍自侍郎领淮康，节钺镇延安。时羌人旅拒戍边之卒，延安为盛。有内臣庐押班者为钤辖，心常轻范。一日，军府开宴，有军伶人杂剧，参军称："梦得一黄瓜，长丈余，是何祥也？"一伶贺曰："黄瓜上有刺，必作黄州刺史。"一伶批其颊曰："若梦镇府罗葡，须作蔡州节度使？"范疑庐所教，即取二伶杖背，黥为城旦。

这里的参军也只扮假官，并不受嘲弄、打击。这种演出程式在宋金时期极为普遍，并且被人们所公认。宋人洪迈《容斋随笔》卷十四中载：

> 士人处世，视富贵利禄，当如优伶之为参军，方其据几正坐，暗哂诃箠，群优拱而听命，戏罢则亦已矣。

在宫廷事务中，参军色的职责主要有二：在乐舞杂剧演出时充当指挥、调度；为皇帝外出游幸作导引。

在乐舞杂剧演出中充当指挥和调度的参军色，又称"竹竿子"，他的职责和特点是从唐代乐舞指挥"协律郎"继承而来。宋人高承《事物纪原》卷十中有：

> 协律郎：汉武帝置，始以李延年为之。

唐人杜佑《通典》卷一百四十四中记：

> 凡有大燕会，设十部之伎于庭以备华夷：一曰燕乐伎，有景云之舞、庆善乐之舞、破阵乐之舞、承天乐之舞；二曰清乐伎；三曰西凉伎；四曰天竺伎；五曰高丽伎；六曰龟兹伎；七曰安国伎；八曰疏勒伎；九曰高昌伎；十曰康国伎（其十部所用工人乐器在清乐及四方

乐篇中）。每先奏乐，三日大乐，令宿设悬于庭，其日率工人入居次，协律郎举麾，乐作；仆麾，乐止。

类似的记载在《旧唐书》中还有几处。《金史》卷第三十六《礼志》中记：

受尊号仪。

……

其日质明，奉册太尉、奉宝司徒、读册中书令、读宝侍中以次应行事官，并集于尚书省，俟册宝兴，乘马奉迎。册宝至应天门，下马由正门步导入，至大安殿门外，置册宝于幄次。舁册宝床弩手人等分立於左右。文武群官并朝服入次。摄太常卿与大乐令帅工人入就位，协律郎各就举麾位……

……初索扇，协律郎跪，俛伏，兴，举麾。工鼓柷，奏《乾宁之曲》。出自东房，即座，仪鸾使副添香，炉烟升，扇开，簾卷。协律郎偃麾，戛敔，乐止。

"协律郎"，顾名思义，协调、统一音律节奏者。宋金宫廷事物中指挥乐舞的参军色（竹竿子）的作用也是如此。前引宋人史浩《鄮峰真隐漫录》卷四十六《剑舞》中有详细记载。《东京梦华录》卷之九《宰执亲王宗室百官入内上寿》下载：

第五盏御酒，独弹琵琶……参军色执竹竿子作语，勾小儿队舞……参军色作语问，小儿班首近前进口号，杂剧人皆打和毕，乐作群舞合唱，且舞且唱……

《梦梁录》卷三《宰执亲王南班百官入内上寿赐宴》中记：

……凡御宴，至第三盏方进下酒咸豉……参军色执竹竿拂子，奏俳语口号，祝君寿。杂剧色打和毕，且谓"奏罢今年新口号，乐声惊裂一天云"。参军色再致语，勾合大曲舞……

第五盏进御酒……百官酒，乐部起三台舞，参军色执竿奏数语，勾杂剧入场，一场两段。

除了指挥内容庞杂、场面宏大的演出活动，参军色还担任一个戏班中乐人的指挥。河南省温县前东南村宋墓杂剧砖雕[53]伴奏乐人部分，右侧第一人，头戴展脚幞头，身穿圆领宽袖长袍，双手执一细长木杆，这是指挥乐人演奏的参军色。山西省高平县西李门村二仙庙金代正隆二年露台侧杂剧线刻图[54]十人中的第一人，头戴展脚幞头，身穿圆领宽袖长袍，双手执一细长竿，竿顶端镶一圆球状物，上插许多极细的竹条，竹条呈纷散状，这也是参军色。山西省浮山县上东村宋墓壁画[55]中也有一参军色，此人头戴展脚幞头，身穿圆领宽袖长袍，脚穿薄底靴，双手执一细长直竿，竿顶端插两根细长竹条，两细长竹条向两边披拂，呈"V"形。

参军色所用作为调度指挥标志的道具，称为"竹竿子"或"竹竿拂子"，是一根光而直的细长竹竿或木棍，有时在细长的竹竿或木棍顶端插有极细的竹条，样子很像拂尘，这种道具缘何而来，有若干文物材料可作解释：1989年，在山西省长子县发现了清代嘉庆二十三年（1818）抄立的迎神赛社礼仪规范抄本《唐乐星图》[56]以及其他十四种明清时期抄立的有关迎神赛社礼仪内容的钞本。在《唐乐星图》中，有《讲分戏竹》赞词，在同期发现的其他钞本中有：

> 三元戏竹古今留，先朝历代起根由。黄帝春秋卫灵公，大唐明皇月宫游……三杆戏竹，原来是天元戏竹、地元戏竹、人元戏竹……人元戏竹者，出自大唐明皇所治遗留，上有二十八枝散头……

《赛古赞本·唐王游月宫》中有：

> 官里将丹盘来，令黄番撒（幡绰）、武官（科）头、刘色长动乐，看杨妃舞盘中之曲。殿有一株梧桐树，玄宗用手取班（斑）竹柱杖，及（击）梧桐树按

其节拍。那杨妃舞罢盘中之曲,及(击)散班(斑)
竹九分……明皇敕赐柱杖攒为戏竹。加黄幡撒(绰)
引领官,教坊司大士,敕赐犁(梨)元(园)戏竹
谏司。

又,《听命文集·三元戏竹》中记:

> 在此御花园排宴,杨妃单舞盘中之曲。明皇手取班
> (斑)竹杖,击梧桐树,按其节拍。将班(斑)竹击散
> 九分,之所分散头二十八枝,按上方周天轮二十八宿。
> 明皇曰:"要此竹成何用,封为人元戏竹,赐于黎
> (梨)园戏谏司,教坊司黄方(幡)彻(绰)。"凡奏
> 乐者,此竹当先引领。

这些古赛钞本的记载透露出几条值得注意的信息:(1)参军色所用的竹竿子有可能始自唐代,而且与歌舞戏剧表演有关;(2)它是指挥、引导、协调表演的标志;(3)它是参军色使用的典型道具,顶部有细竹"散头"装饰。关于此,朝鲜《乐学规范·唐乐呈才仪物图说》㊼的记载也可以作为证明,其曰:

> 竹竿子:柄以竹为之,朱漆,以片藤缠结下端,镶
> 染铁妆(凡仪物柄同),雕木头冒于上端,又用细竹一
> 百个,插于木头上,并朱漆,以红丝束之。每竹端一寸
> 许,裹以金箔纸,贯水晶珠。

这里的记载虽与古赛钞本内容有某些差异(如竹竿子顶部细竹数目),但两相印证,终于弄清了竹竿子的具体形制——一根长而光滑的竹竿,顶部插有许多呈纷散状的细竹条。山西省高平县西李门村二仙庙金代正隆二年(1157)露台侧杂剧线刻图中参军色所执竹竿子是其典型样式,河南省温县前东南村宋墓杂剧砖雕伴奏乐人中参军色所用的竹竿子和山西省浮山县上东村宋墓壁画中参军色所用的竹竿子是其变种。

为皇帝外出游幸作导引的参军色,属于侍候仪仗人员,此

时,他的职责是作引导、念致语、念口号。《东京梦华录》卷七《驾幸临水殿观争标锡宴》中载:

> 驾先幸池之临水殿,锡宴群臣,殿前出水棚排立仪卫,近殿水中横列四彩舟,上有诸军百戏,如大旗、狮豹、棹刀、蛮牌、神鬼、杂剧之类。又列两船皆乐部,又有一小船,上结小彩楼,下有三小门,如傀儡棚,正对水中乐船,上参军色进致语,乐作……

《武林旧事》卷第一《登门肆赦》中有:

> 其日,驾自文德殿,诣丽正门御楼,教坊作乐迎导,参军色念致语,杂剧色念口号。

这里参军色的装束如何,是否仍执竹竿子,不得而知,但从他的行为来看,这里的参军色与歌舞杂剧表演中指挥、引导的职责有关,是前者的延伸。

## 八、"把色"

"把色"是宋金杂剧戏班成员之一。《都城纪胜·瓦舍众伎》在记述戏班的角色人物时有云:

> 其吹曲破断送者,谓之把色。

《梦粱录·妓乐》在介绍了末泥、引戏、副净、副末、装孤后也记:

> 先吹曲破断送,谓之把色。

两处记录虽有一字之差,但它的意思是一致的——"把色"是宋金杂剧戏班成员之一,他的职责是"吹曲破",为杂剧表演作伴奏。《武林旧事》卷第一《圣节》中记:

> 第四盏……杂剧,吴师贤已下,做《君圣臣贤爨》,断送《万岁声》。
> 
> 第五盏……杂剧,周朝清已下,做《三京下书》,断送《绕池游》。

> 再坐……第四盏……杂剧，何晏喜已下，做《杨饭》，断送《四时欢》。
>
> 第六盏……杂剧，时和已下，做《四偌少年游》，断送《贺时丰》。

又，《武林旧事》卷第八《皇后归谒家庙》乐次中记：

> 第四盏，琵琶独弹《寿千春》。笛起《芳草渡》。念致语、口号。勾杂剧色，时和等做《尧舜禹汤》，断送《万岁声》。
>
> 再坐……第七盏，筝弹《会群仙》。笙起《吴音子》。勾杂剧，吴国宝等做《年年好》，断送《四时欢》。

把色不是宋金杂剧中的角色，只是吹笛伴奏的乐人，一直到元代杂剧中，仍然存在。无名氏杂剧《蓝采和》中蓝采和戏班中就有把色，其第一折中有：

> 〔正末上云〕小可人姓许名坚，乐名蓝采和，浑家是喜千金，所生一子是小采和，媳儿蓝山景，姑舅兄弟是王把色，两姨兄弟是李薄头……

元人高安道散曲〔般涉调·哨遍〕《嗓淡行院》中有：

> 诧跋的单脚实村纣，呼喝的担徕每叫吼，聪粘的绿老更昏花，把棚的莽壮真牛，吹笛的把瑟歪着尖嘴，擂鼓的撅丁瘤着左手。撩打的腔腔嗽，靠棚头的先虾着脊背，卖薄荷的自肿了咽喉。

至于"把色"的名称从何而来，尚需进一步研究。

## 第二节 宋金杂剧角色名称来源考辨

中国戏曲成熟以后，登上正统的文坛还经过了许许多多的反复和曲折，在它发展、成长的宋金时期，为官僚士大夫们所鄙视。当时它流行于社会下层的劳动者之中,与正统的诗文相比是俗而又俗、等而下之的东西。也正由于此,决定了它成长过程中的方方面面都与社会下层的乡村和市井环境以及庄农、市民、手工业者的生活内容密切相关。今天,寻找宋金杂剧的成长历程,必须将它还原到原来的生存环境,如果站错了这个立足点,到经典著作中苦苦搜寻,或者牵强附会、望文生义,必将造成对戏曲发展历史的误解。

宋金杂剧角色的名称从何而来?历代有许多考述,胡应麟《少室山房笔丛》卷四十中云:

> 凡传奇以戏文为称也,亡往而非戏也。故其事欲谬悠而无根也,其名欲颠倒而亡实也,反是而欲求其当焉,非戏也。故曲欲熟而命以生也,妇宜夜而命以旦也,开场始事而命以末也,涂污不洁而命以净也。凡此,咸以颠倒其名也。

祝允明《猥谈》则辨之:

> 生、净、旦、末等名,有谓反其事而称,又或托之唐庄宗,皆缪云也。此本金元闾阎谈唾,所谓"鹘伶声嗽",今所谓市语也。生即男子,旦曰妆旦色,净曰净儿,末曰末尼,孤乃官人,即其土语,何义理之有?

清人姚燮《今乐考证》对历代考述戏剧角色名称来源的资料也有辑录:

> 柯九思云:"杂剧有正末、副末、狚、狐、靓、鸨、猱、捷讥、引戏九色之名。正末者,当场男子能指事者也,俗谓之'末泥'。副末执磕瓜以扑靓,即古所谓'苍鹘'是也。当场之妓曰'狚',狚,狼之雌者也,其性好淫,今俗讹为'旦'。狐,当场妆官者是也,今俗讹为'孤'。靓,傅粉墨献笑供诌者也,粉白黛绿,古称'靓妆',故谓之'妆靓色',今俗讹为

'净'。妓女之老者曰'鸨',鸨似雁而大,无后趾,虎文,喜淫而无厌,诸鸟求之即就,世呼'独豹'者是也。凡妓女总称曰'猱',猱亦猥属,喜食虎肝脑,虎见而爱之,辄负于背,猱乃取虱遗虎首,虎即死,取其肝脑食焉,以喻少年爱色者亦如遇猱然,不至丧生不止也。捷讥,古谓之'滑稽',杂剧中取其便捷讥谑。故云,引戏,即院本中之狙。"

  王棠云:"《怀铅录》云:古梨园傅粉墨者,谓之'参军',亦谓之'靓'。靓,音'静'。《广韵》:靓,妆饰也。今傅粉墨谓之'净',盖'靓'之讹也。扮妇人谓之'狙',音'旦',又音'达',又与'獭'通。《南华经》云:猨猵狙以为妻。束广微云:猨以獭为妇。盖喻妇人意,遂省作'旦'也。苍鹘谓之'末'者,末,北方国名。《周礼》:四夷之乐有靺,《东都赋》云:僸佅兜离,罔不毕集。盖优人作外国妆束者也。一曰'末泥',盖倡家隐语,如爆炭、崖公之类,省作末。又云:末泥色主张,引戏分付,副末色打诨。又《都城纪胜》:杂扮或名'杂旺',又名'钮元子',又名'拔和',乃杂剧之散段,多是借装为山东、河北村人,以资笑,今之'打和鼓'、'撚梢子'、'散耍',皆是也。今之丑角,盖钮元子之省文。"

  这些考证中,有的用逆向思维法破译,有的从动物生性特点比喻,有的从史书典籍中挖掘,虽都能自圆其说,但又都缺乏足以服人的证据。比较而言,还是《猥谈》的作者祝允明独具慧眼——戏剧角色名称来自"阛阓谈唾"——即市井俗语。这一点有事实作证明。

  宋金时期,杂剧虽也进入宫廷、官衙和豪富权贵之家,但最广阔的市场还是在民间,在瓦舍勾栏、市井街巷中;在集镇神庙、荒僻村落中。它的生存环境给这门幼稚的艺术打上了深深的印记。钱南扬先生《汉上宦文存·市语汇钞》中,辑录了自宋代到清代的市井俗语、江湖行话共11种,其中宋代两种:《圆社锦语》、《绮谈市语》;明代六种:《金陵六院市语》、《六院汇选江湖方言》、《梨园市语》、《四平市语》、《表背匠市语》、《行院声嗽》;清代三种:《杭州市语》、《江湖通用切口摘要》、《江湖行话录》。在这里可以找到宋金杂剧某些角色名称的来历。

关于"孤"和"旦",《圆社锦语》中有:

> 孤老——老官人。

《绮谈市语》中有:

> 官人——孤老。
> 娼妇——妓者、水表、妲老。

《六院汇选江湖方言》中有:

> 姑儿子——亦官宦也。
> 孤老——是官人也。

《行院声嗽》中有:

> 官曰孤。

可见,自宋代开始,市井俗语和江湖行话中就称"官吏"为"孤老",称"娼妇"为"妲老"。"老",在市井俗语和江湖行话中出现频率极高,表示"某一种人",作语缀用。去掉"老"这一语之后缀,官吏便称"孤",娼妇则称"妲",女性俳优艺人历来被视与娼妇同列,那么,宋金杂剧角色"孤"与"旦(妲)"来自市井俗语和江湖方言便一目了然了。

关于"净",这里也有重要线索。《行院声嗽》中载:

> 净——嗟末。
> 院本——嗟末。

若以"嗟末"作中介,则"净"即"院本"。由此可作两种推断:其一,"净"即"院本"的市语俗称;其二,"净"与"院本"有直接的关系。周密《武林旧事》卷第三记,"行院"宋代已有,杂剧角色名称"净"从这里产生也合情合理。

除此之外,在这些市井俗语和江湖行话中还可以找到与戏曲有关的其他称谓的来源,如:

枪者,脸也。

模枪者,搽粉也。

保儿为"抱老"。

什物,砌末。

父,孛老。

母,保儿。

贼,邦老。

婆婆,卜儿。

南妓母,卜儿。

北妓母,鸨儿。

宋人周密《武林旧事》卷第十《官本杂剧段数》载宋代杂剧剧目280种,元人陶宗仪《南村辍耕录》卷二十五中载金代《院本名目》690种,其中有大量人物称谓,从市井俗语和江湖行话中可以找到破译的密码。

关于"孤",《官本杂剧段数》和《院本名目》中有关的剧目有:

《孤夺旦六幺》、《孤和法曲》、《老孤嘉庆乐》、《睡孤》、《论禅孤》、《大暮故孤》、《思乡早行孤》、《迓鼓孤》、《讳药孤》、《小暮故孤》、《老孤遣旦》、《双惨孤》、《四孤醉留客》、《四孤好》、《四孤擂》、《孤惨》、《三孤惨》、《四孤夜宴》、《四孤披头》、《病孤三乡题》、《泥孤》。

《乔托孤》、《旦判孤》、《计算孤》、《双判孤》、《百戏孤》、《烧枣孤》、《孝经孤》、《菜园孤》、《货郎孤》、《酸孤旦》、《老孤遗旦》、《眼药孤》、《阴阳孤》。据前之考证，这些剧目的内容都与官吏有关。

关于"旦"，《官本杂剧段数》和《院本名目》中有关的剧目有：

《孤夺旦六幺》、《双旦降黄龙》、《双卖妲》、《老孤遗旦》、《褴哮店休妲》、《偌卖妲长寿仙》。

《酸孤旦》、《旦判孤》、《老孤遗旦》、《毛诗旦》、《缠三旦》、《禾哨旦》、《哮卖旦》、《贫富旦》、《三拖旦》。

据前之考证，这些剧目的内容都与妇女有关。

关于"酸"，《官本杂剧段数》和《院本名目》中有关的剧目有：

《褴哮负酸》、《食药酸》、《眼药酸》、《急慢酸》、《秀才下酸擂》。

《四酸逍遥乐》、《合房酸》、《麻皮酸》、《花酒酸》、《狗皮酸》、《还魂酸》、《别离酸》、《三缠酸》、《谒食酸》、《三楪酸》、《哭贫酸》、《插拨酸》、《酸孤旦》、《四酸擂》、《四酸讳偌》、《四酸提猴》、《酸卖俫》、《是耶酸》、《怕水酸》。

"酸"，民间对穷秀才和落魄文人的称谓。《行院声嗽》中有："秀才，酸丁。"据此推知，这些剧目内容与秀才有关。

关于"哮"，《官本杂剧段数》和《院本名目》中有关的剧目有：

《双拦哮六幺》、《双哮新水》、《三哮卦铺儿》、《三哮揭榜》、《四哮梁州》、《三哮上小楼》、《三哮文字儿》、《双哮采莲》、《三哮好女儿》、《三哮一檐脚》、《褴哮合房》、《褴哮负酸》、《褴哮店休妲》。

《哮卖旦》。

《行院声嗽》中有："醋,哮老。""哮老"即"醋","醋"即"酸","酸"即"秀才"。由此推知,"哮"可能是市井江湖对秀才一类读书人的另一种俗称,缀以"哮"的剧目的内容当与秀才书生有关。

关于"厥",《官本杂剧段数》中有关的剧目有:

《赶厥夹六幺》、《赶厥胡渭州》、《赶厥石州》、《双厥送》、《双厥投拜》。

《圆社锦语》中有:"兄,厥□"。"弟,厥象"。"夫,厥良,盖老"。这里,"厥"都冠于一个家庭中成员的俗称之前,表示诸如"兄弟"的亲属关系。由此推知,缀以"厥"的剧目内容可能与兄弟间的往来纠纷有关。

关于"爷老",《官本杂剧段数》中有关的剧目有:

《三爷老大明乐》、《病爷老剑器》。

王国维先生考证"爷老"是契丹语,又作"拽刺",指"走卒"。《辽史·百官志》中有:"侍候郎君拽刺";"左侍候郎君拽刺";"右侍候郎君拽刺";"有小校,有拽刺";"有侦候,有候人,有拽刺"。即缀有"爷老"的剧目的内容都与兵卒有关。

关于"孙",《官本杂剧段数》和《院本名目》中有关的剧目有:

《大孝经孙爨》。

《则耍胡孙》、《看马胡孙》。

《六院汇选江湖方言》中有:"㹀孙,巧做吏者";"平天孙,乃官员也";"结脚孙,皂吏民快也";"衍孙,谓村人也";"古孙,谓蠢人也";"吼孙,子弟们也";"杨花孙,唱曲的人"。《江湖行话谱》中有:"衙役为英爪孙";"兵为对孙";"男为孙";"女为果"。由此推知,"孙"是"男人"的俗称,缀有"孙"的剧目,其内容与某类男人有关。

关于"都子",《院本名目》专列"都子家门"一科,另有剧目：

《都子撞门》、《偌请都子》。

《行院声嗽》中有："乞丐，都俫"。"俫"与"老"、"子"、"表"相同，在市井俗语和江湖行话中做语缀，表示"某一种人"，因此"都俫"与"都子"的意思相通，由此推知，缀有"都子"的剧目，其内容与乞丐有关。

关于"俫"，《院本名目》中有剧目：

《酸卖俫》。

《行院声嗽》中有："达达，赤老俫"；"回回，凶俫"；"乞丐，都俫"；"风子，杓俫"；"梢工，搜马俫"；"村门，灰俫"；"淫妇，苦俫"。"俫"，市井俗语和江湖行话中人物称谓的语缀。在元杂剧中，"俫儿"成为婴孩、儿童的角色名称。

关于"邦老"，《院本名目》中有"邦老家门"，《行院声嗽》中有："贼，邦老"。在元杂剧中"邦老"扮演人物的身份就是强盗或盗贼。

当然，市井俗语、江湖行话不会是宋金杂剧角色和人物名称的唯一来源，所以，还有诸如"末泥"、"把色"、"偌"、"郑"、"列良"、"木大"等称谓的来源无法解释，破译这些名称的含义，还有赖于别的方法和途径。

总括《官本杂剧段数》和《院本名目》中的人物称谓，共有十余种之多。在这些人物称谓中，成为宋金杂剧角色名称的"孤"、"妲（旦）"等称谓与其他的如"厥"、"哮"、"偌"、"都子"等称谓没有特殊的区别，如《褴哮店休妲》、《偌卖妲长寿仙》、《酸孤旦》、《哮卖旦》、《偌卖旦》等，大家相杂而处，交叉使用，完全处于同一条水平线上。这说明，这些剧目流行时，所有的这些称谓并没有严格的"角色名称"与"非角色名称"的区别，而全部是"市井俗语"和"江湖行话"，因而，王国维先生将它们全部列入"古剧脚色"是欠妥的。

但是，在《官本杂剧段数》和《院本名目》中也可以看到戏剧对角色名称的选择，以及戏剧角色名称从市井俗语和江湖行话中分离成长的痕迹。在《官本杂剧段数》280个剧目中，缀有各种人物俗称的剧目约65种，占全部剧目的20％强；在《院本名目》690个剧目中，缀有各种人物俗称的剧目约为60种，占全部剧目的10％不到，而且主要集中在"酸"、"孤"、"旦（姐）"、"偌"四种称谓上；如果再将《院本名目》中缀有各种人物俗称的剧目与《元曲选》100种杂剧中仅有的两种缀有角色名称的剧目《风雨像生货郎旦》和《都孔目风雨还牢末》作比较，戏曲成熟和角色完善定型的轨迹就更清楚了。

总之，随着筛选和淘汰，来自市井俗语和江湖行话中众多的俗称逐渐被丢弃，宋金杂剧戏剧角色的名称从市井生活语言中独立出来进入戏曲艺术的领域中，成为专用的术语。

## 第三节　宋金杂剧角色的意义

戏剧是生活的模型，戏剧角色无疑也来源于生活，来源于生活中各色各样的人。作为一门艺术，戏剧反映生活不可能是简单、机械地模仿和照搬，必须经过审视、提炼、概括和升华等艺术加工的过程，这一点，在中国古代戏曲的角色方面表现得尤为突出。处于中国古代戏曲发展、成长重要时期的宋金杂剧的角色，既确立了中国戏曲的基本特征，又显示了戏曲角色形成的某些共性问题。

第一，宋金杂剧角色是生活中人物类型的概括。

宋金杂剧是一门植根于社会下层的、有着最广泛代表性、拥有最广大观众的民间艺术，由于观众的经济状况各异、生活环境有别、文化修养不同，宋金杂剧角色的选择以宋金时期社会下层的阶级、阶层为根据，最大可能地排除了偶然性和个别性，最大限度地保证必然性和普遍性，推出民众熟悉的戏剧角色，反映民众的日常生活，符合民众朴素的审美情趣和艺术品味。

在宋金杂剧角色中，最重要的是副净、副末两个角色。《都城纪胜·瓦舍众伎》、《梦粱录·妓乐》、《青楼集志》和《南村辍耕录》都指出副净、副末在戏剧表演中的程式特点，其他角色名目则只一笔带过。仔细分析个中原因，就会发现隐藏于平凡史料字里行间的秘密——五个常见角色中，副净、副末最活跃、在舞台上出现的频率最高、表演最富有特色、最受人们关注。这方面，今所可见几种十分珍贵的刻画实际作场演出的宋金戏曲文物提供了宋金杂剧演出中角色活动的情况。两幅宋杂剧绢画、河南省荥阳县东槐西村宋代绍圣三年朱三翁墓石棺杂剧线刻图、山西省稷山县马村宋金段氏墓群 M2 杂剧砖雕、杜仁杰著名散曲《庄家不识勾栏》中的"张太公"与"小二哥"都是生活于社会下层的市井细民。其他宋金杂剧角色人物排列的砖雕中，副净、副末也都是面容丑陋、衣冠不整、行为怪诞的社会下层民众形象。至此，从唐代"参军"、"苍鹘"扮演官吏与优人到宋金由"副净"、"副末"扮演市井细民、乡村庄家的演变，既找到了原因，也找到了答案——宋金杂剧的市场在市井、瓦舍、乡村、神庙，观众是下层民众，要表现观众熟悉的生活，博得他们的喜爱，于是市井细民和乡村庄农便成了戏剧的主角。

在纷繁复杂的社会生活中，不同的政治地位、不同的经济地位决定了不同阶级、不同阶层、不同生活环境和生活圈子中人们不同的生活方式、思想意识、情趣爱好和行为准则。生活于社会下层的民众，当然不同于达官显贵、权豪势要们，他们要为柴米油盐奔波，要为家居度日算计，他们的性格行为更粗犷，生活态度更实际，功利观念更强，褒贬标准更分明，衣着不那么讲究，见识也很有限，特别是那些久居乡村的庄农，若到大都市必然眼花缭乱，洋相百出。把这些特点集中起来加以抽象提炼，通过演员诉诸戏剧，便产生了如前所述宋金杂剧中的副净色和副末色。用他们作为社会下层民众的缩影，没有恶意的诽谤和中伤，而较多善意的嘲讽。

中国戏曲的角色以社会生活中某类人物为原型，角色一旦形成，便有了固定的人物身份、固定的性格特点和行为方式，以此为基点，形成了固定的表演方式，甚至固定的服装、道具和化妆。中国古代戏曲角色人物类型化的特征从这里便开始了。

第二，宋金杂剧角色确立了中国古代戏曲独特的角色行当。

角色，是世界戏剧所共有；角色行当，则是中国戏曲所特有。

在西方戏剧中，"角色"的意义几乎与"人物"（指舞台上的戏剧人物）相等。演员参加了戏剧表演、扮演了剧中人物，才能成为角色。演员扮演什么角色也便是扮演什么人物，离开戏剧表演，角色是不存在的。中国戏曲则不然，角色几乎可以独立于表演而存在。角色的存在先于戏曲表演、先于扮演戏剧人物，"角色"就是"角色"，"人物"（指舞台上的戏剧人物）就是"人物"，戏剧表演不是像西方戏剧那样由演员扮演人物（即角色），而是由角色扮演人物。西方戏剧中，演员与戏剧人物的关系是直接的，即"演员—人物（即角色）"；中国戏曲中，演员与戏曲人物的关系是间接的，即"演员—角色—人物"。演员首先成为角色，如《武林旧事》卷第四《乾淳教坊乐部》载"次净茆山重、侯谅、周泰"，"副末王喜"，"装旦孙子贵"，至于某个角色扮演哪个剧中人物，还要依据剧情和角色特点而决定。

在西方戏剧中，因为"角色"就是"人物"，所以角色没有固定的风格特点，它的特点是随不同戏剧中的不同人物而变化的。也就是说，一个演员，在不同的戏剧中扮演了不同的人物，那么作为一个角色，它的表演只能服从于不同的剧情、不同的人物身份和性格特点。即角色服从于戏剧人物。在中国戏曲中，演员在扮演戏剧人物之前，作为特定的角色，他在剧中的身份地位、性格特征、服装化妆、表演风格已基本定型了，这种"角色"，实际上是"角色行当"，即把角色分别归类，在进入戏剧表演区域之前，已经赋予了他特定的身份地位、性格特征，这样决定了某个角色在所有戏剧中只能扮演某一类与角色的身份地位、性格特点相同或相近的戏剧人物。反过来说，无论哪个剧目中的哪个戏剧人物，只要由某一个角色来扮演，他们的特点都是与这一角色本身的特点相一致的。在这里，不是角色服从剧中人物，而是剧中人物服从于角色。在宋金杂剧角色中，"副净色发乔"，"副末色打诨"，决定了这两个角色所扮都是社会下层人物，形容丑陋，衣冠不整，语言行为乖戾，造成滑稽诙谐的表演效果。反之，无论哪个剧目中的哪个人物，只要由副净、副末来扮演，其特点必然与此相同。

第三，宋金杂剧角色规范了中国古代戏曲的创作，限定了中国古代戏曲的内容、形式和风貌。

中国古代的文学艺术，诗有诗律，词有词格，诗律、词格的形成，是诗词艺术成熟的标志，但同时也制约了诗词的创作。宋金杂剧角色行当的形成，使角色的名目、数量趋于固定，角色的特点也被固定，戏曲创作、戏曲内容要符合戏曲角色行当的特点，必然或多或少地限制戏曲反映生活面的宽度和表现生活中各色人物的广泛程度。社会生活内容无限广阔的丰富趋向与戏曲相对有限的包容量形成了矛盾。于是，随着戏曲的发展，戏曲角色不断增加，同一角色行当中不断分化出新的角色。在宋金杂剧中，主要是副净、副末、装孤、装旦几个角色，到元代杂剧中又有了丑、外、贴、卜儿、卜老、邦老、俫儿等新角色，分化出冲末、小末、搽旦等角色。当然，这些变通，都是在戏曲角色行当制度内部进行的。

角色，是构成戏曲最基本、最重要的因素。宋金杂剧角色系统的基本形成，为中国古代戏曲的表演风格、服装、道具、化妆乃至剧本创作提供了基本依据。中国戏曲的特色在很大程度上是以角色为基础形成的。

---

**注释：**

①⑬㉑㊸见山西师范大学戏曲文物研究所编《宋金元戏曲文物图论》图61。

②⑫㉖㉟㊼见《文物》1960年第5期徐苹芳《宋代的杂剧砖雕》。山西师范大学戏曲文物研究所编《宋金元戏曲文物图论》图49。

③⑮㉗㊲见山西师范大学戏曲文物研究所编《宋金元戏曲文物图论》图50。

④⑧⑳㊱(53)见山西师范大学戏曲文物研究所编《宋金元戏曲文物图论》图52、53。《文物》1984年第8期廖奔《温县宋墓杂剧雕砖考》。

⑤㉘见山西师范大学戏曲文物研究所编《宋金元戏曲文物图论》图51。

⑥⑯㉙㊳见山西师范大学戏曲文物研究所编《宋金元戏曲文物图论》图54。

⑦⑱㉔㊻见山西师范大学戏曲文物研究所编《宋金元戏曲文物图论》图87、88。

⑨㉝㊷(52)见《文物》1959年第10期周贻白《侯马董氏墓中五个砖俑的研究》。山西师范大学戏曲文物研究所编《宋金元戏曲文物图论》图71、72。

⑩㉓见《文物》1979年第8期河南省博物馆、焦作市博物馆《河南焦作金墓发掘简报》。山西师范大学戏曲文物研究所编《宋金元戏曲文物图论》图121~128。

⑪㉕㉞见文物出版社1957年出版宿白《白沙宋墓》。《考古》1960年第9期徐苹芳《白沙宋墓中的杂剧砖雕》。山西师范大学戏曲文物研究所编《宋金元戏曲文物图论》图47、48。

⑭见山西师范大学戏曲文物研究所编《宋金元戏曲文物图论》图55。

⑰㉒㉚㊴㊹㊾见《文物》1983年第1期山西省考古研究所《山西稷山金墓发掘简报》。山西师范大学戏曲文物研究所编《宋金元戏曲文物图论》图62~67。

⑲㉛㊵㊿见《文物》1983年第1期山西省考古研究所《山西稷山金墓发掘简报》。山西师范大学戏曲文物研究所编《宋金元戏曲文物图论》图68。

㉜㊶㊺(51)见《文物》1983年第1期山西省考古研究所《山西稷山金墓发掘简报》。山西师范大学戏曲文物研究所编《宋金元戏曲文物图论》图69、70。

㊽见《文物》1980年第2期刘念兹《宋杂剧丁都赛雕砖考》。山西师范大学戏曲文物研究所编《宋金元戏曲文物图论》图57、58。

(54)见《文物》1991 年第 12 期景李虎、王福才、延保全《金代乐舞杂剧石刻的新发现》。

(55)见山西师范大学戏曲文物研究所编《宋金元戏曲文物图论》图 56。《山西师大学报》1992 年第 1 期景李虎、许颖《“竹竿子”“参军色”考论》。

(56)见《戏友》1990 年增刊《唐乐星图专号》。

(57)转引自董锡玖《中国舞蹈史》。

# 第五章　宋金杂剧的化妆

独特的、自成体系的面部化妆，是中国古代戏曲的艺术标志之一。如果追溯，其渊源应该是文化人类学中早期人类的黥面、纹身。在中国便是《山海经》、《淮南子》、《汉书》等典籍记载中的"雕题"、"断发纹身，以象鳞虫"。

原始的人体装饰或为宗教目的、或为保护自己，这种文化现象一方面"自发流行"，一方面向社会生活各个方面浸透，在它身上，派生出两个强壮的分支，极大地影响了中国的政治法律和文学艺术——前者是作为刑罚的黥面，后者是为了审美的化妆。中国戏曲的化妆便来源于后者。

与中国古代戏曲联系最密切的化妆出现于唐代：一是为突出表演者的某种表演或面部特征的化妆；另一是为了滑稽诙谐、增加喜剧效果的化妆。前者歌舞戏《踏谣娘》、《钵头》、《苏中郎》是代表；后者见于参军戏中。

歌舞戏的化妆，《踏谣娘》中特别提到丈夫的"皰鼻"、"貌恶"，其妻"美色"；《苏中郎》中好酒而自号郎中者"面正赤，盖状其醉也"；《钵头》中遭丧父之悲者"面作啼，盖遭丧之状也"都是需要作面部化妆的。

参军戏的化妆，没有留下文字记载，只能借助于考古发现。1957年文物出版社出版南京博物院编《南唐二陵发掘报告》中称有"舞蹈男俑（包括伶人俑）"发现；1958年《考古通讯》载，在西安郊区唐代鲜于庭海墓中出土的男俑有似唐参军戏演员的；1976年《文物》载，在新疆吐鲁番县阿斯塔那张雄夫妇墓出土的傀儡戏木俑中有"弄参军"的演员形象。除此之外，有报道在西安枣园唐墓、插秧村唐墓和十里铺唐墓中都出土过有关参军戏演员的陶俑。这些木俑、陶俑共同的特点是服饰不整，动作仪态不严肃，面部表情滑稽奇特。其中在《南唐二陵发掘报告》中有关化妆的描述：

> 他们戴幞头状帽，幞头的后层倒向前层。脸上都涂着很厚的白粉，白粉上还有红粉的痕迹。颌下都有长须，有的从左耳下到右耳下成一半圆圈状，有的垂在胸前作三角形。

唐以前的戏剧还处于中国古代戏曲的起源和草创阶段，戏剧在原始的、自然的环境状态下自发地生长，各方面都还十分幼稚。作为一种艺术形式，它的内在机制和外部结构都还不完备，戏曲的面目还不清晰。作为戏曲艺术因素之一的化妆，与戏曲艺术的发展形态相一致，也没有表现出系统性和规律性。

## 第一节 宋金杂剧的化妆考述

历史跨入10世纪中叶，中国戏剧的发展进入一个新的阶段，整个社会对戏剧的消费要求猛增，与之相伴随的是戏剧活动的空前繁荣。宋金杂剧演员的化妆，与这一时期的戏曲状况一致，一方面是在戏剧表演中普遍存在，另一方面向有规律、有系统、有程式的成熟的方向渐进。

在今存文字史料中，对宋金杂剧这种戏剧形式瞩目较多，但对其化妆的记录实难查寻。徐梦莘《三朝北盟会编》卷三十一中记：

> ……黼（指王黼——引者注）又同蔡攸，每罢朝出省，时时乘宫中小舆召入禁中为笑谈，或涂抹粉墨作

优戏，多道市井淫言媟语，以媚或上，时因谑浪中以谮
人，辄无不中。

这段文字虽没有直接记录演员的化妆情形，却为我们提供了充分
的事实依据和广阔的想象空间：宫禁中的皇帝、宠臣尚且如此，
市井中勾栏、露台上的情形便不言而喻了。除此之外，还有一些
材料，可以为宋金杂剧的化妆提供参照。孟元老《东京梦华录》
卷七中记录了一次盛大的演出：

……又一声爆仗，乐部动《拜新月慢》曲，有面
涂青碌，戴面具金睛，饰以豹皮锦绣看带之类，谓之
"硬鬼"。……继有二三瘦瘠，以粉涂身，金睛白面如
骷髅状，系锦绣围肚看带，手执软杖，各作魁谐，趋跄
举止若排戏，谓之"哑杂剧"。……有一击小铜锣，引
百余人，或巾裹，或双髻，各着杂色半臂，围肚看带，
以黄白粉涂其面，谓之"抹跄"。

这里的百戏、社火节目及哑杂剧个个都有化妆，正式表演的杂剧
的化妆，当然不会逊色于此了。金元之际的散曲作家杜仁杰的著
名散曲《庄家不识勾栏》，借进城庄家之眼，绘声绘色地描述了
一个剧场中的演出，可惜其中有关化妆的部分太简略了：

一个女孩儿转了几遭，不多时引出一伙。中间里一
个央人货，裹着枚皂头巾，顶门上插一管笔，满脸石灰
更着些黑道儿抹。知他待是如何过，浑身上下，则穿领
花布直裰。

最值得珍视的，是迄今发现的有关宋金杂剧的戏曲文物，它
们为研究宋金杂剧的化妆提供了立体、形象的材料。计有河南温
县宋代杂剧砖雕[①]、河南荥阳石棺宋代杂剧线刻图[②]、山西稷山
马村宋金段氏墓群[③]中 M1、M8 戏曲砖雕、山西侯马金代董氏墓
戏台模型及戏俑[④]等。

河南温县宋代杂剧砖雕有杂剧角色五人，其中左第四人，面

部化妆为眼圈、眉皆墨染，一道黑墨自额贯右眼而下，右脸颊有一团墨迹。

在河南荥阳县东槐西村朱三翁石棺线刻杂剧图中，正在作场的四位杂剧演员，左第四人为装旦色，鼻大如蒜，双目圆睁，两道黑墨自额贯眉眼而下至颧骨部，呈"八"形，左脸有一大墨点。软巾披头，上穿右衽襦，下系百褶裙，正面而立，双手作抃。

山西稷山马村段氏墓群已发掘的八座墓中，五座有戏曲砖雕，在 M1、M8 中有部分戏曲砖雕涂色，表明当时化妆的情形。M1 共有彩绘砖雕 11 人，后排伴奏乐人六位，前排演员角色五位。前排五个演员角色在发掘时被打碎，仅存一头像，这一角色头戴抹额似的圈帽，面部化妆为：以鼻凹为中心，在眼鼻之间用白色涂为三角形图案，两道黑墨自额部贯眉眼而下成"八"形，两颊各有一团黑墨，嘴周围涂黑色，颏部涂白色，上唇有墨画八字须。M8 有砖雕杂剧角色五人，其中左第三人头戴圆脚幞头，身穿衲袍，腰扎布带，仰头向右，双手朝左侧打揖，面目丑陋，嘴及眉涂为红色。

侯马董氏墓戏台模型上置五个彩绘戏俑。左第一人戴黑色幞头，身穿黄衣、黄褶裙，衣无扣，胸腹袒露，胸部有点青花纹，左手食指、中指直指胸口，右手握一卷黄色似纸的东西，脚穿黑靴，面带愁容，面部化妆为：眼圈涂为白色，鼻凹涂白色蝴蝶形图案。左第五人穿黄色虎皮花纹镶黑边衣服，胸部露有点青图案，下着黑裤，足乘红靴，头梳偏髻，裹软巾，两手腕各戴一只红镯子，左衣袖只到肩膀处，左臂赤裸，左手执一大木棒，右手拇指、食指置口中吹口哨，面部化妆为：白色在鼻眼间抹成三角形图案，一道黑墨自额贯左眉眼而下，两颊都有不规则的墨迹。

元代，北杂剧雄踞剧坛，但在化妆上仍然保持了与宋金杂剧一致的风格，没有大的突破和变化，因此不能将它与宋金杂剧割裂。

元代杂剧《蓝采和》第二折中有唱：

　　……俺俺俺作场处见景生情，你你你上高处舍身拼命，咱咱咱但去处夺利争名。若逢，对棚，怎生来妆点的排场盛，倚仗着粉鼻凹五七并，依着这书会社恩官求些好本令，那的愁甚么前程。

元杂剧《酷寒亭》第二折中赵用骂搽旦萧娥云：

　　这妇人搽的青处青，紫处紫，白处白，黑处黑，恰便似成精的五色花花鬼。

元杂剧《伍员吹箫》第一折费得雄上场诗云：

　　我做将军只会拼，兵书战策没半点，我家不开粉铺行，怎么爷儿两个尽搽脸。

在元代戏曲文物中，有几处是有化妆的：

1959年，在山西芮城永乐宫附近出土潘德冲石棺一口[5]，石棺两侧有线刻二十四孝图，石棺正面线刻一戏楼，上有四人，正在作场，其中左第一人头戴软巾诨裹，身着长衫，左手提衫襟，右手拇指、食指置口中吹口哨，面部化妆为：两道墨线自额贯眉眼而下。

1978年，在山西新绛吴岭庄村北，发现元代至元十六年（1279）砖建仿木结构墓一座[6]，在墓室南壁镶有五个砖雕杂剧角色，其中左第二人，头戴黑色跷脚幞头，内穿红衣，外套金黄色圆领窄袖长衫，胸腹袒露，腰束带，双手抱拱作揖，面部残损，从现存部分可以看到面部的化妆为：用墨线勾出的一个大的蝴蝶形图案覆盖了面孔的大部分，墨线蝴蝶的触角正好上下贯穿眉眼。

山西运城西里庄元墓《风雪奇》壁画[7]发现于1986年，该墓的长方形墓室四周都有壁画，其中东壁是杂剧乐人伴奏图，西壁是杂剧演员作场图。在西壁的六人中，左第五人头戴软巾诨裹，身着方格袍，腰束红帛带，袒露的胸腹上有点青图案，赤腿着黑靴，面部墨画八字须，一道黑墨贯右眉眼而下直至颊部。

山西洪洞广胜寺明应王殿戏曲壁画⑧绘于元代泰定元年（1324），画宽3.11米，高4.11米，画的上方横书"大行散乐忠都秀在此作场"，其中共画11人，除去左侧掀帘从后台向前台窥视的一人外，作场演出和伴奏的共有十人，三人有化妆：前排左第二人，头戴黑色罗帽，身着黄色虎皮纹镶边加花色肩补长衫，腰系红帛带，胸部袒露，脚穿布袜，黄色单梁鞋，面部以墨将眉画成火焰状，眼圈涂白色，戴黑色连鬓假须。前排左第四人，穿淡青色縠边加花色肩补长袍，足乘黑靴，双手叉手，面部挂三绺假须，眉毛涂为扫帚状。后排伴奏乐人中左第三人，头戴钹笠帽，身着蓝色右衽袍，面部挂连鬓短须，眉以墨画为柳叶状。

从文物材料展示的情形看，宋金（元）杂剧演员的面部化妆有如下特点：

第一，化妆所用颜色以黑白二色为主。

在上述11人化妆实例中，有十人用黑白两色化妆，只有山西稷山马村段氏墓群M8中一个角色是在口、眉部涂了红色。化妆的部位以眉、眼、鼻、口和脸颊为主。其中白色多涂成片、面或块状图案，黑色则以线和点的形式出现。黑白二色集中在一起，对比特别鲜明，视觉效果反差极大，习惯称演员的表演为"粉墨登场"，源起就在这里。

第二，化妆的程式基本形成，脸谱开始出现。

所谓"谱"，无非是指一种规律、一种体系或一种既成事实或为人们遵从的依据。脸谱形成，便成为戏曲化妆中所遵从的程式。在前述化妆实例中，最多的是以墨涂浓眉，再以墨自额贯眉眼而下，其中，有些是左右对称式化妆，有的只在脸的一侧（一般是右侧），在墨线的下方脸颊部，一般都有团状墨迹。除此之外，最常见的是在眼鼻之间，用白色涂成三角形或蝴蝶形图案，有的还把眼眶涂为白色，与今见传统戏曲中丑角的"豆腐块"脸十分接近。化妆程式的出现，标志着戏曲艺术内部规定性的逐渐形成与完善，是戏曲走向成熟的标志之一。

第三，突出反面角色，强调道德评价。

今存宋金杂剧文物中有化妆的演员角色和戏剧人物，都不是单独存在的，而都是一组戏曲角色中的一两个，或者是一个多人演出场面中的一两个。在一组戏曲角色或一个演出场面中，有化妆的都是反面角色或丑角，这些演员角色有共同的特点，即衣冠不整，动作表情滑稽，神态不严肃。他们的衣着、行为、表情与所处一组的其他角色或人物形成了鲜明的差异。这些丑角或反面角色成了戏曲化妆、表演中着力突出的重点。相反，在其他动作表情、衣冠服饰严肃整饬的演员或角色身上，几乎见不到化妆的痕迹。

为何要突出丑角或反面角色？这与宋金杂剧继承的传统有关。

宋金杂剧的渊源在唐代参军戏和歌舞戏，特别是从演员角色方面看，宋金杂剧与唐代参军戏的关系更加直接。唐代参军戏是借滑稽诙谐、灵活多样的形式机智巧妙地对君王、政治进行讽谏，宋金杂剧正是在它幽默、插科打诨的传统基础上丰富和发展自己的。参军戏的演员一般是两名：参军和苍鹘，宋金杂剧中其名称变为副净和副末，但它继承的原来参军和苍鹘的角色特点没有大的变化。宋金杂剧中尽管新增了末泥、引戏、装孤、装旦等新的角色，但由参军、苍鹘演变而来的副净、副末这两个最古老的戏曲角色在戏班组织和戏剧表演中仍占有十分突出的地位，今所可见宋金（元）戏曲文物化妆实例中，最多的是副净、副末，另外还有装旦。

副净、副末被突出，反映了宋金杂剧仍保留着浓厚的参军戏的色彩。然而，事实绝不止于此，副净、副末的化妆，除了原有引人注目、造成滑稽诙谐的戏剧效果外，还赋予了新的内涵——道德评价——这是化妆在宋金杂剧中的新发展。

古代中国，是一个理教统治下的国度，道德观念、伦理观念不但充斥着中国的思想史、哲学史、文化史及社会生活的每个角落，而且成为评价历史、人物、事件乃至文学作品、艺术作品的重要标准。处于中国理学形成、巩固时期的宋金杂剧，当然逃不出这张网的笼罩。

艺术品作为社会现实的反映和人类精神活动的产物，历来都是歌颂真、善、美，鞭挞假、恶、丑，赞扬积极向上的，贬斥消极落后的，戏曲当然也是这样。唐代参军戏的化妆，不能说绝对没有对人物道德、伦理方面的评价，但应该说这方面成分含量较小。宋金杂剧虽然仍相当多地保留了参军戏的特点，但化妆方面的意义已大不同于参军戏了——如果说参军戏的化妆目的是较单一的，宋金杂剧化妆目的倾向于多方面；如果说参军戏的化妆是以滑稽目的为主，并在不自觉中包含了道德评价的意义，那么宋金杂剧的化妆则倾向于以道德、伦理评价为主。因为，第一，宋金杂剧中的副净、副末是丑的滑稽人物或恶的反面人物，都是代表消极或黑暗面，戏剧表演对他们进行善意的嘲讽或严厉的批判。对副净、副末的化妆，没有美化他们形象的意图，而是要用颜色和图案丑化他们的面孔，给观众奇异、乖戾、扭曲、丑陋、凶恶、下流的印象。这种化妆效果与人们对这类丑的或恶的人物的评价是一致的。第二，参军戏只有两个角色，宋金杂剧一般都有五个甚至六个角色，这些角色不但是戏班中必备的，而且是实际戏剧表演中必须的。如果说参军戏中的两个角色是属同一类型的滑稽丑角的话，宋金杂剧的演员角色中出现了正、反两类演员角色的阵营；如果说参军戏是同一类型的角色孤立存在的话，宋金杂剧的演员角色在构成上出现了可供比较的参照系：一方是严肃、整饬、规范,另一方是滑稽、随便、怪诞;一方是生活中常见的正常、自然的面孔,另一方是违背生活逻辑怪异的面孔;一方是戏剧作者和观众赞扬和效仿的对象,另一方则是被批评、嘲笑的靶子。相形之下,副净、副末化妆的道德评价意义不是很突出么?第三,宋金时期是戏剧自觉、发展的重要时期,也是戏剧理论觉醒、发展的重要时期,这不仅表现在戏剧活动的空前繁荣,而且表现在戏剧活动的主体——人——创作者、表演者、观众参与戏剧活动目的性的增强。有些外围材料,为宋金杂剧化妆的道德评价目的提供了旁证。耐得翁《都城纪胜》谈到影戏时曾说:

> 凡影戏,乃京师人初以素纸雕镞,后用彩色装皮为之,其话本与讲史书者颇同,大抵真假相半,公忠者雕以正貌,奸邪者与之丑貌,盖亦寓褒贬于市俗之眼戏也。

影戏尚且如此,杂剧又何尝不是如此呢?这段关于影戏的介绍不但是杂剧化妆的最好注脚,而且一语道破了这一现象的原因和目的。因此说,道德的、伦理的评价是宋金杂剧化妆的重要内涵。几百年后,明代戏曲理论家王骥德也曾指出:

> 古人往矣,吾取古事,丽今声,华衮其贤者,粉墨其慝者,奏之场上,令观者藉为劝惩兴起,甚或扼腕裂眦,涕泗交下而不能已,此方为有关世教文字[⑨]。

道德、伦理评价成了中国戏曲化妆的传统。

今天,我们所看到的戏曲脸谱是明清时期形成的,此时的化妆已从丑角和反面角色扩展到所有的戏曲角色;化妆用的颜色除了黑白二色增加到红、绿、蓝、紫、黄、青等各种颜色;化妆也从眉、眼延伸到整个面部。

## 第二节　化妆的意义

化妆，进入中国古代戏曲，成了戏曲必备的艺术因素之一，无论在戏曲的萌芽、成长阶段，还是在戏曲的发展、成熟阶段，乃至在戏曲独立登上艺术舞台以后，都发挥着重要作用。

其一，从常人到演员。

女性为什么要化妆？无非是为了美化自己，突出自己，使自己有更美丽的姿色和更迷人的风采。这样，就可以使自己区别于他人，使自己"超群"、出类拔萃，吸引他人注意，引起异性的倾慕与愉悦。早期的戏剧化妆又何尝不是如此呢？戏剧要作为独立的艺术门类存在于社会，要在五光十色的社会生活内容的竞争中站稳脚跟，必须具有其他艺术门类和生活内容所不具备的特点和功用，要有其他艺术和生活内容不可替代的优势。戏剧的中心是表演，表演的主体是演员，戏剧要独树一帜，必须首先从表演和演员开始。戏剧表演同时作用于观众的听觉和视觉，但首先是作用于观众的视觉，因为视觉是人体感官中最重要的器官，是最敏感、接受外界信息最多的器官。为了最大限度地吸引观众的注意力，戏剧表演中的演员除服装有别于常人外，化妆尤为重要。化妆集中于人的面部，是人们感情表现最丰富的区域，早期戏剧化妆，无论是突出人的自然的面貌特征，还是制造奇特怪异的面目特征，其结果都是化妆后演员的面孔有别于生活中一般常人的面孔——或是眉毛更黑、脸颊更红、口唇更美，或是抹粉涂墨，都使这些面孔在观众心目中产生新鲜感、距离感和陌生感，也正由于此，当戏剧演员登场时，才引得人们以好奇、惊异的目光争相观看这种奇异特别的"生活现象"和艺术形式，这便是化妆的区别和隔离作用。

其二，从演员到角色。

到了宋金元时期，杂剧艺术日趋成熟，角色行当已经出现，而且逐渐完备，化妆和脸谱的存在意义便不仅仅使演员区别于常人、戏剧区别于一般的生活现象，而进一步实现了演员与角色的分离。当把某种化妆描画在某个演员面部时，演员原来的面孔因为化妆的遮盖而消失了，此时的演员被赋予一张新的面孔，以及新的人格、新的性格特点和新的行为方式。演员成为被规定、被约束了的戏曲表演中的角色。从这个意义上讲，脸谱是一种工具——不仅是一种遮盖、替换工具，而且是一种运载、输送工具——把演员输送到戏曲的艺术领域中，使他成为其中的角色。化妆，不但掩盖了演员的面孔，更重要的是掩盖了观众的眼睛，因为化妆不仅仅是为演员而设，更主要的是为他人、为观众的眼睛而设，为了达到某种戏剧目的和艺术效果而设。化妆的存在，观众心目中演员的形象与面孔消失了，代之而来的是戏曲中的角色。在这一点上，戏曲的化妆、脸谱与傩戏和原始宗教仪式中面具的功能非常相近——当面具戴到某个宗教仪式参加者或傩戏表演者的头上时，原来生活中平庸、自然的人消失了，面具赋予了他宗教的神秘性、严肃性甚至神的品格和超凡的能力。当他出现在宗教仪式或傩戏表演场的时候，不仅自己是严肃、神秘、虔诚的，其他的参加者和围观者也被笼罩在严肃、神秘的宗教气氛中⑩。同样，戏曲的化妆与脸谱在改变演员面孔和身份的时候，也把观众带入到戏曲艺术的氛围中，生活与艺术实现了跨越。

其三，从角色到剧中人物。

从演员到角色只是从总体上概括了化妆与脸谱的作用，从角色到剧中人物是化妆与脸谱更进一步的作用。因为：一方面，化妆、脸谱是千变万化的，不同的颜色、不同的图案寓意是不同的；另一方面，中国戏曲角色类型化的特点很明显，同一类型角色中包括的戏曲人物各不相同，每一个性格不同的剧中人物都需要不同的化妆和脸谱。

中国戏曲的化妆和脸谱有两类：一类是以人的正常肤色和五官排列为基础，略施色彩、美化人物的"俊扮"；另一类是浓墨重彩，用颜色和图案掩盖了面部正常肌肤颜色，并用夸张变形手法改变了面部器官位置的"丑扮"。

俊扮，用于戏曲中正面的男女角色。俊扮的化妆，首先使观众感到人物的面孔和肌肤颜色是正常的，五官位置的排列是正常的，通过化妆使角色、人物更英俊、更妩媚。无疑，施以这种化妆的剧中人物，其性格行为也是"正常的"——如平和、公允、忠厚、老实、精诚、聪明、有才学、温柔、贤惠、勤劳、守本分等。总之，从外表到内心都是一个与生活中"常人"相同的"正常的"、"常见的"人。

丑扮化妆的效果与俊扮完全相反——首先，从所用颜色看，丑扮化妆完全抛弃了正常人的肤色特点，用黑、白、红、绿、蓝、黄、青、紫等正常人的肌肤所没有的颜色掩盖了本来面目，展示给人一种生硬的、陌生的、奇怪的、可怖的生活中常人所不具备的面孔和肤色。其次，丑扮化妆用一种或两种颜色或组合许多颜色，在面部构成各种各样的图案。这些颜色、图案的搭配，完全没有平稳过渡、和谐排列的原则，没有诸如从冷色调逐渐到暖色调，或从暖色调逐渐到冷色调的符合色彩变化的规律，而是将诸如红与黄、白与黑、红与蓝等对比、反差效果特别强的颜色安放在一起。用这些颜色画成一般的美术图案都相当引人注目，把它们用于表现人的面孔，给人的感觉是"奇怪的"、"可怕的"、"无秩序的"、"跳跃的"、"动荡不安的"、"变化无常的"，这样的面孔是不"正常的"、不"一般的"、不"符合生活逻辑的"[⑪]。再次，丑扮的化妆、脸谱的颜色和图案用夸张、变形的方法，完全破坏、割裂了人的正常面孔，改变了人的五官布局和器官的形状，这样的面孔是奇异、怪戾、可怕的。与这种化妆的风格相一致，丑扮人物的性格和行为特征一般是过激、偏颇的，是不同于生活中正常人的性格和行为特征的,如滑稽、笨拙、凶猛、暴戾、奸诈、狡猾、阴险、狠毒等。在这里,面孔成了灵魂的模型和性格的窗口——如果说宋金时期的戏曲化妆是追求滑稽与道德伦理评价并存的话,那么成熟的戏曲脸谱的化妆,不但有滑稽的追求,更主要的是道德伦理的、艺术的、审美的追求——无论形式还是寓意和内涵。

化妆与脸谱对戏曲的影响是巨大的,最主要的是戏曲人物类型化。脸谱化妆是中国戏曲的标志之一,反过来,又使戏曲角色和剧中人物变得脸谱化。如前所述,生活中不存在像戏曲脸谱那样的面孔——特别是丑扮方法化妆出的面孔。因此,与其说脸谱是为装饰面孔,毋宁说是一种标志、一个标签、一种人格和灵魂的形象的写照。熟悉中国戏曲的观众,一看脸谱化妆,基本上可以对其性格、行为、人品诸方面作出判断。除生、旦的俊扮化妆外,如红色脸的忠勇,白色脸的奸诈,黑色脸的刚正等。这种效果,一方面让观众对角色人物一目了然,另一方面又不免失之简单和肤浅。此外,化妆和脸谱使戏曲作品中的人物性格没有发展,心理描写较少,表现方法上特别注重语言和行为。原来是一张表情丰富的脸,被化妆成一张古怪奇特、没有变化的生硬僵化的脸。当化妆和脸谱画在演员的面部的时候,不但使他变成了戏曲角色和剧中人物,而且已经为这个人物下了定义、作了判断——他的性格是成熟的、定型的、不可改变的。在整出戏中他就是那样一副面孔,他的言行必须符合那副面孔。人物的性格缺少发展变化的层次,缺少复杂性和有血有肉的丰富性,显得简单、单薄。从一定意义上讲,由于化妆和脸谱的掩盖,中国戏曲中的人物都没有了脸(特别是丑扮化妆),通过面部表情表现心理活动完全没有可能了,戏曲失去了一个十分重要的表现手段。为了弥补这种缺憾,中国戏曲特别重视唱、白、做,以语言和行为表现人物的心理、思想和性格,由此创造出表现各种心态和动作的表演程式，促进了戏曲表演的程式化。

---

**注释：**

①见山西师范大学戏曲文物研究所编《宋金元戏曲文物图论》图52、53。《文物》1984年第8期廖奔《温县宋墓杂剧雕砖考》。

②见山西师范大学戏曲文物研究所编《宋金元戏曲文物图论》图61。

③见《文物》1983年第1期山西省考古研究所《山西稷山金墓发掘简报》。山西师范大学戏曲文物研究所编《宋金元戏曲文物图论》图62~67。

④见《文物》1959年第10期周贻白《侯马董氏墓中五个砖俑的研究》。山西师范大学戏曲文物研究所编《宋金元戏曲文物图论》图71、72。

⑤见山西师范大学戏曲文物研究所编《宋金元戏曲文物图论》图119、120。

⑥见《文物》1983年第1期山西省考古研究所《山西新绛南范庄、吴岭庄金元墓发掘简报》。山西师范大学戏曲文物研究所编《宋金元戏曲文物图论》图114。

⑦见《中华戏曲》第五辑杨富斗《运城西里庄元墓戏剧壁画刍议》。王泽庆《元代戏剧壁画〈风雪奇〉》。张之中、窦楷《元杂剧演出的实例——运城西里庄元墓壁画〈风雪奇〉考释》。

⑧见《文物》1983年第1期山西省考古研究所《山西稷山金墓发掘简报》。山西师范大学戏曲文物研究所编《宋金元戏曲文物图论》图68。

⑨见王骥德《曲律》卷第四。

⑩参阅朱狄《原始文化研究》第三章。

⑪参阅（英）E. H. 贡布里希《秩序感》第五章。

## 宋金杂剧化妆示意图

图一 河南温县宋墓杂剧砖雕左第四人化妆示意图

图二 河南荥阳东槐西村朱三翁墓线刻杂剧作场图右第一人化妆示意图

图三 山西稷山马村金代段氏墓群一号墓杂剧砖俑演员化妆示意图

图四 山西稷山马村金代段氏墓群八号墓杂剧砖俑左第三人化妆示意图

图五 山西侯马董氏墓戏台模型杂剧砖俑左第一人化妆示意图

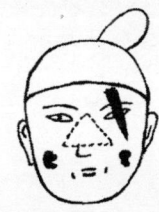

图六 山西侯马董氏墓戏台模型杂剧砖俑右第一人化妆示意图

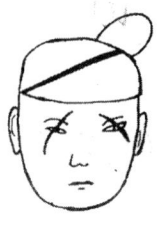

图七 山西芮城永乐宫潘德冲石棺线刻杂剧作场图左第一人化妆示意图

图八 山西新绛吴岭庄元墓杂剧砖雕演员左第二人化妆示意图

图九 山西运城西里庄元墓杂剧壁画《风雪奇》演员化妆示意图

图十 山西洪洞广胜寺明应王殿杂剧壁画"大行散乐忠都秀在此作场"前排左第二人化妆示意图

图十一 山西洪洞广胜寺明应王殿杂剧壁画"大行散乐忠都秀在此作场"后排左第三人化妆示意图

# 第六章 宋金戏剧观念

与元明清各代的戏曲理论相比，宋金时期没有出现专门的戏曲理论著作，一些零星的有关戏剧理论的句语、片段散见于正史、野史和文人杂著中，没有形成完整的戏剧理论体系。

宋金杂剧艺术体制的不完备、戏剧面貌的模糊不清，无法使人们形成统一正确的戏剧概念，对杂剧的称谓，名目繁多。

"杂剧"是对宋金杂剧最常见的称谓，多见于《宋史》、《金史》、《辽史》等正史之中和《东京梦华录》、《都城纪胜》、《西湖老人繁胜录》、《梦粱录》、《武林旧事》等记述宋金杂剧的权威性著作中，另外还见于张端义《贵耳集》、廖莹中《江行杂录》等文人笔记小说中。如《贵耳集》卷下有记：

> 史同叔为相日，府中开宴，用杂剧人。作一士人念诗曰："满朝朱紫贵，尽是读书人。"旁一士人曰："非也。满朝朱紫贵，尽是四明人。"自后相府开宴，二十年不用杂剧。

"杂剧"的称谓流行于宫廷、都城及其周围地区，为官方和京城市民所认可，是对宋金杂剧最准确的称谓。

除"杂剧"外，还有称杂剧为"杂戏"的，这一称谓见于《辽史》、庄绰《鸡肋编》、李昉《太平广记》、张知甫《可书》、徐梦莘《三朝北盟会编》等著作中。如《可书》所载：

> 金人自侵中国，惟以敲棒击人脑而毙。绍兴间，有伶人作杂戏云："若要胜金人，须是我中国一件件相敌

乃可：且如金国有粘罕，我国有韩少保；金国有柳叶枪，我国有凤凰弓；金国有凿子箭，我国有锞子甲；金国有敲棒，我国有天灵盖。"人皆笑之。

在《三朝北盟会编》和周密《齐东野语》中，有称杂剧为"优戏"的。其曰：

> 黼又同蔡攸，每罢朝出省，时时乘宫中小舆召入禁中为笑谈，或涂抹粉墨作优戏，多道市井淫言媒语，以媚或上，时因谑浪，中以谮人，辄无不中。

在朱彧《萍洲可谈》中，称杂剧为"俳"或"作俳"。其中卷三记：

> 熙宁间，王介甫行新法，欲用人材，或以选人为监司。赵济刘谊皆雄州防御推官提举常平等事，荐所部官改官，而举将自未改官。盖用才不限资格，又不欲便授品秩，且惜名器也。其时多引入上殿。伶人对上作俳，跨驴直登轩陛，左右止之，其人曰："将谓有脚者尽上得。"荐者少沮。

在周密《齐东野语》中则称杂剧为"剧戏"。其中卷二十有载：

> 文潞公留守北京日，尝遣人入辽侦事，回见辽主大宴群臣，伶人剧戏作衣冠者，见物必攫取怀之。有从其后以物仆之，云："汝司马端明邪？"

除此之外，还是诸如"戏"、"戏玩"、"弄戏"等称谓，这些名称与表示玩耍、搬弄、娱乐、游戏等意的"戏"、"剧"、"戏剧"、"剧戏"以及"百戏"等名称混杂在一起，内涵不一，界限模糊，相互包容浸透，头绪纷繁。如龙明子《葆光录》卷二中载：

> 衢州有施衙推者，居于齐澧，多术数，在亲知家夜饮，云："某有艺，欲助欢笑，可否？"众知其多能，

> 主人曰:"愿见之。"乃剪纸作一髻儿,执摽子抛向地,令舞下舍儿,施自唱其曲,纸人作舞傞傞,**戏剧**不已。更阑,施指令罢声而住。

接着,此书又记:

> 孟粲郎中,性轻薄……又说不识相扑儿于友曰:主人今日,特为北使置设,出**歌舞戏剧**,正乐之次,忽有二三十凶人唱喏而出,尽被银画衫子,一时至殿前对座,两两起来,裸身相打,杂人拥看,止约不得,缘为主人宴使臣,且务含弘,未便赫,各与钱帛,求情而去……

两处"戏剧",前者指表演、耍弄,后者意义含混,似指各种表演技艺。戏剧面目的不清晰,造成了戏剧称谓的不统一。戏剧尚待完善,戏剧观念也正在戏剧实践中由朦胧走向清晰。

然而,宋金戏剧观念还不止于此,在宋金杂剧蓬勃活动的这片沃土上,茁壮成长的宋金戏剧观念正从幼稚、杂乱向成熟、有序的方向发展,其间形成了某些带有规律性的东西,使宋金戏剧观念具有不容忽视的价值。

第一,戏剧艺术虽仍受鄙视,但有关戏剧活动的记载和戏剧理论著述增多。

中国的文学艺术历来以诗文为正统,戏曲小说则被视为"邪宗",戏剧活动即使在蓬勃兴起的时候,也不免于被视为下流淫伎的命运。然而,历史终究不可逆转,宋金杂剧的兴起,造就了文艺领域中风起云涌之势,人们不得不注目于这种当时最先进并且具有极强活力的艺术形式。无论是褒是贬、是欣赏还是把玩,与戏剧有关的记载越来越多地出现在各种文献之中。特别应该提出的是宋人周密《武林旧事》所载《官本杂剧段数》和元人陶宗仪《南村辍耕录》载《院本名目》,这两种史料,记录了宋金杂剧剧目近千种,是宋金戏剧理论中最重要的部分。

《官本杂剧段数》载于《武林旧事》卷第十，记有杂剧名目280种。其云"官本"，指的是在宫廷中演出的杂剧剧目，与流行于民间的剧目有区别。《武林旧事》在《官本杂剧段数》以外还记载了《君圣臣贤爨》、《三京下书》、《杨饭》、《四偌少年游》、《尧舜禹汤》、《年年好》等六种杂剧剧目，其中《三京下书》在《官本杂剧段数》中有载，此可证明"官本"是宫廷官府演出本。

《院本名目》载于《南村辍耕录》卷二十五，记有院本剧目690种。陶宗仪生活于元末明初，《院本名目》所载剧目反映了金王朝统治下中国北方戏剧活动的面貌。

确定《院本名目》是金代院本（即杂剧）之遗，有如下根据：其一，陶宗仪在辨析中国戏剧源流时曾说："唐有传奇，宋有戏曲、唱诨、词说，金有院本、杂剧、诸宫调。"可见，他以为"院本"是金代的戏剧代表形式之一，题其所载为"院本名目"，便已经承认了它是金代戏剧的名目了。其二，《院本名目》前的一段文字说明中有云："偶得《院本名目》，用载于此，以资博识者之一览。"即《院本名目》并非陶氏本人搜集整理所得，他见到的是一件现成之作，是一件前代流传下来的"文物"，并且有题名："《院本名目》"。金元时期的人们亲眼目睹了当时的戏剧发展，对当代的戏剧样式应有统一的认识，《院本名目》出现于陶宗仪之前，其整理者或者是金人，或者是元人从金代遗存的剧目搜罗而来。陶氏记录《院本名目》为的是"以资博识者之一览"，说明在陶氏生活的时代，《院本名目》已不可多见，除了"博识者"外并非寻常人所能看懂，更证明《院本名目》产生年代久远。其三，除上述外围信息，判断《院本名目》是金代剧目的最重要根据还是剧目本身，这方面王国维、谭正璧、胡忌等前辈学问家做过很多研究和考证，此处不必赘言。

《院本名目》所载不同于《官本杂剧段数》,其内容十分庞杂,计有"和曲院本"、"上皇院本"、"题目院本"、"霸王院本"、"诸杂大小院本"、"院幺"、"诸杂院爨"、"冲撞引首"、"拴搐艳段"、"打略拴搐"、"诸杂砌"等形式,专门涉及市井人物和行业生活的还有"和尚家门"、"先生家门"、"秀才家门"、"列良家门"、"禾下家门"、"大夫家门"、"卒子家门"、"良头家门"、"邦老家门"、"都子家门"、"孤下家门"、"司吏家门"、"件作家门"、"撅俫家门"等,表现的生活面相当广阔,反映的是金代民间的戏剧面貌。

《官本杂剧段数》和《院本名目》的存在,不无猎奇述异的目的,但它的实际价值远远超过了两位辑录者的初衷,在宋金戏剧理论方面有为俗文艺树碑立传之功,倘无这近千种剧目,仅从点滴零乱的史料中无法了解宋金杂剧的全貌,对它的研究也无从入手。

第二,戏剧艺人虽仍受贱视,但在社会各个阶层、各种职业中的地位有明显提高,他们的艺术才能和道德品质被广泛称誉。

宋王朝建立,遗失了唐代恢宏豪迈之风,变得拘谨屠弱。大处无所作为,必着眼于细枝末节之事,加之商业经济的发展,贸易交流的兴盛,宋代社会对各行各业的制作技术、奇巧伎艺十分重视。人们处世,从先前的注重集体精神转移到突出个人形象。无论什么职业,只要有一技之长,便可在社会中立足。宋金杂剧艺术的空前发展和艺术形态的不断完善,杂剧艺人队伍日益壮大,艺术修养步步提高,社会地位逐渐改善,杂剧成了人们羡慕的职业,杂剧艺人成了市民中颇受关注的对象。

据《都城纪胜》和《梦粱录》所记,杂剧艺术在宫廷诸多艺术部类中,成了唯一的"正色"。与此同时,参军色、杂剧色还成了宫廷事务中不可缺少的人物。《桯史》卷第十三中赞:

蜀伶多能文,俳语率杂以经史,凡制帅幕府之燕集，多用之。

《齐东野语》卷十三中记：

> 王叔知吴门日，名其酒曰"彻底清"。锡宴日，伶人持一樽夸于众曰："此酒名'彻底清'。"既而开樽，则浊醪也。旁诮之云："汝既为'彻底清'，却何如此？"答云："本是'彻底清'，被钱打得浑了。"此类甚多，而蜀优尤能涉猎古今，援引经史，以佐口吻资笑谈。

这不仅仅是"蜀伶"、"蜀优"的荣誉，而且是所有杂剧艺人的荣誉。金杨宏道《小亨集》卷六中有如下记载：

> 坚白子居于般溪之上，不慕荣利，喜为文章，田食井饮，与世淡然。蕞尔山城，再罹大兵，鸡犬不闻，四郊草荒，一官不调，未获禄食，亲旧离散，无所假贷，只服避地之训。岁九月而有汴梁之行，所以赴铨调、访亲旧也。传曰：适百里者，宿舂粮；适千里者，三月聚粮。生业既失，安在其三月也。行次济水之阳，有同途者，亦欲逾大河之南，不负不荷，若有余赀，言语轻杂，容止狎玩。怪而问之，曰："我优伶也。"且曰：技同相习，道同相得。相习则相亲焉；相得则相恤焉。某处某人优伶也，某地某人亦优伶也，我奚以资粮为？言竟，自得之色浮于面。闻之有感于余心者：夫人之所贵乎为士者，为其道存焉耳。仁义，道之本欤。仁以安人，义以利人，使人利而安之，相亲相恤者近焉。优伶，世之弄人也，而有是哉，而有是哉！因且自念修身慎行，读书著文，几年于今矣，独无所同，然乎哉？侧闻某官大夫，名德之日久矣，未尝望清尘、拜下风，得接粲花之论。今也路出东原（兴定元年东平录事雷晞颜名渊），欲致谒于左右，疑而未敢进也。俄而自笑

曰:"何期大夫之浅耶?仁义之道,在彼而不在此乎?"或曰:"为其同乎大夫,决巍科驰令闻,自致于青云之上,汝身不显于世,名不称于人,沉滞碌碌,穷于逆旅,果同乎?"坚白子曰:辕下之驹,德不配骥,然亦马也,谓之非马可乎?或者不能对。因录优伶之语以为献,侍候门外,进之麾之,惟命。

一向具有优越感和自信心的文人士大夫们对杂剧艺人的赞誉和对自身无可奈何、自愧弗如的叹息,完全是在事实面前发自内心的感触。

对那些不畏强暴,敢于冒死为民请命的杂剧艺人,许多官僚士大夫都为他们的勇敢精神和精湛技艺所折服。蔡绦《铁围山丛谈》卷第三中说:

熙宁初,王丞相介甫既当轴处中,而神庙方赫然,一切委听,号令骤出,但于人情适有所离合。于是,故臣名士往往力陈其不可,且多被黜降,后来者乃寖结其舌矣。当是时,以君相之威权而不能有所帖服者,独一教坊使丁仙现尔。丁仙现,时俗但呼之曰"丁使"。丁使遇介甫法制适一行,必因燕设,于戏场中乃作为嘲诨,肆其诮难,辄有为人笑传。介甫不堪,然无如之何也,因遂发怒,必欲斩之。神庙乃密诏二王,取丁仙现匿诸王邸。二王者,神庙之两爱弟也。故一时谚语有"台官不如伶官"。

封建统治者和文人墨客对这类戏剧活动的大量记录,表现了他们肯定和支持的态度。洪迈《夷坚志》支乙卷第四中有这样一段话:

俳优侏儒,固伎之最下且贱者,然亦能因戏语而箴讽时政,有合于古矇诵工谏之义,世目为杂剧者是矣。

这里杂剧竟被提高到可与作为经典的《诗经》、乐府相比肩的地位了!

在民间,人们的感情更朴素,褒贬更直接。廖莹中《江行杂录》中载:

> 京都中下之户,不重生男,每生女则爱护如捧璧擎珠。甫长成,则随其姿质,教以艺业,用备士大夫采拾娱侍,名目不一。有所谓身边人、本事人、供过人、针线人、堂前人、杂剧人、拆洗人、琴童、棋童、厨娘,等级截乎不紊。

显然,杂剧艺术和杂剧艺人的地位已经影响到社会风气和社会经济关系。喜爱杂剧艺术,尊敬杂剧艺人,几乎成为一种时尚。

孟元老《东京梦华录》卷七《驾登宝津楼诸军呈百戏》记录了汴京城中一次盛大的歌舞戏剧演出:

> ……其村夫者以杖背村妇出场毕,后部乐作,诸军缴队,杂剧一段,继而露台弟子杂剧一段。是时弟子萧住儿、丁都赛、薛子大、薛子小、杨总惜、崔上寿之辈,后来者不足数。

能为皇帝表演的杂剧艺人,肯定会名声显赫。于是,女演员丁都赛的形象便出现于乡村中一位崇拜者的墓中,这便是著名的"丁都赛"砖雕①。"丁都赛"砖雕出土于河南省偃师县一座宋墓中,砖高28厘米,宽8厘米,厚3厘米,所雕丁都赛面容丰腴传神,头裹软巾,上簪花枝,身穿圆领窄袖加肩补子开衩衫,腰系帛带,足穿筒靴,身后插团扇,双手于胸前打揖。这种"明星崇拜"是社会戏剧观念的反映。

第三,用封建统治者的利益衡量戏剧,用儒家传统道德和礼乐标准评价戏剧,力图将戏剧艺术纳入为封建统治服务的轨道。

在中国,"礼"、"乐"相连,"乐"从来没有获得过独立自主的地位,"乐"都经过"礼"的规范与斧正,纳入"礼"的轨道，与"礼"一同成为政治和权力的服务工具。《管子·内业篇》称：

> 凡人之生也，必以平正；所以失之，必以喜怒忧患。是故止怒莫若《诗》，去忧莫若乐，节乐莫若礼，守礼莫若敬，守敬莫若静。

按照中国传统礼教，"乐"应是温柔敦厚、美化风教的钟鼓之音，戏剧小说被视为涣散人心、有害社会的淫声、淫伎，在其诞生之初，就遇到巨大的阻力，早在唐代就有"散乐巡村，特宜禁绝"②的记录。宋金时期，封建官府、卫道君子对戏剧小说的看法没有大的转变，但实际情况已和先前大不相同了。

宋金时期，杂剧艺术不但繁荣于城市瓦舍、乡村庙会，而且进入了官府、宫廷。穷乡僻壤中的乡绅财主可享受杂剧，宫廷大典、节日喜庆、宴请外国来使等重要场合也都离不了杂剧。在五花八门、形形色色的社会行业中，搬演杂剧成了颇有利润的谋生手段，"杂剧人"成了人们追求、羡慕的职业。杂剧艺术深入到社会各个角落的事实引出一条重要的结论——社会已经接受了杂剧这门艺术。

面对不可抗拒的杂剧浪潮，卫道君子们绞尽脑汁苦苦思索的问题不再是竭其源、断其流、彻底扼杀它，而是如何疏浚、引导、限制、修正，让这股潮流向着于自己有利的方向发展，不要有害于自己固守的封建堡垒。于是，出现了种种对杂剧的干预。

杂剧的内容，不许以先圣、先哲和皇帝入戏，以免诋毁他们的形象、有损他们的尊严。王闢之《渑水燕谈录》卷八中载：

> 元祐中，上元驾幸迎祥池，宴从臣。教坊伶人以先圣为戏，刑部侍郎孔宗翰奏："唐文宗时尝有为此戏，诏斥去之，今圣君宴犒群臣，岂宜尚容有此？"诏付检官，置于理。或曰："此细事何足言？"孔曰："非尔所知，天子春秋鼎盛，方且尊德乐道，而贱伎乃尔亵慢，

纵而不治,岂不累圣德乎?"闻者渐羞叹服。

《金史·乐志》中记:

> 皇统二年宰臣奏:"自古并无伶人赴朝参之例,所有教坊人员只宜听候宣唤,不合同百寮赴起居。"从之。章宗明昌二年十一月甲寅,禁伶人不得以历代帝王为戏及称万岁者,以不应为事重法科。

那些被认为有违传统礼教,不合封建道德的戏剧活动被视为洪水猛兽,口诛笔伐。陈淳《上傅寺承论淫戏》便是一例:

> 某窃以此邦陋俗,常秋收之后,优人互凑诸乡保作淫戏,号"乞冬"。群不逞少年,遂结集浮浪无图数十辈,共相唱率,号曰:"戏头",逐家哀敛钱物,豢优人作戏或弄傀儡。筑棚于居民丛萃之地,四通八达之郊以广会观者,至市廛近地四门之外,亦争为之不顾忌。今秋自七八月以来,乡下诸村,正当其时,此风在滋炽,其名若曰戏乐,其实所关利害甚大:一无故剥民膏为妄费;二荒民本业事游观;三鼓簧人家子弟,玩物丧恭谨之志;四诱惑深闺妇女出外动邪僻之思;五贪夫萌抢夺之奸;六后生逞斗殴之忿;七旷夫怨女邂逅为淫奔之丑;八州县一庭纷纷起狱讼之繁,甚至有假托报私仇击杀人无所惮者。其胎殃产祸如此,若漠然不之禁,则人心波流风靡,无由而止,岂不为仁人君子德政之累。谨具申闻,欲望台判案榜市曹,明示约束,并帖四县,各依指挥,散榜诸乡保,申严止绝。如此则民志可定,而民财可纾,民风可厚,而民讼可简,阖群四境皆实,被贤侯安静和平之福,甚大幸也。

陈淳是朱熹的得意门生,他历数"淫戏"的八大罪状,大有置于之死地的企图。他的观点代表了理学家对戏剧的态度。

与打击、禁止相伴随,统治者及封建文人们又网开一面,积极支持戏剧干预生活、讽谏时政、兴利除弊、完善封建王朝的统治。迄今保留下来的有关宋金杂剧活动的记载,绝大多数与讽谏政治、针砭时弊有关,文人墨客们的兴趣重在记述政治事件,戏剧活动只不过被视为附带,顺便提一笔而已。

宋金两代的重大政治事件、军事冲突、朝政得失、吏治清浊乃至每项具体的政策法令的实施情况,在宋金杂剧中都有反映。曾敏行《独醒杂志》卷九中载:

> 崇宁二年铸大钱,蔡元长建议俾为折十,民间不便之。优人因内宴为卖浆者,或投一大钱饮一杯,而索偿其余,卖浆者对以"方出市,未有钱,可更饮浆",乃连饮至于五六。其人鼓腹曰:"使相公改作折百钱,奈何!"上为之动,法由是改。

这里,杂剧成了形象的历史,成了朝政得失的镜子和百姓对朝政反应的晴雨表。

这种恩威并用,软硬兼施的伎俩,无非是要限制和利用戏剧,使之符合自身利益,为封建统治服务而已——中国古代戏曲产生、成长时期已开始被作为控制和利用的目标了。

第四,注目宋金杂剧的有识之士看到了杂剧发展的巨大潜力,开始系统地搜集有关资料,并追溯它的来龙去脉。

宋人高承著《事物纪原》,是一部探寻事物源起的类书,其中有许多与宋代戏剧相关的条目,如《大蜡》、《教坊》、《钩容》、《胡部》、《鼓吹》、《凯歌》、《拍板》、《观灯》、《方相》、《俳优》、《傀儡》、《百戏》、《高絙》、《影戏》、《合生》、《生花》等。

《乐书》,宋人陈旸著,是一部对上古至宋代乐论、乐礼、乐仪、乐器、歌舞、优伶、杂戏进行系统考述的著作,《乞寒》、《代面》、《排闼》、《苏莫》、参军戏、假面戏等民间戏剧形式在其中有详细记载,为后世戏剧研究提供了宝贵资料。

此外，一些著名文人的著作中也谈及戏剧的起源问题。如《东坡志林》卷二中有：

> 八蜡，三代之戏礼也。岁终聚戏，此人情之所不免也。因附以礼义，亦曰不徒戏而已矣。祭必有尸，无尸曰奠，始死之奠，与释奠是也。今蜡谓之祭，盖有尸也。猫虎之尸，谁当为之？置鹿与女，谁当为之？非倡优而谁？葛带榛杖，以丧老物；黄冠草笠，以尊野服，皆戏之道也。

这些独具慧眼的见解，对中国戏剧起源问题的解答作了有益的探索。

每个时代，居于社会主导地位的是统治阶级，居于统治地位的思想文化当然也是统治阶级的思想文化。正史及士大夫文人著作中所载，代表了正统的、居于主导地位的统治阶级的思想，与此相对照，市井百姓、劳动大众对文学艺术、戏剧小说的评判完全是另一种标准、另一种结果。在这里，少有传统的礼乐标准，少有封建礼教的尺度，更没有江山社稷、统治地位之忧，因而，对戏剧的评价更坦率、更真诚、更公允。

宋金民间对戏剧的态度虽没有留下长篇大论的文字，但许多戏剧活动的遗迹反映了大众的戏剧观念。

20世纪50年代至今，在河南、山西、四川、江西等地发现了大量宋金时期与戏剧有关的墓葬。在这些墓葬中，戏剧都是作为随葬品的形式存在的——戏剧角色或戏剧演出场面有的刻在砖上，有的刻在石上，有的烧成瓷器，还有的绘成壁画。用这些戏剧砖雕、石刻、瓷俑、壁画作随葬品，目的比较单一——因为墓主人生前的喜爱，为了墓主人"来世"的享乐。因此，在许多有戏剧随葬品的墓葬中，墓室的设计和建造完全模仿了墓主人生前的生活环境，戏剧砖雕、石刻、壁画与墓主人之间被欣赏和欣赏者的关系十分明确。其中设计最完美、仿造最逼真、雕刻最精细的要数 70 年代末在山西省稷山县马村、化峪、苗圃发现的几组宋金墓葬③。这些墓葬的墓室全部是长方形结构，四壁全部雕成四边房屋外檐的形式，门窗、栏杆、花卉、人物、斗拱的雕刻一丝不苟，可称是巧夺天工、完美无缺的砖雕艺术品。在马村宋金段氏墓群有戏剧砖雕的 M1、M2、M4、M5、M8 五座墓中，戏剧砖雕全部在墓室的南壁；在 M2、M4、M8 墓室的北壁，都有墓主人夫妇端坐（或饮宴）向南壁观看杂剧的砖雕。苗圃 M1 北壁也有墓主人夫妇向南壁观看杂剧的砖雕。可以看出，在墓主人夫妇生活中，戏剧被看成文化娱乐品和奢侈消费品，墓主人看戏完全是为了精神上的消遣和感官的享受，除此之外，再无其他的目的。

总而言之，尽管宋金时期的戏剧活动丰富活跃、形式繁多，但由于杂剧艺术总体上的不成熟，由此而产生的戏剧观念也是幼稚的、不成体系和没有严格规范与界限的。宋金戏剧观念与宋金杂剧一样，正处于探索、发展阶段，它的成熟和完善，有待于戏剧本身的成熟和完善。

---

**注释：**

①见《文物》1980 年第 2 期刘念兹《宋杂剧丁都赛雕砖考》。山西师范大学戏曲文物研究所编《宋金元戏曲文物图论》图 57、58。

②见《唐会要》卷三四。

③见《文物》1983 年第 1 期山西省考古研究所《山西稷山金墓发掘简报》。山西师范大学戏曲文物研究所编《宋金元戏曲文物图论》图 62～67。

# 第七章　宋金杂剧发展成长的社会文化动力

宋金时期的戏剧活动主要有两种场所——乡村神庙和城市瓦舍，由此形成了神庙剧场和瓦舍剧场。戏剧为何选择这两种环境作为活动场所，既有历史文化的原因，也有社会经济的原因，透过神庙和瓦舍的外在表象，可以发现与之相连的、滋养中国古代戏剧发展的两种十分重要的文化因素——神庙文化与瓦舍文化。

## 第一节　神庙文化

神庙文化，是一种产生于神庙环境中，与宗教祭祀活动相联系的文化现象。神庙文化的产生与神庙及其宗教活动的产生相伴随，在神庙出现的同时，神庙文化也就产生了。

宗教观念的产生、祭祀崇拜活动的出现是人类各民族历史发展中共有的现象。

中国早期的神庙文化中，除了建筑文化外，还有祭祀礼仪文化，其中包括了向神灵献艺的歌舞伎艺。

《周礼》和《礼记》是今所可见的中国上古时期的礼仪典籍，其中有相当多的部分是记述各种祭礼的。有完整文字史料保留下来，用于神庙祭祀的最早文艺作品当推《诗经》。《诗经》在它产生的年代是可以和歌而唱，并且可伴以舞蹈的。《诗经》中的《大雅》、《小雅》、《周颂》、《鲁颂》、《商颂》多是歌颂先祖功德、叙述部落民族历史的，如《文王》、《绵》、《思齐》、《生民》、《公刘》、《清庙》、《烈文》、《烈祖》、《玄鸟》等，有许多应是在宗庙祭祀时演唱的。

　　人们在走投无路时便会相信命运，人类在陷入困境、一筹莫展时便会皈依宗教。与人口稀少、战乱不断、自然灾害频繁、人类生存能力十分有限的实际相连，中国上古时期神庙宗祠中祭祀先祖的宗教活动形式严格、气氛严肃、内容单纯，人们崇敬与畏惧的宗教情感十分虔诚。也正由于此，那时用于祭祀祖先的歌诗、舞蹈被后人尊崇为经典。

　　两汉之际，佛教从印度传入我国，从此改变了中国神庙文化的流向。从中国第一座佛寺——洛阳白马寺出现，佛寺如雨后春笋般拔地而起，僧尼人数风起云涌般增加。一时间，中原大地浮图宝光闪闪，袈裟熙熙攘攘，神庙文化的主要阵地由宗祠神庙转移到佛寺，宗庙歌颂列祖列宗的歌诗被淹没在佛寺礼赞佛祖的诵经声中。

　　南北朝时期，是佛教传入中国后的第一个繁荣高潮。据北魏杨衒之《洛阳伽蓝记》序中记：

> 至晋永嘉，唯有寺四十二所。逮皇魏受图，光宅嵩洛，笃信弥繁，法教逾盛。王侯贵臣，弃马如脱屣；庶士豪家，舍资财若遗迹。于是昭提栉比，宝塔骈罗，争写天上之姿，竞模山中之影。金刹与灵台比高，广殿共阿房等壮。岂直木衣绨绣，土被朱紫而已哉。

此时，洛阳城中竟"凡有一千余寺"，这还不算城外开凿的石窟，真可谓洋洋乎佛国了。与此同时，礼佛、诵佛的佛寺宗教活动空前繁荣，甚至相互争奇斗胜。《洛阳伽蓝记》卷第一记"长秋寺"曰：

> 北有濛氾池，夏则有水，冬则竭矣。中有三层浮图一所，金盘灵刹，曜诸城内。作六牙白象负释迦在虚空

中。庄严佛事，悉用金玉。工作之异，难可具陈。四月四日，此像常出，辟邪师子导引其前。吞刀吐火，腾骧一面；彩幢上索，诡谲不常。奇伎异服，冠于都市。

又记"景乐寺"：

有佛殿一所，像辇在焉，雕刻巧妙，冠绝一时。堂庑周环，曲房连接，轻条拂户，花蕊被庭。至于大斋，常设女乐。歌声绕梁，舞袖徐转，丝管寥亮，谐妙入神。以是尼寺，丈夫不得入。得往观者，以为至天堂。及文献王薨，寺禁稍宽，百姓出入，无复限碍。后汝南王悦复修之。悦是文献之弟。召诸音乐，逞伎寺内。奇禽怪兽，舞抃殿庭，飞空幻惑，世所未睹。异端奇术，总萃其中。剥驴投井，植枣种瓜，须臾之间皆得食。士女观者，目乱睛迷。

同书卷第三记"景明寺"：

伽蓝之妙，最得称首。时世好崇福，四月七日，京师诸像皆来此寺。尚书祠曹录像凡有一千余躯。至八日，以次入宣阳门，向阊阖宫前受皇帝散花。于时金花映日，宝盖浮云，幡幢若林，香烟似雾。梵乐法音，聒动天地。百戏腾骧，所在骈比。名僧德众，负锡为群。信徒法侣，持花成薮。车骑填咽，繁衍相倾。时有西域胡沙门见此，唱言佛国。

可以看出，这一时期以佛寺为中心的神庙祭祀活动世俗化的趋向十分明显：第一，礼佛的宗教活动，不仅仅限于僧尼和社会上层官僚，而是全社会共同投入的、人数众多、成分复杂的民间集体活动，这种活动具有民俗节日的性质；第二，吞刀吐火、彩幢上索、剥驴投井、植枣种瓜等民间俗乐百戏成了礼佛献艺的主要节目，也是礼佛活动中地位越来越突出的内容。这些现象，反映了这一时代人们新的宗教观念。

正如人们所公认：宗教，是社会发展到某个阶段的必然产物。宗教绝不是没有基础的空中楼阁，它是人类对自然和社会思想的结果，"是支配着人们日常生活的外部力量在人们头脑中的幻想的反映，在这种反映中，人间的力量采取了超人间的力量的形式"①。宗教教义、宗教精神是某一时期社会和人类需要的概括，是社会发展和人类期望的集中体现。宗教不是按照神的意志作用于社会，而是按照社会和人类的意志作用于社会，在这里，摸索于黑暗中的人们自以为找到了前进的灯塔，挣扎于痛苦中的人们自以为看到了幸福的彼岸。正因为如此，既不能给人衣食住行之需，又没有解人倒悬的宗教，仅仅凭几本经书、若干教条和一些空口无凭的说教就能使千百万人五体投地、趋之若鹜。毫无疑问，一种宗教兴盛于否，反映了它在多大程度上代表了社会和人们的意愿。杨衒之《洛阳伽蓝记》中所载，南北朝时洛阳城中佛寺密布、浮图如林、僧尼信徒若云的现象，正反映了这时的佛教内容以及以佛寺祭祀为代表的神庙文化深得广大民众的喜爱——倾城而出、如蚁如云的百姓涌入佛寺参加宗教活动，一方面是虔诚的宗教情感所驱使，另一方面则要乘机大饱眼福、耳福，纵情欣赏各种歌舞伎艺、散乐百戏的演出——从此以后，中国的神庙文化一直沿着南北朝时期佛寺庆典开辟的世俗化路子向前发展，佛教的圈子越来越松、浸透力越来越强、包容性越来越大，以致在寺院范围内融进了政治、经济、艺术等种种内容。中国古代戏剧的发展深得了寺院神庙文化的滋养。

唐代，宫廷中有了专蓄乐伎的教坊，民间的散乐、百戏、歌舞、俗讲则以佛寺为主要阵地更广泛地开展起来。赵璘《因话录》卷四中载：

> 有文淑僧者，公为聚众谭说，假托经论，所言无非淫秽鄙亵之事。不逞之徒，转相鼓扇扶树。愚夫冶妇，乐闻其说。听者填咽寺舍，瞻礼崇奉，呼为"和尚教坊"。

钱易《南部新书》卷五中记:

> 长安戏场多集于慈恩,小者在青龙,其次荐福、永寿。尼讲盛于保唐,名德聚之安国,士大夫之家入道,尽在咸宜。

同书卷六还记录了一位和尚的表演:

> 道吾和尚上堂,戴莲花笠,披襕、执简、击鼓、吹笛,口称"鲁三郎"。

与杨衒之《洛阳伽蓝记》所记情形相比较:南北朝佛寺中的乐舞百戏演出多与佛教节日相配合,属于节日庆贺性质;唐代演出虽仍在佛寺,但已不讲究什么节日,而是更经常、更频繁,成为日常生活内容之一。这证明散乐、百戏、歌舞、俗讲等娱乐形式更加深入人心。南北朝时,寺院节日庆贺时的乐舞百戏艺人主要来自民间,演出是临时性的;唐代寺院中的演出不但有来自民间的乐舞百戏艺人,而且有如"文淑"、"道吾"那样的僧人,他们本居住在寺院,演出更加方便。况且,既已形成人们所公认的"戏场",演出的频繁程度及演出内容的丰富多彩是南北朝时佛寺所不能比拟的。

除了民间艺人和寺院僧尼的表演,为满足寺院歌舞、戏剧之需,唐代许多寺院中还专门蓄养有属于寺院的乐舞百戏艺人,即寺属"音声人"②,这些"音声人"没有独立的社会地位和人身自由,是寺院隶属依附人口寺户的一部分。在敦煌宝卷 P4542 号《某寺破历》中有:

> 十五日出粟壹䅀充音声。
> 廿三日出麦贰䅀粟叁䅀充与音声。
> 廿九日出粟肆䅀充与音声,卅日出粟伍䅀充与音声。
> 二月一日出麦伍䅀粟伍斗充音声。③

"从上件残卷中,得知某寺自一月十五日至二月一日半月中,五次出麦粟供音声人,由此可知元宵节即上元节前后寺院音乐活动之频繁"。④寺院的音乐活动,不但配合佛教节日,而且配合民间节日,使宗教活动进一步世俗化。世俗乐舞百戏进入寺院为宗教服务,成为宗教活动的组成部分;寺院乐人走出寺院,用宗教与艺术相结合的更大的力量活动于社会,渗透于社会,使宗教和艺术都获得更大的发展。

中国历史上出现过许许多多的宗教,但由于封建统治制度的完善,统治者始终没有把宗教纳入自身的统治机制中。尽管也有过几位频频问禅佛寺,甚至想要舍弃皇权出家为僧的皇帝,但中国历史上从未出现过像罗马帝国那样"政教合一"的现象,也没有产生过像伊斯兰国家那样宗教情感与民族情感合一的现象。无论是民间俗神教,还是影响巨大的佛教和道教,在中国只能"流落"在民间,在目不识丁且又功利观念极强的百姓中生存,并一步步被修正、被篡改、被世俗化。中国民间百姓中,大多数人有宗教观念,但是信什么神、信什么佛、如何去信都十分宽容随便。在"泛神论"观念的指导下,人们都希望神佛保佑、生活美好,但却又连各宗教间的界限都划不清楚,更不知道什么教义、教规,要去遵守、去修炼也更无从谈起了。所以,自古以来,中国很少有宗教冲突,更没有宗教战争,各种信仰的教徒和睦相处,亲如一家。当然,人们也屡屡拜倒在神佛的脚下,但与别的国家和民族相比,中国人不是宗教的奴隶,而是把宗教作为一种为我所用的工具。"平日不烧香,临时抱佛脚",方才是虔诚的祈求,得意忘形时立刻把神佛忘到了脑后。神庙、佛寺中乐舞、百戏、戏剧的蓬勃发展,就是人们在娱神幌子下满足自己声色之娱的结果!

至宋代,除佛教寺院外,道教宫观和那些供奉民间俗神的庙宇猛然增加,各种庙会节日搞得红红火火。据吴自牧《梦粱录》

卷十五中记，南宋临安城及其附近州县有佛寺 600 余所，道观 60 余处，还有不计其数的俗神庙，神庙文化活动阵地更加广阔，宫观寺庙中各种艺术活动更加丰富。《东京梦华录》卷八《六月六日崔府君生日二十四日神保观神生日》中记：

> 六月六日，州北崔府君生日，多有献送，无盛如此。二十四日，州西灌口二郎生日，最为繁盛。庙在万胜门外一里许，敕赐神保观。二十三日，御前献送后苑作与书艺局等处制造戏玩，如毬杖、弹弓、弋射之具，鞍辔、衔勒、樊笼之类，悉皆精巧。作乐迎引至庙，于殿前露台上设乐棚，教坊、钧容直作乐，更互杂剧舞旋。太官局供食，连夜二十四盏，各有节次。至二十四日，夜五更争烧头炉香，有在庙止宿，夜半起以争先者。天晓，诸司及诸行百姓献送甚多。其社火呈于露台之上，所献之物，动以万数。自早呈拽百戏，如上竿、趯弄、跳索、相扑、鼓板、小唱、斗鸡、说诨话、杂扮、商谜、合笙、乔筋骨、乔相扑、浪子、杂剧、叫果子、学像生、倬刀、装鬼、砑鼓、牌棒、道术之类，色色有之，至暮呈拽不尽。殿前两幡竿，高数十丈，左则京城所，右则修内司，搭材分占，上竿呈艺解。或竿尖立横木，列于其上，装神鬼，吐烟火，甚危险骇人。至夕而罢。

耐得翁《都城纪胜·社会》中载：

> 文士则有西湖诗社……奉佛则有上天竺寺光明会，皆城内外富家助备香花灯烛，斋衬施利，以备本寺一岁之用。又有茶汤会，此会每遇诸山寺院作斋会，则往彼以茶汤助缘，供应会中善人。城中太平兴国传法寺净业会，每月十七日则集男士，十八日则集女人，入寺讽经听法。岁终则建药师会七昼夜。

又,《东京梦华录》卷三《相国寺内万姓交易》条载:

> 相国寺每月五次开放,万姓交易,大三门上皆是飞禽猫犬之类,珍禽奇兽,无所不有。第二三门皆动用什物,庭中设彩幙露屋义铺,卖蒲合、簟席、屏帏、洗漱、鞍辔、弓剑、时果、腊脯之类。近佛殿,孟家道院王道人蜜煎,赵文秀笔,及潘谷墨。占定两廊皆诸寺师姑卖绣作、领抹、花朵、珠翠、头面、生色销金花样幞头帽子、特髻、冠子、絛线之类。殿后资圣门前,皆书籍玩好图画,及诸路散任官员土物香药之类。后廊皆日者货术、传神之类。寺三门阁上并资圣门,各有金铜铸罗汉五百尊,佛牙等。凡有斋供,皆取旨,方开三门。左右有两鉼琉璃塔,寺内有智海、惠林、宝梵、河沙。东西塔院,乃出角院舍,各有住持僧官。每遇斋会,凡饮食茶果,动使器皿,虽三五百分,莫不咄嗟而辨。大殿两廊,皆国朝名公笔迹,左壁画炽盛光佛降九曜鬼百戏,右壁佛降鬼子母揭盂。殿庭供献乐部马队之类。大殿朵廊,皆壁隐楼殿人物,莫非精妙。

从这些记载中可以看出,佛寺庙会不但用以供奉神佛,而且有祭祀贡献活动,有乐舞、百戏、杂剧的盛大演出,有行会团体组织的集会活动,还有定期举行的贸易交流,成为一个集宗教祭祀、节日民俗、艺术活动、商业贸易多种因素于一体的多元复合体,成为许多社会因素和生活内容交汇的结合点。

自从人类出现,人类社会便出现了。"社会",不是一个"个体",而是由一群人或一个部落、一个民族的许许多多的人按照经济地位、政治地位和行为规则构成的具有某种格局的群体。其中最基本的要素是,在人类社会中,人与人之间、团体与团体之间,必须相互接触、相互联系、相互沟通,从而形成某种关系。没有接触、联系、沟通,"关系"便不存在,人类也无法生存，更谈不上社会的发展了。

然而，由于社会经济发展阶段的不同，人们的生产方式、生活方式及生产目的、生活目的的不同，使得在每一个社会历史阶段，人们在社会生活中接触和联系的方式不同，发生接触和联系的领域不同，接触和联系产生的结果也不同。在统治中国几千年之久的封建社会中，特别是在宋代以前以自给自足为特点的农业经济占主导地位的时期，自己生产满足自己消费的经济形式，在社会中以每一个人、每一个家庭为中心，画了一个又一个相对封闭的圈子，阻碍每一个个体与外界的交流与联系。这种经济结构外化为人们的日常生活模式就是封闭——在经济领域中，人们找不到共同点，找不到发生交流与联系的接口，在现实生活中找不到适当的经济往来的场所。要保持社会成员个体间的联系，要进行社会成员个体间物质、信息、能量的交换，需要到经济活动以外的其他领域中寻找共同点和接口——这个领域就是宗教——宗教是落后的农业经济社会中唯一能轻松自如地把民众组织起来的精神力量，宗教活动是唯一能吸引松散的民众自觉自愿参加的集体活动，宗教活动场所宫观寺院是民众都愿意投入的最合适的集体活动场所。正因为如此，艺术这门要作用于全体民众的社会内容便奔向这块唯一的"风水宝地"，在这里与它们的作用对象汇合，这样一来，使得以宫观寺庙为中心产生的神庙文化的内涵愈加丰富。

从宗教—艺术的角度看，戏剧是大众艺术，演员、表演、观众是它必不可少的三个条件。如果以市场学的眼光看，观众尤其重要——观众是戏剧生产的"市场"和"消费者"，市场潜力的大小，消费者的好恶及消费水平，直接关系着"生产者"——戏剧活动的命运。只有瞄准了市场，找到了人数尽量多、代表面尽量广的消费者，才能使戏剧产生蓬勃发展。正由于此，歌舞、百戏、戏剧来到封建社会中唯一的社会大众集体活动场所——宫观寺庙寻找它的市场和消费者。终于，戏剧艺术与它的观众在神庙中相遇了，二者的结合，使戏剧艺术放射出灿烂的火花。为什么神庙出现便有歌舞存在？为什么随着时间的推移神庙祭祀活动越来越世俗化、越来越合乎人们的欣赏品味？为什么封建时代最先进、最完备的艺术形式总是首先出现在神庙佛寺中？原因就在这里。

艺术进入宫观寺庙，并没有成为失去自由的宗教的附庸；大众热衷于艺术，也没有妨碍宗教的发展。相反，二者相辅相成，相互利用，相得益彰。正如黑格尔所指出：

> 每个民族文化的进展一般都要达到艺术指向它本身以外的一个时期。例如基督教的历史因素，如基督的复活，他的生和死之类，都提供艺术，特别是绘画，以无数形象化的机会，而教会本身不是保护艺术，就是任它自由[⑤]。

中国古代的神庙文化中，艺术在为宗教利用的同时也利用了宗教——艺术为宗教招来了更多的信徒，使宗教深入人心；宗教为艺术提供了活动场所及与大众联络的机会。二者的结合看似天衣无缝，实则各有所图。合则双美，离则两伤。

宋金时期的神庙文化，是时代的产物，也是对前代传统的继承。它将宗教、民俗、艺术、贸易、集会融为一体。在这里，宗教是神庙文化的中心和主干，其他一切内容都笼罩在宗教活动的影子下。神庙文化中的歌舞、百戏及戏剧活动较少商业性，较少竞争性，表演节目趋于单一，艺术形式遇到的压力与挑战较少，基本上是自由自在地在自然状态下生存。正因为如此，神庙文化中的艺术活动从内容到形式都少变化，多稳定；少创新，多守旧。神庙文化能够给中国古代戏剧提供的营养是重要的，但又是单一的，戏剧的发展与成熟还需要其他方面的营养。

## 第二节　瓦舍文化

瓦舍，又称瓦市、瓦子、瓦肆，是宋金时期城市中最重要的戏剧活动场所。

瓦舍，是集合多种伎艺于其中的商业性演出场所，是商品贸易空前繁荣的产物。

宋代的农业生产技术有了相当大的提高，农作物、经济作物连年丰收，人们最基本的衣食之需有充分的保证，为社会经济的进一步发展提供了坚实的基础。农业人口解决温饱，剩余的粮食、衣物等生活必需品还可以养活大量的非农业人口。于是，人们离开土地，涌入城市，依靠耕种之外的其他劳动形式谋生，城市人口不断增加，市民阶层急剧壮大。北宋的汴京、南宋的临安都是百万人以上的大都市，其他如武昌、建康、扬州、成都、长沙也都是十几万、几十万人口的大城市。与此同时，宋代的手工业空前发展，分工更细，工艺更精，规模更大，产品更丰富，诸如冶炼、铸钱、兵器制作、伐木、造船、建筑、纺织、染色、制衣、农产品加工、制瓷、雕漆、金银器打造都是手工业中突出的行业。丰富的产品，众多的人口，旺盛的消费需求，使得宋代的商业贸易活动十分繁荣。

商业贸易的繁荣，除了充足的货源、旺盛的需求、便利的交通运输之外，还要有足够数量和相当规模的贸易场所——交易市场。市场是贸易交流活动关键的制约因素之一，只有通过市场，才能完成商品与货币的交换。

两宋时期，从京城到乡村，遍布着各种规模、各种形式的贸易市场。在地处偏僻、人口稀少的乡村，有最古老、最初级的交易市场——墟市和草市。这种市场按照干支排列定期交易，在这里，农民们出售自己生产的粮食、柴草、布匹及手工制品，换回盐、茶、农具等生产生活的必需品，它是乡村农民和手工业者进行贸易的最直接的场所。在人口较多的镇，则有镇市。镇市没有时间限制，不但有固定的交易场所，还有饭馆、酒肆及各类作坊。镇市处于乡村和州县之间，是州县和乡村之间贸易的重要桥梁。北宋元丰年间，全国镇市有1 871个⑥，是国家税收的重要来源之一。在京城州县，坊市制度被打破，大街小巷布满各种店铺，城外建立专门的交易市场——草市，随着草市交易的日益频繁固定，草市上出现了酒肆、店铺、作坊之类的建筑，固定居住人口不断增多，最终变成了城市的一个组成部分，其贸易交流之盛，是镇市和村落墟市不能相比的。可见，在宋代城乡，形成了一个联系紧、密度大、有层次的市场阶梯和市场网络。在这个商品贸易和市场交流的大潮中，瓦舍应运而生了。

瓦舍，是商品经济和市场贸易的直接产物，是宋金时期诸多市场形式的一种，是专业性的文化贸易市场。瓦舍不但集中于汴京、临安，而且遍布于有一定人口数量的州县市镇。瓦舍规模很大，其中划分为若干小的区块——勾栏，各种艺人都在自己的勾栏中作场演出，观众则根据自己的兴趣到各自喜欢的勾栏中观看演出。

与其他形式的贸易市场相同，这里的演出与观看完全是商业活动——瓦舍是市场，勾栏是店铺，歌舞、百戏、戏剧各种表演是商品；艺人是商品的制造者与出售者，观众是商品的购买者和消费者；艺人出卖商品为了赚钱谋利，观众消费则为了自己的耳目之娱；交易方式采取双方自愿各取所需的自由贸易形式。从本质上看，瓦舍的产生是两宋时期高度发展的商业经济在文化艺术领域中的渗透，也是文化艺术独立觉醒、以商品交换形式实现自己价值的手段。

瓦舍集合多种表演伎艺于一处，形成了一个相对稳定并有自己特点的文化圈。瓦舍文化是一种商业文化，在这个文化圈中，贸易与利润是中心与目的。由于各个"店铺"出售的商品性能、用途相近——歌舞、百戏、伎艺、戏剧，"店铺"又十分集中，消费者有绝对自由的选择权，要实现贸易交流，获得商业利润，不但要提高商品质量，还要改进服务手段、改善贸易环境，使自己在众多的"店铺"和"商品"乃至服务中出类拔萃。只有这样，才能吸引更多的观众到自己的勾栏中来。于是，与所有的商品贸易活动一样，在瓦舍中、勾栏间存在着剧烈的竞争——瓦舍处于大中城市，消费者数量多，市场潜力巨大，如果能获得在这样的演出场所中进行"贸易活动"的权力——即得到固定的勾栏，必定会有相当丰厚的利润，还有可能成为受观众崇拜的艺术明星。但是，大中城市的市民见多识广，消费水平高，这便给艺人及各种艺术形式提出了很高的要求。表演内容陈旧、艺术形式简单幼稚、表演技能低下的"艺之次者"只能在大街小巷徘徊，无法进入瓦舍，无法取得勾栏。勾栏艺人之间，如果谁不尽快更新表演内容、提高艺术修养和表演技巧，并使自己所从事表演的艺术形式尽快完善，就有可能被淘汰、被挤出勾栏，因为在瓦舍外面还有大量水平不断提高的艺人虎视眈眈地盯着勾栏的优越位置，时时跃跃欲试，要取而代之。杂剧作为瓦舍艺术之一，在这样激烈竞争的环境中，艺人们千方百计地提高表演技艺，完善艺术形式，改进表演场所，吸取别家之长，弥补自己之短，结果使戏剧从演员、表演到剧场都取得突飞猛进的提高。竞争、学习、裂变、提高就是瓦舍文化的基本特点。如果没有瓦舍文化的锻炼锤打，中国古代戏曲成熟的步子可能还要慢得多。

## 第三节　神庙文化与瓦舍文化的关系和作用

在中国古代戏曲产生和发展的历程中，神庙文化与瓦舍文化缺一不可，二者共同作用才哺育了中国古代戏曲。

神庙文化圈中的戏剧是中国古代农村戏剧活动的代表，瓦舍文化圈中的戏剧是中国古代城市戏剧活动的代表。神庙文化带有很浓的宗教色彩，与人类历史发展过程中宗教的产生、宗教崇拜、宗教祭祀活动有密切的关系，它不像瓦舍文化那样过多地依赖整个社会经济的发展，也无需城市、城镇出现，因而产生时间很早。从这个角度讲，神庙文化圈是戏剧产生的源头之一。然而，由于宗教信仰有极强的稳定性和连续性，加之中国人特别注重传统，宗教祭祀活动的形式和内容经久不变，与此相联系，作为神庙文化构成成分之一的歌舞、百戏、戏剧的形式、内容也变化缓慢，缺乏足够的生机与活力，神庙文化圈无法为中国戏剧提供它需要的全部养分，戏剧的发展等待着新的契机、等待着新的能量的注入——这就是瓦舍文化。瓦舍文化的商业性质很突出，它是中国戏曲发展历程中重要的接力站和能量补充站，它的出现，戏剧被投入到激烈竞争的漩涡中，戏剧在瓦舍文化的激流中快速完善提高，逐渐取得了艺坛主角的地位。神庙文化与瓦舍文化的关系代表了宋金时期城市和乡村的戏剧关系——乡村是基础，城市是集中和提高；神庙文化是戏剧的源头（之一）和基础，瓦舍文化是促成戏剧尽快完善成熟的催化剂。

在戏剧的产生与发展过程中，神庙文化与瓦舍文化的作用不同，但并不矛盾，它们互相补充。神庙文化与瓦舍文化都不是封闭的圈子，而是两个各自开放、互相吸收、不断进行能量交换的系统。一个戏班、一名演员、一种表演形式是在神庙文化圈中生存还是在瓦舍文化圈中生存并不是一成不变的，它由艺术水平和实力来决定——神庙文化圈中艺术活动的佼佼者可以进入城市，再伺机进入瓦舍文化圈。史料记载，两宋京城汴京、临安城中有大量不能进入瓦舍的"路歧人"和拖儿带女的"村落百戏艺人"，如果他们的演出水平不断提高，竞争实力不断增强，他们就有可能挤入瓦舍，取得勾栏。同时，瓦舍中的"艺之次者"便要被挤出瓦舍，失去勾栏，做城市中没有固定表演场地的"路歧人"，或者流落到乡村中，走村串巷，赶庙会，进入神庙文化圈。广阔的乡村戏剧市场、众多的乡村流动戏班，为戏剧活动提供了丰厚的基础和阵容庞大、可供选拔的后备军。激烈的竞争和会被淘汰的危机感使瓦舍文化圈中的戏剧充满向上的生机与活力。城乡流动、新旧交替、吐故纳新、危机与希望并存，促成了宋金杂剧的繁荣局面。

宋金时期，神庙文化与瓦舍文化是并存的。戏剧在瓦舍文化圈中成熟的同时，便立即脱离了这一直接孕育它的母体，一方面走向独立的戏剧舞台，另一方面又回到它最初出现的环境中——神庙文化圈中的神庙戏台。此时的戏剧，再也不是淹没于歌舞、百戏、技艺中普通的一员，而成了独霸剧坛的旗手。与历代相沿、绵绵不断的宗教活动的稳定性和连续性相联系，当因时间流逝、历史变迁、战乱破坏，城市中的戏剧活动足迹荡然无存的时候，神庙文化圈中与戏剧活动相关的戏台、碑记、石刻、抄本却奇迹般地与神庙一起保存下来了，神庙文化圈在保存戏剧遗产方面的卓越功绩不能不让人叹服。中国古代戏曲产生与发展过程中曾经走过一个从神庙文化圈到瓦舍文化圈，最终再回归到神庙文化圈的圆周。当然，随着时间的推移，商品经济越来越发达，戏曲活动的重心逐步向瓦舍文化圈和商业剧场中转移，神庙文化圈中的戏曲活动慢慢沉寂下来了。

总而言之，宋金杂剧的发展与成长既得益于久远的文化传统和宗教信仰，又得益于宋金时期生机勃勃的社会经济，城市与乡村、神庙文化与瓦舍文化、城市戏剧与乡村戏剧共同构成了中国戏剧的生存环境和活动整体，从历史文化、社会经济两个方面去考察，才真正找到了宋金杂剧发展成长的动力。

---

**注释：**

①见恩格斯《反杜林论》。
②③④见《敦煌研究》1988 年第 4 期姜伯勤《敦煌音声人略论》。
⑤见黑格尔《美学》第 1 卷。
⑥见漆侠《宋代经济史》。

# 附　录

## 永乐宫龙虎殿考论

　　永乐宫是一座道宫。现存五座主要建筑中，除山门是清代之物外，其余四座都是元代建筑。从整体布局上来看，这几座主要建筑排列在一条南北向的轴线上，其顺序依次是：山门；龙虎殿，又称无极门，即元代此道宫之门；三清殿，又名无极殿，供奉道教之三清祖像；纯阳殿，亦名混成殿，供奉道教祖师吕洞宾；重阳殿，也叫七真殿或袭明殿，供奉全真教祖师王重阳及其弟子。其中三清殿是这座道宫中的最主要建筑，规模最大，位置显著。龙虎殿正对着三清殿。

　　作为元代建筑，龙虎殿具有那个时代所有建筑的共同风格，但具体结构上又有其特殊之处。龙虎殿面阔三间（20.68米），进深两间六椽（9.60米），单檐庑殿顶，斗拱用材粗大，砖砌台基高1.80米，梁架结构为彻上露明造。整座建筑施柱三排，每排六根，中间一排柱子将整座建筑平分为前后两个部分。两稍间三面围墙，成为一个对称的"ココ"形，中间一排柱上装有三合大板门，闭上板门，则将此殿前后分隔。最为奇特的是此殿前檐明间的供上下的踏道延伸于基座之外，而后檐（正对三清殿的一面）明间的踏道则是缩在台基的里面，而且在踏道开口的两侧边缘处，均有极规则的低于殿内地平面的"凵"形凹槽，如果在槽上架上木板，则正好盖住缩在台基里面的踏道，使殿内地平面成为一个没有缺口的整体。因此，根据龙虎殿在整个建筑群中的位置和结构特点，特别是后檐明间踏道与台基及殿内地面的结构形制，可以推断这是一座宫门兼戏台的建筑。以下将龙虎殿与已发现的金元时期的戏台的结构布局、功用特点等作简单的分析比较。

在中国戏曲史上，宗教、祭祀、民俗与戏曲的发生、发展和繁荣有着极密切的关系。宗教是古代人们生活中十分重要的内容，在当时生产力水平低、知识贫乏、自然环境和社会环境十分恶劣的情况下，人们几乎把一切希望都寄托于神灵。这些神灵中既有较系统、较成熟的佛教，道教中的三宫、四圣、东岳、圣母、城隍、土地、观音、如来；也有人们根据生产、生活需要"创造出来"又拜倒在其脚下祈求保佑的民间俗神，如风伯、雨师、雷公、电母、山神、河伯；有他们崇拜的自己伟大杰出的祖先，如尧、舜、禹、神农、黄帝、后稷；还有历来为人们称颂的圣君贤相、历史豪杰、民族英雄，如关羽、二郎等。人们在遇到困难而又无能为力时便向神灵祈求许愿，一旦脱离困境渡过难关，便兴高采烈，祭献酬神，报答神恩。

以歌舞、戏曲娱神是我国民俗的重要特点之一。目前发现的山西南部的九座金元时期的戏台，以及另外十几处原物已毁而确有记载的金元时期的戏台，都无一例外地建于宫观神庙之中。从结构布局上来看，这些戏台都完全相同地建于神庙主殿的正面，正对坐北朝南的神庙中的主殿。在戏台与主殿之间，有宽阔的场地供观众看戏，同时也供神灵"看戏"。这种建筑布局说明了戏曲演出的目的——娱神、娱人。永乐宫龙虎殿正对主殿——三清殿，与一般庙观中戏台与主殿的位置布局完全相同。由此可以推断，永乐宫龙虎殿是一座宫门兼戏台的建筑。

从目前存在的元代戏台所处神庙供奉的神灵派系来看，现存的九座元代戏台是：

山西临汾魏村三王（牛王、马王、药王）庙元至治元年戏台，山西临汾王曲村元初东岳庙戏台，山西临汾东羊村东岳庙元至正五年戏台，山西洪洞景村牛王庙元至正二年戏台，山西翼城武池村乔泽（水神）庙元泰定元年戏台，山西翼城曹公村四圣宫元至正年间戏台，山西永济董村二郎庙元至治二年戏台，山西运城三路里村三官庙元代戏台，山西石楼殿山寺圣母庙元代重修戏台。

以上戏台，建于东岳庙的两座，建于三官庙的一座，建于四圣宫的一座，建于圣母庙的一座，这五座戏台的庙宇都供奉道教神；建于三王庙的一座，建于牛王庙的一座，建于水神庙的一座，此三座戏台的庙宇供奉民间俗神；另外一座建于二郎庙中，供奉历史英雄。可见九座戏台中有半数以上建于道教神庙中，这一方面是因为道教在元代特别盛行，另一方面也证明当时大量的道教宫观中建有戏台并有戏曲演出。道教神祇系统在其形成过程中吸收了不少民间俗神，但同时也"创造"了不少"新神"，像"三官"、"四圣"这些道教神祇是到宋代出现于其神谱中的，因而不能列入俗神之列，而应归于正统的道教系统。所以，认为在正统的道教宫观中没有戏台和戏曲演出的观点是无根据的。

从现存的有关永乐宫的文字资料和出土文物考察，也可证明龙虎殿是宫门兼戏台的建筑。王鹗《大朝重建大纯阳万寿宫之碑》中记载："唐末已来，土人即其故居屋□□□曰吕公祠，每遇毓秀之辰，远近士庶毕集其下，张乐置酒，终日乃罢。"此碑刻于元世祖中统三年（1262），其中所叙的是"唐末已来"之事，当然也说明刻此碑时情形仍然如此。虽然这时龙虎殿尚未建起，但道宫中除了用于宗教祭祀的道曲外，民间百姓的歌舞、戏曲酬神、娱人成为祭祀的重要内容则是必然的。为了演出方便，将龙虎殿建成宫门兼戏台的形式便是很自然的事了。

更重要的是，在永乐宫附近出土的当年曾主持修建永乐宫的著名道士潘得冲的石棺上，有一幅线刻杂剧演出图。此图位于石棺大头的偏上方，图中四人，神态各异，正在作场演出①。潘得冲，字仲和，山东人，是金代全真教重要人物丘处机的弟子。全真教兴起于宋金对峙时期，初期发展不很顺利，金章宗时曾予禁止，而此时正在北方积蓄力量向南推进的新兴蒙古统治者乘机对全真教加以收买利用，全真教派也看到宋、金的统治已趋衰落，便投靠元蒙，寻求政治上的支柱。1220年，当时全真教的重要领袖人物丘处机率18位弟子奉诏北上拜见成吉思汗，1222年，他们到达蒙军营地，受到热烈欢迎，成吉思汗曾"设二帐于御幄之东以居之，约日问道"，丘处机还被成吉思汗"赐号神仙，爵大宗师，掌管天下道教"②，从此确定了全真教的地位。随行的18位弟子，潘得冲便是其中之一。后来潘主持修建永乐宫，未竟而卒。可见，潘得冲不仅是一位有名的道士，在一定程度上还是全真教的代表。在他的石棺上刻了戏台及戏曲演出图，正说明他生前对戏曲的热爱及道教与戏曲的密切关系。由此推知，在他主持修建的永乐宫的布局中，不能没有戏台的位置。但若将龙虎殿建成一座"钟楼模样"的戏台，则又破坏了整个建筑群的格局，为了解决这个布局设计上的矛盾，将龙虎殿建成一座宫门兼戏台的建筑，则是一种很巧妙的构思。

无独有偶，在与永乐宫相距不远的山西运城解州关帝庙中，有一座称为"雉门"的建筑，也是山门兼戏台，其形制、规模、结构特点、在建筑群中所处位置及其功用与永乐宫中的龙虎殿基本相同。关帝庙的主要建筑排列在一条轴线上，由前至后依次分别是端门、雉门、午门、御书楼等。端门是一座砖结构的牌坊式庙门，形制简单，上建三个单檐歇山顶，五踩斗拱。雉门，又叫大门，是紧接端门的一座砖木结构、规模较大的清代建筑，单檐歇山顶，面宽三间，进深两间，施柱三排，每排四根，中间一排柱子正好将整座建筑分为前后两个部分,中排柱的中间两柱间是一较大的板门,闭上此门,则前后檐被分隔开来。大门的两侧各有一小门,两小门上方分别有"演古"、"证今"红漆大字。整个建筑坐落于砖砌台基之上,前檐间踏道延伸于台基之外,后檐间踏道缩于台基之内,台基之踏道开口的边缘处有规则的"凵"形凹槽。如果在凹槽处架上木板则殿内地面成为一个整体。据记载,这里以前经常演出有关关羽故事的戏。

很明显,关帝庙中的雉门与永乐宫中龙虎殿都处于整个建筑群的前面,都有宫门(庙门)的作用,都是正对处于同一轴线上的主要神殿,其整个结构形制,特别是后檐明间踏道的结构形式基本相同。"演古"、"证今"字样乃确凿的历史资料,证明雉门是一座庙门兼戏台的建筑,由此推知,形制结构、位置功用与雉门相同的永乐宫龙虎殿也应是一座宫门兼戏台的建筑。由于宫观神庙之门的宏大,所以融于其中的戏台的规模之大在当时是空前的,而且形制特别,与一般"钟楼模样"的元代戏台大不相同,因而也增加了我们识别的困难,以至使它默默存在几百年,今日才露真面目。

以前,我们更多地注意到金元时代的"钟楼模样"的戏台,其他形式多被忽略。现在,将龙虎殿这座宫门兼戏台的建筑与建于它之前和之后的类似建筑联系起来考察,我们会清楚地看出:中国古代戏台建筑除了"钟楼模样"的常见形式以外,还有另一种形式——即将戏台与宫观庙宇的大门相结合构成门庭兼戏台的形式。这种形制的戏台,在戏曲成熟之初就与"钟楼模样"的戏台同时存在了。

1978—1979年,在山西南部稷山发现了七座有戏曲砖雕的宋金时代的墓葬。这些墓室全部是仿木结构,四面由四座房屋的外檐建筑构成前门后堂、左右厢房式的"四合院",墓室全部坐北向南,北壁为"正堂",南壁是"门厅",进入墓室的入口皆在南壁。"房檐"都施有斗拱，戏曲砖雕全部在南壁③。在封建社会中，斗拱只能用于宫廷及宫观寺庙之中，因而可以肯定这些墓不是民宅建筑的仿造物，而是仿神庙或家庙的建筑。其中马村之 M2、M4、M8 和苗圃 M1 墓之北壁正中都有墓主人夫妇端坐向南正欣赏戏曲表演的砖雕。雕有戏曲演出场面和戏曲人物的南壁"门厅"，其上部为单檐或重檐式屋顶，下部皆有须弥座式台基，门厅建于台基之上，面宽三间，中间施柱两根。戏曲演出或戏曲人物砖雕全部是在中间两柱之间。墓室的入口，或在南壁正中的"戏台"之下，或在左侧一间的下部。很明显，这里的戏曲演出场所不是专门的舞台，而是在门厅之中，这正是门厅兼戏台的建筑形式的仿造。这证明，门厅兼戏台的建筑形式早在宋金时就已存在，而且已相当成熟。永乐宫中龙虎殿与此一脉相承，正是元代此类戏台的实例。由于这种戏台结构宏大、场面宽阔，更有利于日益成熟、复杂的戏曲演出的发展，到明清时期，这种形式逐渐取代了宋金元时期"钟楼模样"的戏台形式，而成为北方戏曲舞台的主要建筑形式。如山西运城盐池的池神庙戏台、山西洪洞水神庙戏台以及前面提到的山西运城解州关帝庙雉门等。它们都是宫观庙宇的第一座主要建筑，具有门厅的作用同时又兼做戏台，只是其门厅通道形式有些变化：有的过道直接从建筑物中穿过；有的将戏台建于高高的基座之上，基座中建有拱形门洞，穿过门洞进入庙中；有的是将戏台建于门厅的位置上，而失掉了门厅的作用成为纯粹专用的戏台，而在戏台的右侧另辟一门。目前，这种形式的戏台保留下来的还相当多。

宗教活动是古代人们重要的生活内容，它活动的场所——宫观寺庙，是人们祭祀、聚会、交易、娱乐的主要场所。特别是随着佛教的传入、道教的兴起，人们对宗教的信仰越来越狂热，宫观寺庙中的祭祀、庆典、娱乐活动便越来越频繁，规模越来越宏大。早在北魏时，都城洛阳内外就有大小寺院 1 367 座④，每到四月八日佛之降生日前后，寺院中便热闹非凡，除法事活动外，更多的是来此聚会娱乐的人们。此时"召诸音乐，呈伎寺内"，"梵乐法音，聒动天地。百戏腾骧，所在骈比"⑤。至唐，讲唱文学兴起，寺院中变场、戏场更多。据《南部新书》记载："长安戏场多集于慈恩，小者在青龙，其次是荐福、永寿。"其热闹繁盛的程度，可以与宫廷教坊相提并论，称之为"和尚教坊"⑥。但到目前为止，我们尚未发现佛教寺院中建有戏台，只在道教宫观和各地俗神庙中有戏台存在。

与佛教相比，道教是中国土生土长的宗教。它与人们的关系更密切、渗透力更强，对人们的思想、生活影响很大，戏曲在发展、成熟、繁荣过程中无论形式还是内容方面都深受其影响。早在唐代，源于道教音乐的法曲、道曲、道调就是宫廷中重要的音乐形式。唐崔令钦《教坊记》序云："吕光之破龟兹，得其乐，名称多亦佛曲。"唐段安节《乐府杂录》载："乐有箫、笙、竽、埙……将竽形似小钟，以手将之即鸣也，次有登歌，皆奏法曲……"到了宋代，随着道教的日益兴盛，在群众中的影响也越来越大，这时不但宫廷中有"打息气唱道情"者⑦，勾栏瓦舍中也有了专门"弹唱因缘"者和唱道情者⑧。当时用道教法曲表演的宋杂剧有《孤和法曲》、《车儿法曲》、《棋盘法曲》、《藏瓶儿法曲》等⑨。到了金元时期，与道教有关的院本数量大大增加，据元人陶宗仪《南村辍耕录》记载，有《月明法曲》、《郓王法曲》、《送使法曲》、《闹夹棒法曲》、《望嬴法曲》、《分拐法曲》、《瑶池会》、《八仙会》、《蟠桃会》、《四道姑》、《庞方温道德经》、《王母祝寿》、《讲道德经》、《入口鬼》、《倒耍胡孙》、《大烧饼》、《清闲真道本》等。元杂剧中，道曲形成了一个独立的宫调——道宫，而且表现出鲜明的飘逸清幽的特色⑩。同时出现了大量搬演道教故事的宗教剧，如《黄粱梦》、《岳阳楼》、《任风子》、《陈搏高卧》、《铁拐李》、《庄周梦》、《竹叶舟》、《升仙梦》、《金安寿》、《刘行首》、《城南柳》、《玩江亭》、《蓝采和》等。明人朱权根据题材内容的不同，将杂剧分为"十二科"，其中"神仙道化"被列于首位⑪……龙虎殿戏台的发现不仅解决了正统道教宫观有无戏台的问题，而且更进一步证实道教与中国戏曲有着十分密切的关系。

总之，永乐宫中龙虎殿这种宫门兼戏台形式的出现，不仅说明了宗教祭祀与戏曲繁盛的密切关系，而且对戏曲舞台形制、戏台发展史的研究，也具有十分重要的意义。

（本文原发表于《中华戏曲》第八辑）

**注释：**

① 山西师范大学戏曲文物研究所编著《宋金元戏曲文物图论》之图119、120。
② 元陶宗仪《南村辍耕录》卷十。
③ 《文物》1983年第1期山西考古研究所《山西稷山金墓发掘简报》。
④ 原出《魏书·释老志》，转引自中华书局1963年版《洛阳伽蓝记校释·序》。
⑤ 杨衒之《洛阳伽蓝记》。
⑥ 赵璘《因话录》。
⑦⑧⑨ 周密《武林旧事》卷七、卷六、卷四。
⑩ 燕南芝菴《唱论》。
⑪ 朱权《太和正音谱》。

# 宋金杂剧表演形式的新发现

## ——山西高平县西李门村二仙庙露台杂剧线刻图研究

宋金戏剧处于中国古代戏曲从幼稚走向成熟定型的过渡阶段，此时，中国古代戏曲的面目尚未完全清晰，在"宋杂剧"、"金院本"的概念下面，包括了许许多多形式不同、特点各异、艺术形态参差不齐的表演形式。其中，有的已接近于成熟的戏曲，有的还算不上严格意义上的戏剧；有的偏重歌舞，有的重在科白；有的严肃整饬，有的滑稽诙谐。处于中国戏剧史上新旧交替、继往开来的特殊历史阶段的宋金戏剧，由于其整体艺术形态的特殊性，使其面目长期以来未能完全弄清，山西高平县西李门村二仙庙露台杂剧线刻图的发现，为宋金戏剧的研究提供了新的可贵的形象材料。

西李门村位于高平县城西南方向，距县城约五公里，二仙庙坐落在村边的二仙岭上。二仙庙坐北朝南，主要建筑排列在一条南北向的轴线上，依次为山门、露台及正殿、后殿。整个庙院南北长约70米，东西宽约40米。据砌在后殿殿基中一块"金大定三年"石刻记载，此庙始建于唐，到金初坍塌破旧，于是重修。在正殿石制门框的门楣上刻有：

  晋城县莒山乡司徒村众社民户施门一合正隆二年岁次丁丑仲秋二十日谨记。

今存的庙内主要建筑全部是典型的金代风格。庙内有一与正殿紧相连接的露台，露台东西宽13.22米，南北深7米，高1.05米，为须弥座式建筑，露台的北面与正殿的殿基连在一起，东、西、南三面均有台阶可供上下，露台的周围镶嵌着石兽及线刻花鸟人物图，杂剧线刻图是其中之一，镶嵌在露台西侧的前部。

杂剧表演线刻图刻在光滑的石灰石上，为阴线刻，长125厘米，高43厘米，刀法细腻流畅，人物形态逼真。图中共刻有十个人物，前五位为男性，后五位为女性，其中除第一人和最后一人外，其余八人双双并排而立，成两纵队，图中人物全部是左脚在前，右脚在后，步伐一致，是边行进边表演。

第一人为男性，高26厘米，头戴展脚幞头，身着圆领宽袖长袍，脚穿薄底靴，双手于胸前擎一竹竿子。竹竿子长21.5厘米，上端有一圆球状物，上插许多劈成细条的竹篾子，呈纷散状，这是宋代指挥乐舞戏剧表演的典型的参军色（亦称"竹竿子"）形象。这在以前发现的宋金时期的戏曲文物中也很常见：山西浮山上东村宋墓壁画中有一"竹竿子"①与此几乎完全一样，此人亦头戴展脚幞头，身着圆领宽袖长袍，脚穿薄底靴，双手执竹竿子于胸前，竹竿子的上端较粗，两细条状物沿顶端两侧向上伸出，呈"U"形，从人物身高与竹竿子长度的比例看，与高平西李门二仙庙中露台杂剧线刻图中的参军色完全一致。河南温县宋杂剧砖雕乐队部分，前排右起第一人也是"竹竿子"，装束、动作与上述二者完全相同，只是竹竿子的顶部没有分叉。宋人孟元老《东京梦华录》卷九中有：

第四盏，如上仪，舞毕，发谭子，参军色执竹竿拂子，念致语口号，诸杂剧色打和，再作语，勾合大曲舞。下酒槛：炙子骨头、索粉、白肉胡饼。

第五盏御酒，独弹琵琶，宰臣酒，独打方响。凡独奏乐，并乐人谢恩讫，上殿奏之，百官酒，乐部起三台舞，如前毕。参军色执竹竿子作语，勾小儿队舞……

吴自牧的《梦粱录》卷三中亦载：

> 第四盏进御酒，宰臣百官各送酒，歌舞并同前。教乐所伶人，以龙笛腰鼓发浑子。参军色执竹竿拂子，奏俳语口号，祝君寿……

将这些史料记载与文物相对照可知，竹竿子是宋代参军色指挥表演时所持的典型砌末，"竹竿拂子"的称谓，大概是因为竹竿子顶端插有纷散如拂尘的竹篾。参军色在宋代杂剧和宫廷礼仪中有特殊的职责：一是在杂剧中扮演某一角色；二是在皇帝、皇后出游时念致语口号；三是在歌舞戏剧表演中作指挥、调度工作。从线刻图中可以看到，这里的参军色正是起着指挥表演和导引的作用。

第二人和第三人是表演者，男装，身材瘦小，均头戴曲脚向后指天幞头，簪花，身穿圆领窄袖长衫，衣袖较长，腰间束围肚，外系革带，銙饰明显，脚穿薄底靴。其中右侧一人双臂绞袖置于革带处，面向左侧，正看左边一人表演；左侧一人（即第三人）双臂绞袖，直指前方。从服饰看，幞头簪花是宋代宫廷中杂剧优人的装束常例，曲脚向后指天幞头在宋代宫廷中也曾流行，宋人孟元老《东京梦华录》卷之九中有云：

> 第七盏御酒，慢曲子，宰臣酒，皆慢曲子，百官酒，三台舞讫，参军色作语，勾女童队入场……杖子头四人，皆裹曲脚向后指天幞头，簪花，红黄宽袖衫义襕，执银裹头杖子。

从表演特点来看，两位演员最突出的动作是绞袖，这种表演形式在宋金戏剧中十分普遍：河南修武石棺上的杂剧线刻图和河南焦作市郊王庄金代承安四年邹瑆墓中嵌在墓壁上的杂剧线刻图中的二位演员的表演动作便与此相似。河南修武石棺杂剧线刻图中共刻有十二个人物，其中伴奏乐队十人，演员二人。两位演员中，左边一人侧身而立，面向右方，头戴花脚幞头，身穿圆领窄袖长袍，袖管较长，腰系博带，双臂绞袖，右臂在前，左臂放在身后；右边一人侧身向左，正对左边一人，身材瘦小，高鼻，衣装与左边一人相同，左脚高抬，身微前倾，仰头，双臂绞袖于身后，作舞蹈状。河南焦作王庄金代邹瑸墓石刻杂剧图与修武石棺杂剧图出自一人之手，只是其中人物排列格局左右颠倒了一下，伴奏乐队中少了一个吹觱篥者，其余人物、装束、动作、所用器物与修武石棺所刻完全相同。此外，河南洛宁上村发现的宋金社火杂剧砖雕中也有双臂绞袖的表演②。可见，绞袖在宋金杂剧表演中是最常见的形式。

第四、第五人为男性装束，人物身材较第二、第三人高大魁伟，均头戴曲脚向后指天幞头，簪花，身穿圆领窄袖长袍，衣袖卷至肘部，腕束臂韝，脚穿靴，腰系杖鼓，上覆花鼓帔，右手执鼓鞭，左手为徒手，正在击打，此二人是杖鼓色，是宋代杂剧伴奏乐队中最常见的成员。河南温县宋杂剧砖雕乐队部分六人中，前排左起第一、第二人即是杖鼓色，此二人均头戴展脚幞头，身穿交领右衽衣，腰系杖鼓，鼓身覆以绣花帔子，衣袖卷至肘部，腕有臂韝，双手合于胸前，鼓鞭执于右手中；山西稷山马村段氏墓群M1杂剧砖雕伴奏乐队中，前排左右二人也是杖鼓色，此二人头戴展脚幞头，簪花，身穿圆领窄袖长袍，衣袖卷至肘部，腕束臂韝，腰系杖鼓，鼓身覆以无花帔子，右手执鼓鞭，左手徒手，正在击打。由此可见，杖鼓色是宋金杂剧表演伴奏乐队中最常见的人物。

第六人至第十人全部是女性装束，其中第六人至第九人衣装完全相同，均为云髻博鬓，饰以花冠，上穿交领左衽襦，下穿长裙，腰间系带，肩头披帛，裙下露出绣鞋云头。其中第六人双手把笛正在吹奏；第七人所用乐器是箫；第八人双手执觱篥；第九人正击拍板。这几个人物的发式、衣装全部是宋代汉民族风格，具有雍容华贵的特点，但由于石刻是金代之物，在一些地方也留下了时代的印记,如四位女性人物全部穿交领左衽襦,而宋代,妇女所穿多是右衽。所用乐器尤以笛、觱篥、拍板在宋金戏剧表演中最为常见。

　　第十人,发式为云髻并饰以花冠,上穿圆领襦,下穿长裙,腰系带,双肩披帛,环垂身后,左手托一腔短且饰有花纹的双面鼓,右手执鼓鞭正在敲击。其手中所托之鼓,见于四川广元罗家桥出土的三块南宋乐舞石刻③中:即第一块左起第五人,第二块左起第五人,第三块左起第八人,可见这种"托鼓"在宋金时使用也十分普遍。

　　从这幅线刻图中可以看出,其中所有人物全部是汉民族,虽然某些地方有金代特点(如第六至第九人的左衽衣),但衣装的总体风格、表演形式、所用砌末和乐器,都比较完整地保留了宋代的风格。根据庙内石刻文字记载,这幅杂剧演出线刻图应在金代正隆二年(1157)与庙之正殿、露台同时完成,此时离北宋灭亡(靖康元年,1126)不过才30年时间,前代的一切仍历历在目,因此,无论是人们出于怀旧心理追忆宋代的戏剧表演,还是真实地记录当时的戏剧面貌,这幅石刻图所反映的都应是北宋末年和金代初年的戏剧表演形式。

　　艺术的发展与王朝的更替、政权的转移没有完全的同步性和一致性,12世纪初叶,金代在北方取代了北宋政权,但这绝不会造成北宋戏剧忽视消亡和金代戏剧突然兴起,事实上,虽然王朝更替了,但北宋与金的戏剧完全是一体的,金代的戏剧无论在内容上、形式上、艺术风格上都完全承袭了北宋的戏剧传统,是北宋戏剧的继续发展。高平县西李门村二仙庙中的杂剧石刻反映的就是北宋末年到金代初年这一地区杂剧表演的一个侧面。

　　宋金杂剧包括了许多特点各异的表演形式,从文字记载和迄今发现的戏曲文物来看,主要有三种:

　　其一,即宋人所谓的"杂剧"。它是宋金杂剧中偏重说白、滑稽成分较浓的表演形式。宋人洪迈《夷坚志》支乙卷第四中有载：

> 俳优侏儒，固伎之最下且贱者，然亦能因戏语而箴讽时政，有合于古瞍诵工谏之义，世目为杂剧者是已。崇宁初，斥远元祐忠贤，禁锢学术，凡偶涉其时所为所行，无论大小，一切不得志。伶者对御为戏，推一参军作宰相据坐，宣扬朝政之美。一僧乞给公凭游方，视其戒牒，则元祐三年者，立涂毁之，而加以冠巾。一道士失亡度牒，问其披戴时，亦元祐也，剥其羽衣，使为民。一士人以元祐五年获荐，当免举，礼部不为引用，来自言，即押送所属屏斥，已耳主管宅库者附耳语曰："今日于左藏库请得相公料钱一千贯，尽是元祐钱，合取钧旨。"其人俯首久之，曰："从后门搬入去。"副者举所持梃扶其背曰："你做到宰相，元来也只好钱。"是时至尊亦解颜。

这种形式的杂剧在宋金时期极其流行，除大量见于文人记载外，目前发现的宋金时期的戏曲文物中也占了较大比重，其中河南禹县白沙宋墓四人杂剧砖雕、河南偃师五人杂剧砖雕、故宫藏两幅宋杂剧绢画、河南荥阳石棺宋杂剧线刻、山西垣曲后窑金墓五人杂剧砖雕所表现的都是这种杂剧形式。这些文物多是演员角色的排列，只有河南荥阳石棺线刻和故宫藏两幅宋杂剧绢画是演出场面的描绘，为我们提供了这类杂剧表演的形象材料。荥阳石棺线刻图，刻于北宋绍圣三年（1096），全长180厘米，高35厘米，杂剧表演只是其整幅图刻的一部分。杂剧表演共有演员四人，左一人男性装束，头戴东坡巾，身穿圆领窄袖长袍，腰间系带，身侧向右边，右手中执一下粗上细的木棍状物，这是引戏色；左二为男性装束，头戴软巾诨裹如角，身穿圆领衲袍，领口打结，右手持一短而粗的木棒，直视其对面一人，此是副末色；左起第三人为男性装束,头戴高冠耸如山尖,身穿圆领中袖长袍,腰间束带,左肩头有一块大补丁,面容丑陋,双手正做一下流动作,此为副净色;左起第四人为女性装束,头披软巾,上身穿右衽襦,下穿"百褶裙",双手作揖,左脸有一大痣,鼻大如蒜,面部自额到颧骨有两道黑墨贯眼而下,呈"八"形,此为装旦色。这里四位演员正在作场,其中的主要表演者是副净、副末和装旦,没有乐队伴奏,是偏重说白杂剧形式的典型反映。

其二,作为北杂剧前身和雏形的戏剧表演。北杂剧的形成,宋金杂剧是其母体。元人夏伯和与陶宗仪在谈及宋金元戏剧发展、流变情况时,完全一致地指出:院本、杂剧其实一也,国朝始厘而二之[④]。这里的院本,指的不是金代的院本,而是元代与北杂剧并行存在的院本;杂剧,也不是指宋金杂剧,而是元代的北杂剧。元初的院本与杂剧是两种从内容到形式,乃至艺术风格都有巨大差异的戏剧形式,而它们最初的"其实一也",只能说明在宋金戏剧中,实际上包括了后来的杂剧和院本两种戏剧形式。因此说,北杂剧的孕育是在宋金杂剧中。这一点在戏曲文物中已经得到了证明。山西稷山马村段氏墓群,在时间上横跨了北宋末年至金代前期,其中六座墓中的戏曲砖雕,反映了自北宋末年至金代前期这一阶段宋金杂剧中作为北杂剧前身或雏形的一支的基本面貌。在这些砖雕中可以看到,第一,演员角色的丰富和复杂,特别是在北宋早期和别的形式的戏剧表演中较为少见的女性演员和女性角色已普遍存在,这将大大拓宽戏剧的题材,增加表现力;第二,从演员的装束、表情、动作来看,这里不再是以副净和副末为主的插科打诨了,故事性明显增强;第三,伴奏乐队普遍存在,所用乐器如大鼓、拍板、觱篥、笛子与北杂剧伴奏乐器完全一致;第四,这里的演出都进入了戏台,并且有了"乐床"等舞台设置。可以看出,这是宋金戏剧中发展最快、形态最完备、最接近于北杂剧的一支,所以称之为北杂剧的前身和雏形。

其三，偏重于歌舞的表演。宋人周密《武林旧事》卷第十中所载《官本杂剧段数》中，有大量以歌舞表演为主的杂剧形式。在280个杂剧名目中，缀有大曲、法曲和词牌名的占了半数以上，如《崔护六幺》、《索拜瀛府》、《诗曲梁州》、《裴少俊伊州》、《打调薄媚》、《五柳菊花新》、《四季夹竹桃》等。就大曲来看，它是盛行于唐宋时期规模庞大、体制复杂的大型歌舞套曲，整个曲子由许多部分组成，各部分的连接有固定次序，每一部分中用曲、唱词有严格的限制，表演节奏的快慢，曲、歌、舞的结合有固定的程式，因而用大曲表演杂剧不利于故事的展开，而只能偏重于歌舞，这一点我们可以从宋人曾慥《乐府雅词》中所载《道宫薄媚·西子词》和宋人史浩《鄮峰真隐漫录》卷第四十六中所载用大曲表演的《花舞》、《剑舞》中可见一斑。词牌与大曲相比体制短小，格律更严，用语典雅，更不利于表演故事，而只能偏重于歌舞。有些剧目如《醉花阴爨》、《夜半乐爨》、《木兰花爨》、《月当厅爨》、《醉还醒爨》、《扑蝴蝶爨》等，词牌名就是剧名，其表演形式应是用这些词牌的曲子来表演歌舞，没有什么故事内容。

在官本杂剧中，大量偏重于歌舞的杂剧表演，不全是南宋作品，而必有从北宋流传下来的，因为南宋杂剧是北宋杂剧的继续发展，在北宋时大曲、法曲同样十分盛行。宋金王朝在北方交替的时候，北宋杂剧一方面随统治者南下被带到南方，另一方面它仍在北方继续流行，并为金代戏剧所继承，陶宗仪《南村辍耕录》卷二十五《院本名目》中所载《月明法曲》、《烧香法曲》、《上坟伊州》、《烧花新水》、《熙州骆驼》、《病郑逍遥乐》、《贺贴万年欢》、《列女降黄龙》等便是从宋杂剧中继承下来的偏重歌舞的表演形式。在目前发现的戏曲文物中，四川广元市〇七二医院南宋嘉泰四年（1204）宋墓石刻杂剧图之一、二，河南修武石棺杂剧线刻和河南焦作金承安四年邹瑓墓杂剧线刻反映的就是这类杂剧的表演。四川广元南宋嘉泰四年墓中杂剧石刻图⑤共有四幅，其中第一、第二幅为一组，第一幅为演员表演部分，第二幅为伴奏乐队部分。演员部分共二人，左一人身材瘦小，戴展脚幞头，穿四䙆衫，腰间系带，下穿裤，双臂绞袖合于一起，腰微弓，膝微曲，侧身向右，正在舞蹈；右侧一人头部残缺，上身穿衲袍，衣袖较长，下穿裤，曲肘，据其衣袖下垂之状可推断此人也正作舞。刻有伴奏乐队的另一图中共三人，皆面向左侧，对着排在其左面刻有表演演员的图刻，第一人戴无脚幞头，穿圆领窄袖长袍，腰鼓抱于左腋下，右手执鼓鞭正在击打；第二人头戴展脚幞头，身穿宽袖襕袍，腰微弓，正吹觱篥；第三人头戴展脚幞头，身穿无袖圆领衫，双臂裸露，正击大鼓。从这两幅石刻图中可以看出这里表演的是偏重歌舞的杂剧形式。河南修武石棺杂剧线刻图长约 110 厘米，高约 50 厘米，图的中部偏上方竖刻"小石调·嘉庆乐"，标明这里杂剧表演所用的曲名。图中共有十二人，除属于中间的两位舞蹈演员（如前所述）外，其余伴奏乐队由十人组成，左四右六，左侧四人中，前排二人戴无脚幞头，穿圆领宽袖长袍，腰系杖鼓，正在击打；后排二人戴展脚幞头，穿圆领宽袖长袍，腰裹围肚，外系带，均持方响击打；后排左一人戴无脚幞头，穿圆领宽袖长袍，正以拍板击节；后排左二、三人皆戴无脚幞头，穿圆领宽袖长袍，均吹觱篥；后排左第四人戴软脚幞头，穿圆领窄袖长袍，正击大鼓。河南焦作金承安四年（1199）邹瑓墓石刻杂剧图与修武石棺所刻内容、风格完全相同，只是整个布局左右颠倒了一下，少了一个吹觱篥者。

将高平西李门二仙庙石刻杂剧图中的表演形式与以上三种杂剧类型相比较，可以看出它应是属于偏重歌舞表演的一类。

河南修武石棺和焦作邹瑓墓杂剧线刻场面大、人物多、伴奏乐器丰富，艺术风格上明显受了北宋时期宫廷杂剧的影响，反映了宋金时期汴京周围偏重歌舞的杂剧的表演风貌。与此二者相比较，高平西李门二仙庙杂剧石刻有自己的独特之处：除人员少、规模小外，与前两者最大的不同是在表演场地和表演形式上——前两者的表演是在某一固定地点，表演场所可能是宫廷、房中、庭院，后者则是边行进边表演，演出场所是村落街巷；前者带有宫廷杂剧和京城勾栏中固定作场杂剧的特点，后者则反映了人口较稀少、地域较偏远的乡村中走村串巷、流动表演的乡村戏班的表演情形。这种差异是同一种戏剧样式在不同地域，由于环境不同、戏剧传统不同以及观众欣赏心理的不同造成的，是戏剧形式与特定的地域文化相结合的产物。

宋金时期的泽州、潞州（即今之山西东南部包括高平县在内的上党地区）地区戏剧活动十分繁盛，迄今发现的三处北宋时期建造舞楼、舞亭（即固定戏台）的记载，有两处在这一地区⑥，北宋时首创诸宫调的孔三传就是泽州人⑦，今天在这一地区保留了许多十分古老的戏剧形式，石刻中的"竹竿子"仍存在于上党地区的戏剧活动中，当地称为"前行"，主要职责是念致语、赞词、介绍剧情，也表演简单的故事，其服饰与石刻中人物完全相同，只是手中的竹竿子演变成一束竹枝，并且在上面系一条红布条。今天仍保留在这一地区的各种各样的古老队戏，内容简单粗糙，表演形式原始古朴，其中许多剧目的表演都没有固定场所，而是台上台下相通、戏场街巷相通、戏内戏外相通，保留了在行进流动中表演的古老戏剧传统；从至今仍在表演的如《调判》、《猿猴脱甲》、《鞭打黄痨鬼》等剧目中似乎仍可看到宋金戏剧的影子。

高平西李门二仙庙杂剧线刻图反映了北宋末年和金代前期北方杂剧面貌的一个侧面，反映了宋金戏剧完全的继承关系，将它与其他宋金时期的戏曲文物及史料记载联系起来考查会看到，宋金时期的杂剧，宫廷内外是相通的，京城及其周围地区与远离京城的偏远地区的戏剧形态是一致的，宋金戏剧繁荣是遍地开花而非一枝独秀。高平西李门二仙庙中杂剧线刻图的发现，为多侧面更深入地研究宋金戏剧提供了新的宝贵材料。

（本文原发表于《中华戏曲》第十一辑）

**注释：**

①文中所涉及的文物，除特别注明者外均见山西师范大学戏曲文物研究所编《宋金元戏曲文物图论》。

②见《文物》1989年第2期廖奔、杨建民《河南洛宁上村宋金社火杂剧砖雕叙考》。

③⑤见廖奔《宋元戏曲文物与民俗》。

④见夏庭芝《青楼集志》（《中国古典戏曲论著集成》第二册）、陶宗仪《南村辍耕录》卷二十五。

⑥见山西师范大学戏曲文物研究所编《宋金元戏曲文物图论》附录二。

⑦见王灼《碧鸡漫志》卷第二。

# 从山西稷山段氏墓群戏曲砖雕看北杂剧的发展与成熟

中国古代戏曲，自孕育产生到发展成熟，经历了十分漫长的过程，元代的北杂剧，使人们第一次清晰、完整地看到了它的面目。那种名家如灿烂之群星、名作如遍地之丛林的繁荣局面，在世界戏剧史上是罕见的。

然而，考察中国戏曲史，我们每每会觉得，元代北杂剧的繁荣局面出现得十分突然，它像一轮刹那间冲破无边黑暗、高悬于中天的太阳，在还没来得及搞清它来龙去脉的时候，已将耀眼的光辉洒满大地。那阳光使人振奋、使人陶醉、使人自豪不已。欣喜之余，便不免提出这样的问题：盛极一时的北杂剧的母体在哪里？这一完备戏曲形式的源头在哪里？它发展演变的轨迹应到何处去寻？

今天可见到的北杂剧材料多是元代以后的，但这绝不等于说北杂剧是进入元代才成熟的。一种艺术形式的成熟，要经历漫长的产生、发展、锤炼的过程，戏曲是综合艺术，包容的艺术因素很多，更不能在短时间内一蹴而就。早期的北杂剧作家们，不会在同一时间忽然创作出体制、风格、特点完全相同、形态完备的杂剧作品，他们的创作是前辈的继续。北杂剧的成熟应在元代以前，只是入元以后它才占据了戏曲舞台，成为当时主要的戏剧形式。

今属山西南部的古河东地区，是中国古代戏曲的摇篮之一，也是元代北杂剧繁荣、创作的中心之一，近年来，随着戏曲史研究的深入，特别是大量戏曲文物在这一地区的发现，隐约显示出久为历史沉迹所覆盖的北杂剧发展、成熟的线索。

1978年、1979年，在山西南部的稷山县马村，发现了一个有14座墓葬的段氏墓群①，在已发掘的九座墓中，M1、M2、M3、M4、M5、M8有戏曲砖雕。这一墓葬群坐北朝南，呈扇形分布，其中在M7中有一砖刻小碑，其内容为：

段楫预修墓记

夫天生万物，至灵者人也。贵贱贤愚而各异，生死轮回止一。予自悟年暮，永夜不无预修此穴，以备收柩之所。楫生巨宋政和八年戊戌岁，至大金大定二十一年辛丑，六十四载矣，修墓于母亲坟之下位。母李氏自丙午年守志，至辛巳岁化矣。楫生祖裕一子，一女舜娘，长二孙泽译二人，二女孙，故修此穴，以为后代子孙祭祀之所。大定二十一年四月日。段楫，字济子，改颢字，曾祖十秖，讳用。成五子，大秖讳先，二秖讳密，三秖讳世，长父六郎，四秖讳万，五秖讳智方。

据此可知，段楫墓的修造时间是金大定二十一年（1181），其母故于辛巳岁，即金大定元年（1161），其父故于丙午岁，即金天会四年（1126），亦即北宋靖康元年。在M1中出土了北宋铜钱景祐元宝一枚、熙宁元宝一枚，在M5中出土天圣元宝一枚、治平通宝一枚、元祐通宝一枚、大观通宝一枚。这些铜钱中最晚的一枚"大观通宝"铸造年代应在1107—1110年间，此时距宋室南迁尚有十余年时间。根据铜钱及墓葬的排列分布可判定M1、M3、M4、M5是同一时期的墓葬，时间在北宋末年，墓群最顶端的M2、M9的时间要更早一些。

这些墓葬的形式基本相同：墓室均为长方形，仿木结构，墓室的四壁由四座房屋的外檐建筑构成了前厅后堂、左右厢房式的

"四合院"。其中，北壁是正堂，南壁是门厅，所有的戏曲砖雕全部在南壁，以"门厅"为表演场所，即这里的戏曲表演场所是"门厅兼戏台"式的建筑，也就是明清时期颇为流行的"过路戏台"——将戏台与门厅融为一体，建在门厅的位置上，平时作门厅，演戏时稍加布置便成戏台。

戏曲进入家庭，在中国古代十分普遍，今所发现墓葬中的戏曲文物，无一不是为墓主人的娱乐和享受而设的。戏曲频频进入家庭，使得乡绅、财主、官僚之家在设计建造其住宅群时，不得不考虑戏曲表演场所，但是，家庭毕竟不是日日演出的城市勾栏，不宜建造独立的戏台，将戏台融于门厅之中，既经济又合理。

在中国古代建筑中，斗拱只能用于皇宫、神庙，平民住宅是不能使用斗拱的，段氏墓群砖雕的四面房屋或单檐或重檐都有斗拱，因此，与其把这里看成平民住宅，倒不如看成一个家族的家庙或宗祠更合适。家庙、宗祠是一个家族的成员祭祀祖先、共同议事的集体活动场所，有似于神庙的性质，在这里演戏，一为祭祀祖先、神灵，也为家族成员的娱乐，因此，家庙、宗祠、神庙中出现戏台十分自然。

中国古代的神庙剧场，一是在神庙中建造独立的亭榭式戏台，一是将戏台溶于门厅中成为过路戏台，前者在宋金元时期占主要地位，后者是明清时期流行的戏台样式。迄今发现，最早的过路戏台是山西芮城永乐宫元建龙虎殿戏台[②]，段氏墓群砖雕戏台正是当时这种戏台形式的缩影。这种建筑样式的形成，不单是戏台建筑实践的结果，更重要的是戏曲实践的结果，戏曲舞台的成熟标志着戏曲艺术的成熟。

从表演形式看，今所可见最完整、最形象的北杂剧表演的材料是山西洪洞广胜寺明应王殿中作于元代泰定元年（1324）的"大行散乐忠都秀在此作场"杂剧壁画，从中可以看到，北杂剧的表演，演员在戏台的前部，伴奏乐人在戏台后部，伴奏成员中有面部化妆者，根据剧情需要可随时上场表演。可喜的是，在宋末金初的稷山段氏墓群中有与此相同的情形。在段氏墓群六座有戏曲砖雕的墓葬中，M1、M4、M5中既有演员，也有伴奏乐人，排列形式与广胜寺明应王殿中壁画所绘北杂剧的演出完全一样——演员在前，伴奏乐人在后，伴奏成员可因剧情之需要参加表演。如在M4中，前排演员四人：第一人戴无脚幞头，穿交领左衽衫，衣袖卷起，双手合于胸前，面容丰腴，为一女性演员；第二人身材矮小，耸肩缩脖，扁鼻，头戴软帽，身穿衲袍，腰束布带，双手合于胸前，是一丑角；第三人戴幞头诨裹，穿圆领长袍，腰间束带，左手抚胸，右手置腹间，面目清秀圆润，体态妞妮，为一女性演员；第四人身材高大，面目表情严肃，戴无脚幞头，穿圆领宽袖长袍，双手合于胸前，是一官吏形象。后排伴奏者五人：第一人双手执桴，为击大鼓者，头戴软巾诨裹，面目丑陋，口奇大；第二人身材瘦小，戴无脚幞头，身穿短褐，腰系杖鼓，正在击打；第三人戴展脚幞头，穿圆领中袖长袍，腰系革带，一幅官吏模样，正吹笛；第四人戴无脚幞头，穿圆领宽袖长袍，亦为官吏装束，双手持拍板；第五人戴圆脚幞头，穿圆领中袖长袍，腰束革带，官吏打扮，正吹觱篥。这五个伴奏乐人与M1、M5中的伴奏成员明显不同：M1、M5伴奏成员衣装几乎完全一致，而这里五个人装束各有特色：三、四、五人同戴幞头，但有展脚、圆脚、无脚之分；同穿长袍，衣袖宽窄有别，这一切并非随意而为之，而是专门安排的——他们既是伴奏人员，同时又是演员，根据剧情所需随时上场表演。这种特点与广胜寺明应王殿杂剧壁画中的情形相同，也符合早期北杂剧戏班人员少、规模少、一人兼数职的实际情况。

从戏台设置和乐器组合来看，M5中伴奏者四人，全部戴黑漆圆顶幞头，穿圆领宽袖长袍，并排而坐，所坐之处与元人无名氏杂剧《蓝采和》中提及的"乐床"一致。从 M1、M4、M5 中的伴奏乐器可以看出，笛、觱篥、拍板、大鼓、杖鼓是最常用的乐器，与北杂剧戏班的乐器组合相吻合。

从演员的角色看，六座有戏曲砖雕的墓葬中的演员角色，除 M4 如前所述外，M1 前排演员五个，发掘时不慎打碎。M2 有演员四人：第一人头戴软巾，身穿衲袍，腰扎布带，衣袖卷起，左手执一竿，竿头悬一椭圆形物；第二人戴展脚幞头，穿圆领宽袖长袍，腰束革带；第三人头戴东坡巾，穿圆领长袍，右手执长木杖；第四人戴展脚幞头，穿圆领宽袖长袍，腰束革带，左手执笏。M3 中有演员五人：第一人戴软帽，穿圆领长袍，右手提袍边；第二人戴无脚幞头，穿圆领长袍，腰束带，双手执碴瓜，面部有化妆所戴胡须；第三人戴无脚幞头，穿圆领长袍，双手执羽扇；第四人戴无脚幞头，穿圆领长袍，腰束带；第五人戴无脚幞头，穿圆领宽袖长袍，腰间束带，双手执笏。M5 有演员四人，第一人戴展脚幞头，穿圆领宽袖长袍，腰束革带，双手合于胸前，是官吏模样；第二人戴软巾诨裹，穿短褐长裤，腰束带，右手执一木棒；第三人戴软巾，插花，穿圆领衲袍，腰束布带；第四人戴无脚幞头，插花，穿交领左衽长衫，左手置口中吹口哨。M8 有演员五人：第一人戴无脚幞头，穿圆领长袍，袍襟扎于腰间带中；第二人幞头高耸，穿襕袍，抱一大木板；第三人戴圆脚幞头，穿襕衫，腰束布带，头侧向左上方，双手向右打拱，双脚交叉而立，面容丑陋，嘴部和眼眉涂成红色；第四人身材瘦小，面目清秀，戴展脚幞头，长袍及足，腰系布带，袍袖卷起，双手合于胸前，是一女性演员所扮官吏；第五人是一女性角色，头梳大髻，穿交领左衽襦裙，表情腼腆，双手合于胸前。在这些演员角色中，有正面角色：M2 之第二、第四人，M3 之第一、第四、第五人，M4 之第四人；有丑角：M2 之第一、第三人，M3 之第二、第三人，M4 之第二人，M5 之第二、第三、第四人，M8 之第二、第三人。除了男性演员外还有不少女性演员：M4 之第一、第三人，M8 之第四、第五人。这些演员角色与北杂剧中的末、旦、丑、净、孤等角色行当一致。特别是女性演员的普遍存在（无论是女性演员女扮男装，还是女性演员直接扮演女性角色），不但使戏剧的角色更加完善，而且大大拓宽了戏剧反映生活的层面。这些男与女、官与民、正面人物与反面人物、美与丑、善与恶、崇高与滑稽、严肃与诙谐的组合，可以构成多侧面、多层次、多种形式的戏剧矛盾，表现社会生活各个方面的内容。

除段氏墓群外，在稷山的化峪、苗圃发现了类似有戏曲砖雕的墓葬③，在山西南部地区还发现了三处北宋时期修建戏台的碑刻记载，其中最早的一处为北宋景德四年（1007），就在与稷山县相邻的今山西万荣县，可见稷山马村段氏墓群所展示的北杂剧的戏剧面貌绝不是孤立和偶然的。

关于北杂剧的发展线索，历代文人记载中留下了可与文物相印证的史料。宋人孟元老《东京梦华录》卷八中云：

> 七月十五日中元节……构肆乐人，自过七夕，便般《目连救母》杂剧，直至十五日止，观者增倍。

这里的《目连救母》杂剧能连演七八天，而且"观者增倍"，其内容不会是一般的滑稽调笑。耐得翁《都城纪胜·瓦舍众伎》中记：

> 教坊大使，在京师时，有孟角球，曾撰杂剧本子。

"杂剧本子"即杂剧剧本，若是简单随意的表演，绝不需此，杂剧剧本的出现，是杂剧艺术的复杂、成熟的要求。诸宫调起于北宋，它集合多种宫调于一处咏唱故事，是北杂剧音乐系统形成的基础——如果将"诸宫调"变成"四个宫调"或从诸宫调中截取四个宫调的四套曲子，便是北杂剧四折音乐体制。诸宫调一问世便风靡一时。王灼《碧鸡漫志》卷二中记：

> 泽州孔三传者,首创诸宫调古传,士大夫皆能诵之。

泽州在宋代属河东路,诸宫调能名震京师,其家乡必首先得益,因此,在宋末金初,诸宫调有可能被用于戏剧舞台表演,促成北杂剧音乐体制和整个戏剧体制的成熟。

另外,前人关于中国戏曲样式流变的辨析中,也可以看到北杂剧的渊源所在。元人陶宗仪《辍耕录》卷二十五《院本名目》下记:

> 唐有传奇,宋有戏曲、唱诨、词说,金有院本、杂剧、诸宫调。院本、杂剧,其实一也。国朝院本、杂剧始厘而二之。

陶宗仪生活于元末明初,元代的戏曲情况他当然熟悉,因而他的辨析是可信的。元人夏庭芝生活年代稍早于陶宗仪,对此记之更详。《青楼集·志》中载:

> 唐时有"传奇",皆文人所编,犹野史也,但资谐笑耳;宋之"戏文",乃有唱念、有诨;金则"院本"、"杂剧"合而为一,至我朝乃分"院本"、"杂剧"而为二。

两处记载中的"杂剧"都指当时繁演的北杂剧无疑。这里,两人都说北杂剧起于金代,最初与院本"合而为一"。金代最繁荣的戏剧形式是院本,此已有定论,成熟不久的北杂剧此时与院本相杂而处,被淹没在院本中不能独立是完全合乎情理的,到了金末元初,北杂剧发展壮大,成为占据舞台的主要戏剧形式,并与院本彻底分流。既然在金代北杂剧已经出现,它的发展和锤炼的时期肯定还要早一些,横跨宋金两代的稷山段氏墓群中对此有所反映十分自然。

还有,一些作家作品的情况,也提供了追寻北杂剧踪迹的线索。著名杂剧作家关汉卿便是金代遗民,《青楼集》前朱经之序中有：

> 我皇元初并海宇，而金之遗民若杜散人、白兰谷、关已斋辈皆不屑仕进，乃嘲风弄月，留连光景，庸俗易之，用世者嗤之。三君之心，固难识也。

元人杨维桢《宫辞二十首》中有其一曰：

> 开国遗音乐府传，白翎飞上十三弦。大金优谏关卿在，《伊尹扶汤》杂剧篇。

关汉卿既是金之遗民，他的杂剧创作恐怕不会是入元才开始，而有在金时创作的。在现存关汉卿的杂剧作品中，《调风月》和《拜月亭》表现的就是女真生活，人物称谓也用女真语。据此，如果说北杂剧在金代后期已成熟、流行当无大错。

将稷山段氏墓群戏曲砖雕与有关的史料记载综合对照，可以得出这样的结论：北杂剧的雏形在宋末金初已经出现了，这个时间是11世纪末12世纪初，此后它一直在锤炼和完善自己，逐渐把那些简单粗糙的表演伎艺抛到身后，终于在金末元初脱颖而出，一枝独秀，成为中国戏曲史上第一种成熟的戏曲样式。从稷山段氏墓群的戏曲砖雕中，仿佛已能听到北杂剧那高亢激越的声音。至于它是如何一步步发展成熟的，则要进行悉心挖掘和深入考究。

（本文原发表于《中山大学研究生学刊》1992年第4期）

---

**注释：**

①③见《文物》1983年第1期山西省考古研究所《山西稷山金墓发掘简报》及山西师范大学戏曲文物研究所编《宋金元戏曲文物图论》。

②见《中华戏曲》第八辑景李虎《永乐宫龙虎殿考论》。

# 锣鼓杂戏、赛戏

## ——宋杂剧的遗存

锣鼓杂戏和赛戏是山西民间两个十分古老的小剧种。锣鼓杂戏，也称铙鼓杂戏和龙岩杂戏，流行于山西南部的临猗、万荣一带，目前尚有一些民间戏班可以表演，经过抢救也有许多剧本得以保留。关于锣鼓杂戏的缘起，在临猗一带民间普遍流传一种说法，认为是唐德宗时马燧在当地营建龙岩寺时首创的；在解州一带，则以为锣鼓杂戏始于北宋真宗朝，《关公破蚩尤》是其开山祖戏。锣鼓杂戏一般是在正月闹社火和每年麦收前祭火神时演出，成为民间宗教活动的一部分。锣鼓杂戏没有专业戏班，表演者全部是村民，每一个剧目的角色都是固定的，父死子承，兄亡弟补，不许随意更换。表演所用行头、砌末都由演员自己保存，剧本也分角色抄立。每次演出前，商量好所演剧目，每个演员在自己家里化妆穿戴好，带上砌末，在喧闹的锣鼓声中走街串巷，然后到神庙中祭神，最后才登台演出。

赛戏曾流行于山西北部，目前已没有演出，完整的剧本留存下来的极少，这一剧种已濒临灭绝。赛戏在正月闹社火和天旱祈雨时演出，它是整个"赛赛"民间宗教活动的一个组成部分。赛戏的戏班有两类：一类是由乐户组成的专业戏班，如现在可知的朔县刘禄（大来小）的刘家班，五台县的褚家班，宁武彭三海的彭家班等；另一类是由村民们临时组成的戏班，一般是在冬闲时节由村里的社首将众人聚集一处，分定角色，熟悉剧本，戏班就算成立了，正月演出结束，戏班自动解散，来年重新组建。

锣鼓杂戏和赛戏都十分古老，从其剧目内容、表演形式、演员角色等方面的特征来分析，它们是宋代杂剧的遗存。

从剧目来看，锣鼓杂戏剧目据说有近百个，笔者搜集到其中70多种，经过考证，有50余种可知其大概的故事内容。其中，绝大多数剧目的故事内容以北宋为下限，如列国戏《乐毅伐齐》、《降香》、《匕首剑》等；汉戏《战昆阳》、《鸿门宴》等；三国戏《三战吕布》、《铜雀台》、《单刀赴会》、《火攻计》、《长坂坡》、《东吴招亲》、《落凤坡》等；五代戏《天井关》、《下延州》、《下南唐》、《五虎下西川》等；宋戏《八王赴会》、《十里埋伏》、《仁贵征西》、《仁贵征东》等，除了另外一些神魔佛道戏之外，宋以后内容的剧目极少见，这可以证明锣鼓杂戏产生的年代是在北宋末年。不但如此，从剧本中可以看出，关于五代以前的故事的剧目，多是干巴巴的历史故事、英雄事迹的叙述，五代以后的故事明显地增加了生活内容，如《天井关》中便对东京汴梁城中街道、府衙、店铺作了具体描述，《八王赴会》中对辽之萧太后所统治的六国三川作了详尽的解释，这些蛛丝马迹与锣鼓杂戏所有剧目的内容加起来，透露出一条极重要的信息——从剧本内容和剧作者对剧中所反映生活的熟悉程度可以判断，锣鼓杂戏的产生年代应该是在宋代。当然，并不是今天所见的所有锣鼓杂戏的剧目都产生于宋代，因为锣鼓杂戏既已发展起来，而且久演不衰，总是会随时代的发展不断地补充新的剧目，这样，便会明白为什么宋代产生的戏剧形式会有反映明代故事的剧目。从现存剧本中可以看出，锣鼓杂戏中许多剧目内容十分古老，如《白猿开路》，写的是清罗王第四个公主青提夫人刘四娘，因污辱僧佛惹怒了西天如来，被打入十八层地狱，其子罗卜为赎母亲之罪，只身出家，到西天去拜见佛祖。他的一片赤子之心感动了佛祖，于是观音菩萨派猿精暗中保护罗卜西行。行至流沙河，收服了沙僧一同西去，后遇鱼精、白猿、沙僧战斗不过，于是请来张天师，仍不能取胜，最后又请来关云长，才杀死鱼精。从故事梗概来看，其中有《西游记》故事的影子，但具体的人物、情节又相差甚远。更值得注意的是，这个剧中，佛教之观音、如来，道教之阎罗、判官，民间传说中的吊死鬼、钢头鬼，还有乌龙、鱼精等妖鬼混杂不分，甚至汉代的张道灵、三国的关云长、唐代的刘四娘，在宋代才设置的"应天府"经商的罗卜、利益同台演出。杂乱模糊的人鬼界限和时间观念，说明这个戏产生时唐僧西天取经故事已普遍流传，《大唐三藏取经诗话》又未形成或还未广为人知，目连戏又十分繁盛。这个时间就是北宋后期，至迟推延到南宋中叶。锣鼓杂戏粗糙芜杂的内容证明它是产生较早的纯朴的民间艺术。

赛戏剧目据说也有 100 多个，笔者仅搜集到 50 余种。在赛戏中，故事内容最晚的剧目是《苏子瞻误入佛印寺》，其故事大概是说，苏轼得罪了王安石被贬黄州，途经佛印寺，便去探望故友佛印和尚，并且想让佛印和尚将自己身边的侍女纳为妾，还俗再入仕途，哪知佛印和尚面对美色并不动心，反而以佛法点化苏轼，让他在梦中看到酒、色、财、气四大皆空、生死轮回、因果报应的佛理。此外还有如汉戏《九里山》；三国戏《三战吕布》、《桃园结义》、《草庐借箭》、《单刀赴会》、《长坂坡》；五代戏《三下河东》、《李存孝大战苟家滩》、《王彦章夜看兵书》；宋戏《告御状》、《杨业托梦》、《五郎出家》、《八郎归宋》、《孟良盗骨》等，还有一些神佛戏及民间小戏如《斩旱魃》、《调鬼》、《大劈棺》、《天师降表》、《打枣》、《斩赵万牛》、《关公破蚩尤》等。所有的剧目故事内容以北宋为下限，这绝不是偶然现象，它是赛戏产生于宋代的有力佐证。在许多剧目中，其故事情节与明清小说、戏剧中的内容差异极大，反与宋元话本如《三国志评话》、《五代史评话》的内容相同。如《司马貌夜断三国》，说的是有一秀才司马貌学成满腹文章，而始终怀才不遇，于是满腹牢骚、十分傲慢。他不但恨人间不平事，甚至还骂阴曹判案不公，此事惹怒了阎王，于是阎王将他勾来，并让他判断韩信、英布、蒯越、萧何、吕后、刘邦等人的功过是非，经过唇枪舌剑的争辩，司马貌认为韩信、英布、蒯越忠心为王、功成被杀十分冤枉，于是让韩信转生曹操、让英布转生孙权、让蒯越转生刘备，三人瓜分汉室江山；刘邦枉杀功臣，让他转生汉献帝，受傀儡皇帝的国破家亡之苦。于是造成了三国混战的局面，阎王一看天下大乱，赶快让司马貌转生司马懿，才收拾了三国争战的残局。这一故事在《三国演义》中是没有的，而仅见于《三国志评话》。据此，判定赛戏产生在宋代是毫不牵强的。

从表演形式来看，锣鼓杂戏和赛戏的表演都十分古朴，其间有白有唱，但这里的唱不是有曲牌、有腔调、有伴奏的唱，而是吟诵。这种"唱"与白的差别不大，只是"唱"时吟诵的味道更浓一点。

锣鼓杂戏与赛戏的内容是通俗的，剧中的"唱辞"多是七言句或十字句，似乎经过文人的加工，形式整齐，接近口语。但也有个别辞句深奥难懂，在长期的表演中，不但大多数目不识丁的农民观众无法听懂，甚至演员本人也不知道自己所念所唱的是什么意思，只凭死记硬背的功夫。尽管人们在节日祭祀时对这种简单、原始、粗糙的戏剧形式狂热地喜爱，但那只是在传统习惯心理的作用下，去欣赏它热闹的场面、熟悉的程式，以取得心理上的满足与平衡。在这里，宗教情感的狂热性盖过了艺术欣赏的娱乐性。也正因为如此，才使锣鼓杂戏和赛戏保留了其比较原始的面目。

锣鼓杂戏和赛戏的伴奏均以打击乐为主，如鼓、锣、钹等，表演中舞台布置非常简单，一桌一椅时而当山、时而当河、时而又是城池，运用十分灵活。上场人物只有皇帝没有侍卫，只有将帅没有兵卒，而且人物上下场十分频繁。人们形容赛戏是"一挂条幅一座殿，一条板凳一架山"，这种表演形式保留有戏剧发展之初粗糙、灵活的特点，如早期南戏《张协状元》第十六出中使"丑"小二趴在地上当酒桌。更特别的是赛戏表演中有台上台下相连、戏内戏外相通的特点，如《斩旱魃》、《斩赵万牛》两个剧目，前者是在祈雨时表演，内容是由于旱魃作祟，使天不下雨，因而要杀掉旱魃。表演时，一开始在戏台上，演至要斩旱魃时，扮演旱魃的演员便由台上跳到台下乱窜，甚至跑到村巷中，此时，不但戏中的演员，甚至连观众也一齐追赶旱魃，最后将他捉住押回戏台"处斩"。《斩赵万牛》说的是有一个名叫赵万牛的不孝之子，他父亲背了他儿子爷孙俩去赶庙会，路上遇到雷雨，雷声吓惊了一条牛，撞倒了爷爷，撞死了孙子。赵万牛听说自己的儿子被牛撞死气昏了头，醒来后逼着父亲还他儿子，父亲无法使孙子还生，赵万牛便要杀死自己的父亲，这时从后台追出几个人物要杀赵万牛，赵万牛便从戏台上跳到台下，甚至跑出戏场，追杀赵万牛的演员一直将他追回"杀死"，此剧才告结束。这种表演形式的群众性有明显的民间社火的特点，它介乎艺术与生活之间，既有生活内容，又表现了生活向戏剧艺术的发展过渡，其艺术形态与宋代的迓鼓、舞队处于同一水平线上。

从演员角色来看，锣鼓杂戏中最早连女性角色都没有，所以有"光棍戏"之称。锣鼓杂戏的角色以正末为主，配以其他角色，其中被称为"跑报子"的演员，在表演中的作用明显保留有宋杂剧中"引戏"的特色。锣鼓杂戏开始演出时，在锣鼓声中这一"跑报子"的演员身穿长袍，头戴礼帽，面部无化妆，手中执一面旗，出场后绕台一周，向观众报戏名，然后下场坐于台侧，在剧目的表演中，他要根据剧情需要随时上场扮演院公、中军、探报等次要人物，并还要给观众解说剧情的发展、转折等，除此之外，还要负责递枪挑帘、搬桌弄椅等戏台上的事务性工作，他在剧中的身份、地位和作用，与宋杂剧中的引戏色完全相同。宋人耐得翁《都城纪胜·瓦舍众使》中有：

> 杂剧中末泥为长，每四人或五人为一场，先做寻常熟事一段，名曰艳段；次做正杂剧，通名为两段。末泥色主张，引戏色分付，副净色发乔，副末色打诨，又或添一人装孤。

这里所谓的"分付"便是解释、说明的意思。关于这一角色在杂剧表演中的作用，在已发现的宋杂剧文物中也得到了证实：河南荥阳石棺宋杂剧演出线刻图①中，共刻有演员四人，第一人头戴东坡巾，身穿圆领窄袖长袍，腰束带，手执一竹竿子，为引戏色，第二人为副末色，第三人为副净色，第四人是装旦色。很明显，这里的主要表演者是副净和副末，此时的引戏色似乎已介绍完剧情，正站在一旁看着其他角色进行表演。锣鼓杂戏中"跑报子"的演员无疑是宋杂剧中引戏色的遗存，他手中所执的大旗则是长期历史发展中竹竿子的演变。

令人吃惊的是，在赛戏中不但有类似锣鼓杂戏中"跑报子"的演员，而且其"引戏"面目保留得更加完整。在赛戏表演中，有一角色称为"引事"，一般由组织赛戏活动的社首或社首委派的人来充当，演出前先打闹台锣鼓，然后"引事"上场，身穿便装，手持一红底洒金长约二尺的画轴，画轴上既无文字，也无图画。"引事"上场后先拜四方，然后打开"圣赐金榜"，似乎看着上面所写文字念："维某年某月某日，由某演员作场，在某村演出赛戏《某某》一场"，接着介绍剧情，交代故事背景，最后念四句或八句祝福吉利的赞语，然后正式表演就开始了。在表演过程中，这一"引事"仍不化妆，与锣鼓杂戏中"跑报子"角色一样，根据剧情需要随时上场扮演一些次要人物，同时负责台上一些事务性的辅助工作，在演到一些剧目的关键情节时，他又作为"戏外人"进行解说。演出结束，"引事"还要拿出"圣赐金榜"和演员一起至前台揖拜四方，直至观众退场。这里的

"引事"完全保留了宋杂剧中引戏色的面目——1958年，在河南偃师酒流沟水库西岸的一座宋墓中出土了一组宋杂剧砖雕②，其中五人，第一人就是引戏色。此人头戴幞头，两鬓插花枝，身穿圆领窄袖长袍，腰束革带，身微前倾，双手执一画轴，似在边展示画轴边说明什么，赛戏中"引事"开演前报时间、地名、戏名的行动、砌末与此完全相同。"引事"、"引戏"二词中"事"、"戏"读音相近，是长期流传中的讹变所致，这就更加证明了赛戏是宋代流传下来的古老戏剧形式，对宋杂剧的研究具有活化石的作用。

另外，在赛戏活动中还能够找到宋代杂剧、百戏、歌舞表演中起指挥、调度、引导作用的"参军色"形象。在赛戏的常用砌末中有一把"竹扫帚"，民间称"独帚"，它是用一条红色绸带将几根竹子扎在一起，将其一端打裂使之纷散如扫帚形状，它的作用首先是作为赛戏戏班的一个标志，举办赛戏活动时，赛班的班主举着它走在队伍的最前面做开赛仪式的先导；在赛戏《调鬼》的表演中，它又是调鬼师手中的法宝。拿着它便有横扫一切妖魔鬼怪的威力，使鬼怪一个个被降服。除此之外它还有别的用途：以前民间有一种传说，腊月二十三日诸神上天宫，到大年初一才再回到人间，在诸神不在人间的这几天中，各种鬼怪便会出来作恶，这时赛班的"竹扫帚"便有扫除邪恶的威力，于是，每到此时，赛班班主便拿上这一"神物"，穿上戏装到各处化粮募钱，人们看见这把"竹扫帚"便会主动出来捐钱捐粮，以期赛班的"竹扫帚"保佑他们平安幸福。这里的"竹扫帚"便是宋代指挥表演的参军色手中典型砌末"竹竿子"（或称"竹竿拂子"）的遗存。宋人孟元老《东京梦华录》卷九中有：

……

> 第五盏御酒，独弹琵琶。宰臣酒，独打方响。凡独奏乐，并乐人谢恩讫，上殿奏之。百官酒，乐部起三台

舞如前毕。参军色执竹竿子作语，勾小儿队舞……

宋人吴自牧《梦粱录》卷三中亦载：

> 第四盏进御酒，宰臣百官各送酒，歌舞并同前。教乐所伶人，以龙笛腰鼓发浑子。参军色执竹竿拂子，奏俳语口号，祝君寿……

可见竹竿子是参军色指挥表演时所持的典型砌末。朝鲜的《乐学轨范》"唐乐③呈才仪物图说"：

> 竹竿子，柄以竹为之，朱漆，以片藤缠结，下端镴染铁妆（凡仪物柄同），雕木头冒于上端，又用细竹一百个，插于木头上，并朱漆，以红丝束之。每竹端一寸许，裹以金箔纸，贯水晶珠。

将这些文物、史料记载与赛戏中的"竹扫帚"一对比就可看出，那用红绸扎束并将一头打散成纷散状的"竹扫帚"，与宋代的竹竿子形式基本一致。可见，那手举"竹扫帚"在开赛仪式的队伍前作引导的赛戏班主便是宋代参军色的演变与遗存。

参军色在宋杂剧的表演及宫廷事务中有其特殊的职责：其一是在杂剧中扮演某一人物（多为官吏）；其二是在杂剧表演，特别是歌、舞、杂剧相聚一处的大型表演中起指挥作用，这时他已不是戏剧中的角色；其三是在皇帝皇后出游时念致语口号。当担当杂剧、歌舞表演时的指挥调度任务时，由于他所用典型砌末是竹竿子，所以此时的参军色也被称为"竹竿子"，但这与在杂剧中充当某一人物的参军色完全是两回事。另外值得注意的是，在宋杂剧角色中的引戏色，所用典型砌末之一也是竹竿子（此竹竿子是直棍式，没有其他装饰），因此引戏色有时也被称为"竹竿子"，但这里的"竹竿子"与担任指挥、调度任务的"竹竿子"（即参军色）相差更远，绝不可混淆。

综上所述，从锣鼓杂戏、赛戏的剧本内容、表演形式、演员角色等方面来考察，可以肯定地证明它们是宋杂剧的遗存，这一发现对中国戏剧史的研究，特别是对处于发展成熟阶段的宋金戏剧的研究有极其重要的意义。这一结论是震撼人心的，甚至惊人得有些荒唐——宋代至今几近千年，在如此漫长历史长河的奔流冲刷中，那个时代的戏剧形式能够保存到今天吗？这一问题在很长时间内困扰着戏曲史家，到现在完全可以作出肯定的回答了。

在中国戏剧发展史上，有唐之参军戏，宋之杂剧、戏文，金之院本，元之北杂剧，明清传奇和地方戏的说法，这里所谓的参军戏、杂剧、戏文、院本、北杂剧、传奇、地方戏等都是一代戏剧的代表，然而也只是"代表"而已，它是那个时代最盛行、占主要地位的戏剧形式，但不是唯一的戏剧形式。比如，宋代的杂剧是这一时期的戏剧代表形式，但其中也有唐代的参军戏；金代的戏剧名为"院本"，实际上是北宋杂剧的继续发展；元代北杂剧独霸剧坛，但宋金的杂剧、院本也并没有消亡，只是退居次要地位。特别是自宋以后，每一时代都是某一种戏剧样式占主要地位，同时又有各种戏剧形式共存发展，而且随着时代的不断推移，戏剧形式在被淘汰的同时又不断积淀，形成多个时代的多种戏剧形式共存的状态。近年在山西潞城县发现的明代万历二年（1574）抄立的《周乐星图》（亦称《迎神赛社礼节传簿四十曲宫调》，见《中华戏曲》第三辑）便是有力的证明。在这部记录当地迎神赛社内容、礼仪、规范的抄本中，保留了大量中国古代的音乐、戏曲资料，其中有宋代的大曲、杂剧（哑队戏和正队戏），有金代的院本（院本），有元明杂剧（杂剧、供盏队戏），还有明代前期传奇中的折子戏（供盏队戏），这里概括了一部自宋至明中叶中国古代戏剧的历史，是一部自宋至明中叶的中国戏剧集萃。从这一抄本中可以看出，宋金戏剧在明代仍在流行。最近在山西长子县又发现了清代抄立的与《周乐星图》相类似的

《唐乐星图》，其内容更加丰富，它除了包揽《周乐星图》的大部分内容外，又增加了明中叶以后的大量戏曲资料，这就更加充分地证明了不同时代的代表戏剧样式可以同时共存、共同发展，也证明了宋代的杂剧在清代亦仍有演出。因而，并不是金代只有院本、元代只有北杂剧、明清只有传奇。这样看来，锣鼓杂戏、赛戏作为宋杂剧的遗存保留到今天实在是不足为奇的事。

　　古老戏剧样式得以保存的另一个主要原因就是，它们大多与宗教、民俗联系紧密，成为宗教文化或傩文化的一部分。宗教信仰、民俗习惯一旦形成便有一种极难改变的超稳定性，当某种戏剧形式被吸收到某种宗教仪式中或依附于某种宗教仪式之后，宗教仪式、民俗习惯的不变使戏剧也得以保留其本来的面目。加之，中国人从来就有尚古心理，认为越古老的东西越纯正、越值得尊重，历史在许多时候成了道德行为的准则，甚至具有法律意义。与其他东西一样，当一种旧的戏剧样式被新的戏剧样式取代其独占鳌头的优越地位的时候，一方面它可悲地失去了蓬勃繁荣的优势，但同时又荣幸地得到了"古老纯正"的荣誉，于是，当人们怀着无限虔诚和敬畏之心向神灵奉上自己礼物的时候，古老纯正的戏剧形式便是其中之一。宗教祭祀和民俗活动的年年举行，使得古老的戏剧形式也顽强地保留。近年来，《周乐星图》、《唐乐星图》、《扇鼓神谱》的发现无一不是如此；迄今留存的并不多见的金元时期的戏曲舞台，无一例外地都存在于神庙道观之中。在这一点上，宗教、民俗对戏曲的发展与保存有着十分重要的作用。至此，锣鼓杂戏和赛戏是宋杂剧的遗存的结论也许不会太牵强了。至于这两种宋代遗存下来的古老戏剧形式为什么不叫"宋杂剧"而称"锣鼓杂戏"和"赛戏"，笔者不敢妄言，只能作望文生义的猜测："杂戏"在宋代就是"杂剧"的别称，"锣鼓杂戏"名称的由来恐怕与其伴奏乐器和伴奏形式相关;"赛戏"则大概与其依附的宗教活动有关。

(本文原发表于《戏友》1990年第4期)

**注释:**

①②分别见山西师范大学戏曲文物研究所编《宋金元戏曲文物图论》图61、图49。

③据《高丽史·乐志》记载,政和四年(1114),宋徽宗曾以乐器、服装、曲谱赠高丽,书中把中国传去的乐舞称为"唐乐"(转引自董锡玖《中国舞蹈史》)。

# 剧场的演进与戏剧的发展

戏剧存在的空间就是剧场。剧场与戏剧相互依赖、互为因果——戏剧发展，不断对表演场所提出新的要求，剧场的变革不单反映着戏剧的发展，而且促进、制约了戏剧的形态。

中国古代戏剧演进过程中，出现了许多形式各异、功能不同的剧场，其中最有代表性的有勾栏、露台、四面观亭榭式戏台、一面观亭榭式戏台几种，它们在中国古代戏剧发展史上留下了一个个深深的足迹。

## 一、从随处作场到缚栏为戏

戏剧是一门艺术，它不但有别于政治、经济、宗教、生产劳动、饮食起居，而且不同于艺术门类中的小说、诗歌、散文、绘画等。这一简单的事实，不但反映了人类认识事物的程度，而且联系着全部的人类社会发展的历史。

在人类的婴孩时期，不但没有艺术与一般生活内容之分，甚至没有渔猎与农业之分，没有农业与牧业、手工业之分。科学、宗教、历史、神话紧密地纠缠在一起。直到人类步入文明阶段，这种特点仍十分明显，中国先秦诸子的作品，既是文学，又是历史，也是哲学思想的记录；古希腊的一些先哲，既是哲学家、思想家，又是诗人、数学家。

在岁月的长河中，社会进步、历史发展的重要标志之一就是分离——渔猎与农业的分离，农业与手工业的分离，政治与经济的分离，当然也包括了艺术与生活的分离。分离和区别的动力源是社会经济的发展，分离和区别的结果标志着人类认识的深入和提高。

戏剧是社会生活内容之一，最初也与其他生活现象混杂在一起。原始人狩猎前的祈祷仪式中，有歌、有舞、有祝辞、有装扮，可以说是歌之源，也可视为舞之源、诗之源、戏剧之源、宗教巫术之源，着眼点不同，所得结论也不同，但根本的原因还是认识对象——原始艺术的混合性与多层性。当社会的经济文化发展到一定阶段，戏剧因素的能量积累达到一定程度后，戏剧的面目才渐渐显露，并逐渐开始从生活中分离。

如果仅从文字史料看，专门的、有目的性的、为娱乐而进行的戏剧表演应始自汉代，最有代表性的是早被戏剧研究者引得烂熟的《东海黄公》。最早的戏剧表演场所，没有任何特别的设备，是在宽阔人多处划地为场，即如宋人周密《武林旧事》所记"打野呵"的形式，表演者在中间，观看者在周围。

划地为场进行表演，戏剧成为被观看、被审视、被欣赏的对象，不管引起人们怎样的情感反映，都说明此时的戏剧已经具备了区别于其他生活内容的特点。正是它的这一特点，才使人们争先恐后地刮目相看。然而就表演场所的特点而言，它仍非常原始——戏剧表演者与观看者之间，在空间上没有严格的区分，甚至由于观看者的拥挤，表演者与观看者可不断逼近，乃至相杂而处。场地的形态是表面的，它反映的却是事物的本质——戏剧作为一门艺术虽已显示自己的一些特色，但还非常稚嫩，仍深深地陷于复杂生活内容的泥潭里。

戏剧表演场所从划地为场向前发展，是勾栏的出现。

"勾栏"最早指栏杆，被专用于戏剧表演场所始自宋代。宋人所说的"勾栏"，既不指建筑的栏杆，也不是指作为戏剧表演场所的最早形态，而指功能比较完备的剧场。

据"勾栏"的本义可知，它被用于称戏剧表演场所，最早的形式应是在表演场地上设栏杆，即用栏杆把表演区与观看区隔离开来。宋人江少虞《宋朝事实类苑》卷第六十四中记北宋初年事：

> 党进，北戎人，初为杜重威家奴，后隶军籍，以魁岸壮勇，周祖擢为军校。国初至骑帅，领节镇……过市，见缚栏为戏者，驻马问："汝所诵何言？"优者曰："说韩信。"进大怒，曰："汝对我说韩信，见韩即当说我，此三面两头之人。"即命杖之。

这里的"缚栏为戏"，应是"勾栏"的最早形式。

勾栏是最早的剧场形式，因为无论如何它与随处划地为场相比，有了特别的设施——用栏杆围出一片场地，栏内表演，栏外观看。

勾栏的出现，在戏剧史上具有划时代的意义，它最重要的价值就是区别、划分、隔离、界限。它标志着戏剧从一般生活内容到艺术形式的巨大飞跃。

恩格斯在评价火与蒸汽机在人类历史发展中的作用时，曾精辟地指出：

> 而尽管蒸汽机在社会领域中实现了巨大的解放性的变革——这一变革还没有完成一半——但是毫无疑问，就世界性的解放作用而言，摩擦生火还是超过了蒸汽机，因为摩擦生火第一次使人支配了一种自然力，从而最终把人同动物界分开。蒸汽机永远不能在人类的发展中引起如此巨大的飞跃①。

正如以取火和用火为标志把人同动物区分开来一样，简陋的竹竿、木条做成的栏杆，把戏剧与一般生活划分开来。戏剧从这里自觉，从这里开始独树一帜，从此开始了一个有戏剧的时代，以后所需要的一切已不是戏剧如何产生，而是如何在原有基础上发展与完善了。

非但如此，勾栏出现的里程碑意义还表现于，它在人们心理上筑起了一道使戏剧与一般的生活内容产生间离的屏障——勾栏外面与里面有了"彼"与"此"、"这边"与"那边"之分，勾栏内外成了两个互不相同的领域和系统，尽管它们之间有不可分割的联系，但这种联系的结果不是二者趋于同一，而是各自的特色更加鲜明突出。勾栏里边的内容由于不同于人们日常所见的一般的生活内容而被勾栏外的人群刮目相看；勾栏外的人群因为勾栏里的表演为他们展示了一个新世界，满足了他们特殊的审美要求和娱乐享受，便对它更加注目，要求更高。结果，"消费者"的爱好与希望必然地促进了勾栏里"产品"水平的提高和功能的完善。

二、从平地到露台

露台是勾栏之后剧场的另一代表形式。露台是长方形或方形的高台，或垒土而成，或砖石砌成，临时搭建的多用木料。露台多建于宫观寺庙中，少数建于城中闹市区。宫观寺庙中的露台，是宫观寺庙整体建筑群的一部分，建于主神殿之前，与主神殿形成主次从属对应关系，其功用一是陈放祭品，一是表演歌舞戏剧。

露台是勾栏剧场的进一步发展，其作用仍侧重在戏剧与一般生活内容的区别、划分、隔离和界限。不同的是，勾栏的区别与分离是在二维空间内，露台的区别与分离是在三维空间中。

勾栏的出现，在观看者与表演者之间设立了界限，但观看者和表演者都在平地，即处于同一平面内，这种区别与隔离是简单的。戏剧表演从平地登上高台，与观众的距离不单体现在平面上，而且体现在立体空间上，如果原来是"此"与"彼"、"这"与"那"的区分，此时则变为"这""下边"与"那"

"上边"的区分。

从平地到高台,戏剧仍沿着从划地为场到勾栏的方向前进,努力摆脱一般的生活内容,从一般的生活内容中独立出来。平地与高台,不是简单的距离差别,它标志着戏剧与生活之间多了一层界限,表明戏剧的自觉性更强、特点更突出、形态更完备。从平地到高台的另一目的是,戏剧要让更多的人清楚地看到自己的风采,这种"有意卖弄"和"招摇过市"的行为,恰好说明它的实力在不断增加,要求在社会中争得自己应有的位置。

### 三、从露台到乐棚

戏剧表演场所在从划地为场到露台的演化过程中,与其说是戏剧与一般生活内容分离,不如说是表演性的时空艺术与一般生活内容的分离。因为在这一阶段,从一般生活内容中分离出来的不仅仅是戏剧,还包括了百戏、歌舞、各种伎艺。前引《宋朝事实类苑》所记"缚栏为戏"者所表演的就不是戏剧,而是"说韩信"——讲史。除此之外,这一时期从嘈杂人群中走入勾栏、登上露台的还有诸如宋人孟元老《东京梦华录》所记"上竿、趯弄、跳索、相扑、鼓板、小唱、斗鸡、说浑话、杂扮、商谜、合笙、乔筋骨、乔相扑、浪子、杂剧、叫果子、学像生、倬刀、装鬼、砑鼓、牌棒、道术之类,色色有之"。作为宋金时期戏剧代表形式的"杂剧"、"杂扮"就被淹没在这形态各异、鱼龙混杂的诸多"勾栏伎艺"中。显然,戏剧要成为独立的艺术形式,不但需要同一般的生活内容相分离,而且需要进一步与其他表演性时空艺术相分离——艺术与生活的分离仅仅是第一步,艺术领域内部各个门类、各种形式的分离是第二步。这是戏剧,也是各种艺术形式走向成熟的必由之路。

在完成了艺术与生活的分离之后,戏剧从露台走入棚下,开始了与其他艺术形式相分离的第二阶段的历程。

有棚的戏剧表演场所，在城市是乐棚、山棚，在农村是神庙中的亭榭式戏台。城市瓦舍中最早的乐棚是三面观看还是四面观看，尚有待考证，农村神庙中早期的亭榭式戏台是四面观看的。这种戏台至今仍有孑遗：山西晋城市冶底村有天齐庙一座，庙内有正殿三间，始建于宋代元丰三年（1080），金代大定间重修，明万历三十四年（1606）依原样维修过。正殿对面有舞楼一座，台基为正方形，高1.07米，宽8.34米，上立四根小八角石柱，柱距5.14米，上为单檐十字歇山顶，柱与柱之间没有砌墙，四面透空，其中一柱上有阴文刻记，隐约可辨"正隆二"字样[②]。山西沁水县郭壁村有崔府君庙一座，据碑记，该庙在宋元丰八年（1085）已经存在，明代作过迁移与维修，均未改变原来的风格和样式。庙内有舞楼一座，台基高1.05米，长9.19米，宽8.85米，上立四根木柱，舞楼顶为单檐歇山式，山花向前，有博风悬鱼，柱与柱间没有砌墙，四面透空[③]。

亭榭式戏台以露台为基础发展而来，最早的目的不过是为露台增加一重可遮风挡雨、避免烈日曝晒的棚子，改善表演场所的环境，因而保留了露台四面透空、四面观看的特点，立柱间当然也无需砌墙了。

如果因为今所可见宋金元时期的戏台多呈三面观或一面观的形式，而怀疑早期四面透空亭榭式戏台的存在是没有道理的。除了前述山西晋城冶底村天齐庙戏台和山西沁水郭壁村崔府君庙戏台外，从建筑形式上也可以找到根据：像天齐庙舞楼的单檐十字歇山顶结构，一是美观，更重要的是，从东、西、南、北四个正面看，或从东南、西南、东北、西北四个侧面看，给人的视觉形象都是完全对称的。要获得这种建筑物的完整视觉形象，几乎不存在角度问题。也正由于此，作为戏台，四面透空，观众从哪个方向看都是可以的。这种建筑实例，除了晋城冶底村天齐庙舞楼外，山西临汾魏村三王庙元建献亭[④]也可作为旁证，直到戏台由四面观发展为一面观,这种建筑形式仍有保留,山西临汾东羊村后土庙元代戏台⑤、山西万荣四望村后土庙元代戏台⑥都是十字歇山顶。

与沁水郭壁村崔府君庙舞楼形式相同、四面透空、单檐歇山顶、山花向前的建筑形式在金代十分盛行:山西侯马金代董氏墓中的砖刻戏台模型⑦就是山花向前;山西繁峙县岩上寺金代壁画中的酒楼⑧也是山花向前、四面透空,上面有人饮酒,还有执琵琶、鼓板奏乐演唱的优人;山西稷山马村宋金段氏墓群中M1、M2、M3、M4、M5、M8号墓中四壁雕砖房屋外檐均是山花向前⑨,其中有戏剧角色或戏剧表演场面砖雕的南壁,应视为当时普遍存在的山花向前戏台形式的缩影与融汇。

四面观亭榭式戏台的出现,开始了戏剧与其他表演伎艺的分离,这时的表演场所与露台相比,不但有四根立柱,而且有固定的顶盖,等于在表演空间上设置了种种障碍,增加了一些限制,其结果是将原来曾与戏剧混杂在一起、可在同一场地上表演、而现在又不能适应亭榭式戏台特点的表演伎艺剔除出去。最典型的比如上竿,原来在平地、勾栏或露台表演时,所竖高竿可以不受任何空间限制。在亭榭式戏台上无法竖较高的竿子,当然就无法表演了。这种伎艺要想存在下去,只能同原来相杂而处的戏剧相分离——在戏剧走进亭榭式戏台时,它仍留在露天的表演场所。这种分离的趋势,使戏剧从诸多的百戏、乐舞、伎艺表演中挣脱出来,向单一、成熟的方向迈进。

与分离和剔除同时进行的是,戏剧对其他表演形式中可借鉴、利用因素的吸收与融合,如讲唱、伎艺、武打等,其结果是戏剧博采众长,进一步提高和完善了自己。

### 四、从四面观到一面观

亭榭式戏台建造形式的不断完善是从四面观到一面观。

从四面观到一面观的第一步是从四面观发展为三面观，即在亭榭式戏台与神庙神殿或勾栏剧场中与神楼相悖的一边（一般是南边）两柱间砌山墙，将其封闭，使观众原来可以从四面观看变为从前、左、右三面观看。

亭榭式戏台从四面观到三面观的变化应该是简捷迅速的。因为，其一，戏台是有方向性的。神庙中的露台为祭神娱神而设，尽管表面上没有方向性，实际它是面向神殿的。当露台发展成亭榭式戏台时，这种方向性仍然没有改变，因此，亭榭式戏台背面两柱间砌墙，使它的方向性更明显是很自然的事。这样，戏台上的演出更明确、集中地面对神殿（神楼），娱神、娱人的目的性更加突出。其二，戏剧在不断发展中，逐渐成熟定型，成为规定性越来越严格的艺术形式，标志之一就是：它不再是可以四面随处观看的百戏、伎艺，表演要求有方向性，与此相连，观看也要求有方向性，二者的统一，便在四面透空的戏台上增加一堵墙，将表演、观看的方向的角度压缩、集中，使之逐渐向最理想、最准确的方向和角度靠近。

如果说从露台到棚下是艺术领域内部戏剧同各种表演伎艺的分离的话，亭榭式戏台从四面观到一面观，则可以说是已基本独立的戏剧自身的不断成熟和完善（当然，事实上，艺术同一般生活内容的分离、戏剧同其他表演伎艺的分离、戏剧本身的自觉与完善是一个相当复杂、经历时间相当长，并有先后交叉、迂回反复的过程，这里所讲的只是就其总的发展趋势而言），尽管还有少量伎艺性表演与戏剧在戏台上共存（中国古代戏剧与其他表演伎艺一直未彻底划清界限，直到元明北杂剧成熟仍是如此），但戏剧已占了绝对优势，并且就总的趋向看，戏台终归是专门的戏剧表演场所。

从三面观到一面观，是亭榭式戏台演化的第二步，比起从四面观到三面观来，这一次变化非常缓慢，显得步履维艰。

从三面观到一面观的演变过程,是戏台左右两边的山墙逐渐地向台口方向延伸。在今存金元时期的戏台中,有这方面的实例。山西临汾魏村三王庙元代至元二十年戏台[⑩],台基为正方形,边长10.8米,台前竖两根小八角石柱,柱高3.4米,柱距7.1米,左侧柱上刻"郊底都维那郭仲臣","蒙大元国至元二十年岁次癸未季春石泉南施石人杜秀";右侧石柱上刻"郊底众社人施石柱一条","维大元国至治元年岁次辛酉孟秋月下旬九日竖","郊底都维那郭仲臣次男郭敬夫","石匠赵君王"。戏台后面封闭,左右两侧砌2.1米的短山墙,前部4.9米为三面敞开区,山墙长度不足台深的三分之一。山西临汾王曲村元代戏台[⑪],面宽7.25米,进深7.27米,后面封闭,两侧山墙长2.45米,占台深的三分之一强。

从三面观到一面观演进的最典型实例是山西翼城武池村乔泽庙戏台[⑫],该台梁架上墨书记时为"大元国泰定元年十二月十七日"。台口宽9.1米,台深9米。乔泽庙戏台最早应是四面透空的,后来在背面加设两根辅柱、两侧各加设一根辅柱,在后面二角柱与四根辅柱间用木板做成隔墙,形成了后面封闭、两侧有短山墙的三面观戏台。以后维修中,又在两侧山墙辅柱与前台角柱间各增一辅柱,将原来的短山墙向前延伸到新增辅柱处,这样,可三面观看的前台敞开区的面积越来越小。清代道光三年(1823)再次维修时,两侧山墙再向前延伸,与前台角柱相连。至此,终于完成了从四面观到三面观再到一面观的演变。

当然,也有一些戏台,从四面观到一面观的演化过程完成得既快且早,如山西临汾东羊村后土庙戏台,在元代至正五年(1345)建成之日,就是三面封闭一面观看的。

戏台从四面观到一面观的演化是戏剧不断成熟的要求。

第一,戏剧表演有明确的方向性。

戏剧是表演故事、表现矛盾冲突的综合艺术形式。这种艺术形式对人起作用,是通过形象诉诸观众的视觉、通过声音诉诸观众的听觉来实现的。在这两种作用方式中,前者更重要、更有吸引力。用形象表演故事、表现矛盾,则是通过戏台上演员的表演来实现的。演员表演中最重要的是他的动作行为,是一个演员与其他演员之间所构成的各种各样的关系。可以这样说,观众在听演员唱念的同时,主要是通过戏台上演员的动作、演员间的关系来理解剧情的。

戏剧人物之间的关系,除了心理的、时间的之外,最直接作用于观众视觉的是戏台上的空间位置关系。如果把戏台假设为一个透明的立方体,当戏台上只有一个演员时,从不同的角度看到的是他不同的侧面——在台口方向看到的是他的正面,在左右两侧看到的是他的侧面,在后面只能看到他的背影了。但是,并不是在哪个方向观看都能正确得到他所要传达给观众的视觉形象的。如果戏台上有两个以上的演员,情况就更复杂了,撇开背景因素不谈,从不同角度观看,戏台上演员间关系是不同的。如果三个演员均匀地排列在一条横线上,从台口方向所得到的是一种视觉形象;同样的位置关系,从侧面看,得到的是另一种完全不同的视觉形象;如果从戏台四角柱对角线的方向看,得到的视觉形象又不同于前二者了。不同的视觉形象,必然在客观上造成观众对同一戏台、正在表演的同一剧目内容的不同理解,这种理解的偏差,必然或多或少地有悖于戏剧内容,影响戏剧表演效果,损害戏剧所要达到的目的性。正如著名艺术理论家鲁道夫·阿恩海姆所指出的:

> 仅仅是空间定向的改变,就会干扰和改变一个视觉对象的性质……对于一个长方形卡片的知觉,要依靠这个卡片在视网膜上的投射,而视网膜投射有点像这个长方形投射在墙壁上的影子,随着视觉对象与视察者之间的位置的改变,投影也会发生改变。同理,视网膜既可

以收到一个完好的长方形投影，也可以收到一个或多或少失去了原来特征的投影，这个投影的结构与投射物的结构是完全不同的⑬。

毫无疑问，观看角度问题——方向问题，成了戏剧发展中的一个关键所在。表演的方向性、角度性增强，不仅是对成熟戏剧的要求，也是对观众、对剧场设施的要求。最佳的表演效果，必须有严格的方向性，观众要得到最佳的视觉形象、对剧情最准确的理解，也必须到戏剧表演所要求的那个点、那个方向，或那个方向有限的角的幅度中去观看。共同的目的性，决定了戏台向那个最能达到这种目的性的形式演化——封闭三面，敞开一面。

第二，戏剧演出的画面性决定戏台从四面观变为一面观。

戏剧家的作品与画家的作品相似——用形象表现生活。所不同的是，画家作品中的形象是固定的、静止的，戏剧家的作品（指舞台上表演的戏剧）中的形象是活动的。前者是"一幅画"，后者是一组"绘画流"。

绘画是生活的提炼与概括，它源于生活，又不同于生活、高于生活。为了达到更集中、更典型地表现生活的目的，作为一门艺术，它必须排除纷杂生活内容的干扰，于是产生了画框。画框是一个围栏，它保护了画面中内容的完整性不受所处环境和周围背景的干扰。没有哪一幅画是没有边缘无限延伸的。同理，戏剧作为时空艺术，它的画面也需要一种"围栏"，这个围栏便是戏台台口的四个边。如果戏台是三面敞开的，那么从前、左、右三个方向看，在绝大多数角度所看到的都是因台柱、山墙和成为背景的空间所割裂的画面，这显然会有损于戏剧的准确的表达效果。要最大限度地保证戏剧演出的画面性，只有突出和加固其"围栏"，封闭三面，使戏台正面真正成为一个"画框"。

在谈到绘画和音乐时，鲁道夫·阿恩海姆说过：

绘画的发展与音乐的发展有着共同之处。我们看到，在开始时，画面中水平位置上的各个排列或条带是互相分离的，后来，这些排列或条带便逐渐融合成一个结合起来的三度整体。当这种结合完成时，其中的每一个成分也都同时处于两种不同的关联之中。第一，每一成分都是位于正面之中；第二，它又同时位于图画再现的三度空间之中。同样，每个单位都具有两个形状，一个是三度物体的形状，另一个是平面投影的形状。整幅图画，作为一个整体，又包含着两种完全不相同的构图。一种构图是向深度延伸的"舞台"式的排列，另一种是正面之内的排列。只有通过这两种构图的结合，才能完成一个整体性构图[14]。

这里，我们恰好用可逆的方法理解戏台表演的情形：戏台是一个立体空间，但在绝大多数中国观众的头脑里，他们看到的不是演员在三维空间中的移动，而是演员在二维画面上的位置变化。在这一点上，中国古代剧场不同于古希腊的圆形剧场，中国古代戏台以露台为基础，建在较高的台基上，观众看戏或平视，或仰视，戏台台面被简化成了一条线。古希腊圆形剧场中，观众自上向下看，所得视觉形象中，演员不是在"线"上移动，而是在"面"上移动（中国古代剧场中，只有神楼和腰棚上的观众看到的是比较清晰的演员在三维空间中的移动）。因此，中国戏台上演员活动方式左右方向多，前后方向少。如果一位演员从台口沿直线向后移动，他在观众视觉形象中的位移效果要比左右方向移动产生的位移效果差得多。正由于此，画面的作用在中国古代戏剧表演中的重要性更加突出。

在戏剧演出的每一个画面中，为了表现具体内容，达到特定的戏剧效果，除演员的表情和动作外，必须有特定的、有表现力的演员间的位置关系，取得一种为达到某种目的性所必需的"平衡"。如果画面被破坏或观察角度不准确，就将失去这种

"平衡",观众非但不能得到最佳的表演效果,甚至会感到迷惘。在这里,不得不再引阿恩海姆的一段话:

> 一件不平衡的构图,看上去则是偶然和短暂的,因此也就是病弱的。它的组成成分,显示出一种极力想改变自己所处的位置或形状以便达到一种更加适合于整体结构状态的趋势。在这样的情况下,艺术品所要传达的含义就变得十分不可理解了。因为样式本身是模糊的,所以就会给人一种不知所云的感觉⑮。

电影和电视就是把最能传达其内容的戏剧画面记录下来,再展示给人们的,作为直接观看戏剧表演的观众,在剧场中像摄影机、摄像机那样严格要求戏剧表演的画面性和观察画面角度的准确性不是很自然的么?

第三,从四面观到一面观是增强戏剧表演中音响效果的需要。

声音的传播是有方向性的,而且会受到音量、风向、反射、阻挡、共鸣器等因素的影响。中国古代剧场中,没有任何可辅助提高音量的音响设备,演员的唱念宾白、乐器的演奏,都是没有经过任何加工的自然的声音,直接作用于观众的耳鼓,因此需要有足够的音量才行。四面敞开或三面敞开的戏台,声音没有折射、共鸣,方向性不强,易于向四周扩散,传播距离有限。将四面观、三面观的戏台改为三面封闭的形式,戏台本身就成了扩音器和共鸣器,演唱、演奏声音经过折射后,向一个固定的方向传播,大大增强了音量,改善了音响效果。有人做过这样的实验:

> 选择周围地形平坦空旷的临汾魏村牛王庙元初舞台(三面敞开式)及东羊村后土庙元后期舞台(三面绕墙式),然后用所携同一录音机,先后置于两台内纵中轴线距台口2米的位置,然后以同等音量播放同一段蒲州梆子。结果在牛王庙台正前方12米处已听不清楚,在

东羊村台正前方17米处声音清晰如常。而且音质比现代剧场通过扩音器放出的声音好[16]。

中国古代剧场中，最佳的观众席是神楼，其次是腰棚，而神楼和腰棚距戏台最远，要保证神楼和腰棚上的"上等观众"听得清楚明白，增强音响效果就更有必要了。

非但如此，在三面封闭一面观看的戏台中，建造者在保证戏台外形美观的前提下，运用适当的尺寸变化，达到增强音响效果的目的。如山西临汾东羊村后土庙戏台，台口两角柱距7.62米，后台宽7.12米[17]；山西临汾王曲村东岳庙元代戏台未重修时，台口宽6.76米，后台宽6.4米[18]；山西翼城武池村乔泽庙戏台未重修时，台口两角柱距8.7米，后台宽8.6米[19]。前后台宽度的差别，使戏台稍稍呈现为喇叭形，这无疑更有利于声音向台口方向的传播。

第四，从四面观到一面观的演变，是戏剧表演手段复杂化和戏剧演出活动中戏台实际的需要。

大约在北宋时期，戏剧演出中已有前后台之分。朱权《太和正音谱·词林须知》中释"鬼门道"曰：

> 勾栏中，戏房出入之所谓之"鬼门道"。鬼者，言其所扮者，皆是以往昔人，故出入谓之"鬼门道"也。愚俗无知，因置鼓于门，讹唤为"鼓门道"，于理无宜。亦曰"古门道"，非也。东坡诗曰："搬演古今事，出入鬼门道"正谓此事。

这种将前后台分开的戏台格局，在元代已被普遍运用，山西洪洞广胜寺明应王殿元代泰定元年戏曲壁画"大行散乐忠都秀在此作场"[20]中，演员和伴奏乐人身后背景是一绘画帐幔，壁画左侧有一人正拨开帐幔，从后台向前台窥视，此证明壁画所绘戏台是有前后台之分的。

随着戏剧的成熟，表演手段愈来愈完备，也越来越复杂。有时，为了达到特定的舞台效果，需要前后台的配合。早期南戏《张协状元》中有"（丑在内应）"、"（净在戏房作犬吠）"、"（生在戏房唱）"、"（净戏房内唱）"，关汉卿杂剧《窦娥冤》中有"（内做风科）"等舞台提示，这里的"内"、"戏房"、"戏房内"均指戏台的后台。要将前后台分开，四面敞开的戏台无法实现，三面完全敞开的戏台也做不到，除了背面封闭外，至少还要有两侧的短山墙，这使得戏台左右两侧的山墙不断向前延伸，三面敞开的部分不断地缩小。

除此之外，戏台从四面观向一面观的演进，将前后台分开，使演员化妆或无须上场时可呆在后台，戏班演出所用的砌末、衣物可堆放在后台，这样净化了前台表演区，减少与剧情无关什物对观众的干扰，可以取得更好的表演效果。

## 五、小结

纵观中国古代剧场发展史，随处作场、缚栏为戏、露台、四面观戏台、三面观戏台、一面观戏台等具有典型意义的形式，为我们展示了中国古代戏剧文化的又一个侧面，其中不但反映出戏剧表演与剧场之间互为因果、互相制约、共同提高的密切关系，而且把戏剧艺术置于更广阔的背景中，使它与建筑学、宗教学、民俗学、生理心理学联系起来，这无疑将会更加有助于我们把握戏曲的特质，并对它在社会生活中的地位和作用作出更准确的判断。

（本文原发表于《艺术百家》1993年第4期，与苏玉春合著）

注释：
① 见恩格斯《反杜林论》。

②③参见《中华戏曲》第四辑寒声、常之坦、栗守田、原双喜《泽州三座宋金戏台的调查》。

④⑤⑦⑩⑳见山西师范大学戏曲文物研究所编《宋金元戏曲文物图论》。

⑥见周贻白《中国戏剧史长编》。

⑧见《文物》1979年第2期潘絜兹《灵岩彩壁动心魄》。

⑨见《文物》1983年第1期山西省考古研究所《山西稷山金墓发掘简报》。

⑪⑯见《戏剧》1986年第2期黄维若《宋元明三代中国北方农村庙宇舞台的沿革》。

⑫见《文物》1989年第7期廖奔《宋元戏台遗迹》。

⑬⑭⑮见鲁道夫·阿恩海姆《艺术与视知觉》,滕守尧、朱疆源译。

⑰⑱⑲见山西师范大学戏曲文物研究所编《宋金元戏曲文物图论》统计数字。

# 《扇鼓神谱》

## ——古代中原傩文化的遗存

1987年,在山西省曲沃县下裴庄乡任庄村发现了记录古代傩祭、傩戏活动内容的钞本《扇鼓神谱》,该钞本长17.5厘米,宽18.5厘米,用无格麻纸书写,纸捻装订,单页双折。由于年代已久,残损严重,残本现存21页,42面,其中32面有字,竖行正楷或行书墨笔抄写,每面字3行至12行不等,每行18字至23字不等,共8 000余字。《中华戏曲》第六辑全文发表后,在国内外引起极大反响,它第一次向学术界揭开了黄河流域傩戏的神秘面纱。

任庄傩祭傩戏活动由该村的许氏家族主持操办,属家族傩。驱傩祭祀的主神是后土娘娘,活动的主体是由12位许姓子弟装扮的"十二神家",活动的主要场地是"八卦坛"。"八卦坛"用36张方桌按坎、艮、坤、震、离、兑、乾、巽八个方位摆成,其中坎为北,是主坛,每一坛的顶端供奉众神牌位。整个驱傩祭祀活动除手执扇鼓的"十二神家"外,还有锣鼓队、花鼓队参加。

按照《扇鼓神谱》的记载,任庄驱傩活动共举行三天:第一天,正月十四日,进行"游村"、"入坛"、"请神"、"参神"、"拜神"、"收灾"。"游村",是锣鼓队、"十二神家"、花鼓队,在"遵行傩礼,禳瘟逐疫"大纛旗率领下走村串巷,招引村民参加驱傩祭祀活动。"入坛"、"请神",是游村结束后,"十二神家"进入"八卦坛",恭请各方神灵前来享受祭祀。"参神",是"十二神家"向请来的各方神灵参拜。"拜神"、"十二神家"、锣鼓队、花鼓队及村民中的善男信女向各坛神灵叩拜。"收灾",由"十二神家"中属马的青壮年一人,装扮成"马马子",作为后土娘娘的化身,到村中各家各户把灾祸收走。第二天,正月十五日,举行"下神"、"添神",表演傩戏《吹风》、《打仓》、《攀道》。"下神"、"添神"是安顿迟到的神灵享受祭祀。第三天,正月十六日,表演傩戏《猜谜》、《采桑》和《坐后土》,最后是"送娘娘",即驱傩祭祀结束,将后土娘娘的神位从北坛最高处请下来,送到村中鳌山上观鳌山、观焰火,最后由锣鼓队、花鼓队、"十二神家"齐奏鼓乐将其送回村外龙山上后土庙中。

任庄驱傩祭祀活动是中国古代黄河流域驱傩活动的遗存,渊源十分久远,下面对其各个方面分别加以考述。

一、来源考

任庄驱傩祭祀活动从何而来,目前有两种说法:

**(一) 宋代京师说**

在任庄村有这样的传说:该村的驱傩祭祀活动是许天官从京城带回的。许天官,指许孝恭,是任庄许氏家族的远祖。许氏家族是曲沃之大族,祖居高显(在今曲沃县城西北约10公里处),后有一支迁到神泉(曲沃县境村庄名),任庄许姓则由神泉迁来,今高显、神泉、任庄的许姓,均以许孝恭为其始祖(其实许孝恭之前仍有许氏远祖)。《曲沃县志》载,许孝恭是北宋淳化三年(992)进士,曾任四川九陇县尉,后迁虞部员外郎,任庄村传说这里的驱傩祭祀活动是他从京城汴梁带回的。

除传说外,《扇鼓神谱》的最早介绍者段士朴、许诚亦持此说——"许孝恭被调至汴京后,主管京城街巷种植、山泽苑囿、草木薪炭、供顿田猎之事。因而与宫中的仪仗乐队、梨园、教坊中的艺人日渐熟悉，有一些年事日高、无依无靠、生活无着的老艺人，经许孝恭推荐，来到其老家曲沃养生糊口"（见《中华戏曲》第六辑段士朴、许诚《〈扇鼓神谱〉初探》），由此将驱傩祭祀活动带到了任庄。加之，自许孝恭始，许氏家族在宋、金、元三代官宦不断，人口众多，门庭显赫，"以本族系为主设坛祭祀，驱灾逐疫，表演'扇鼓傩戏'，这是当时一些官宦世家从族系利益出发，历代相沿的风俗习惯"（同上）。

村民的传说没有史料佐证，段士朴、许诚的文章从许氏家族的历史发展和当时的社会地位出发，论述了驱傩祭祀活动从京师传入民间的可能性，自有一定的道理，但有一些疑窦未能解释，即：任庄驱傩祭祀活动如果是许孝恭自京城汴梁带回，当时许孝恭家居高显，可在高显一带却没有傩祭活动保留下来，甚至连类似的传说也没有。当时，任庄许姓自神泉迁来时只有一户，也不可能将需几十人参加的傩祭活动带到任庄，并作为"家族傩"延续下来。加之，驱傩活动在商代已相当普遍，周、秦、汉、唐连续不断，到宋代，京城、宫廷驱傩发生了一次巨变，传统的形式全被抛弃了，原来的方相、神兽为教坊艺人所扮的钟馗、小妹、土地、灶神之类所代替，任庄傩祭活动如果是宋代从京城传来，应不会是目前所见的样子。因此关于任庄驱傩祭祀活动来历的宋代京师说是不成立的。

**（二）清代南来说**

关于任庄驱傩祭祀活动的起源，村民中还有另一种传说，即清代由湖南传来。相传许氏家族中许钟第的祖父因偷邻近南林交村的杏引起殴斗，致伤人命，为避官司，逃到湖南一带经商，后致富还乡，大兴土木，因房基是坟地，家中连有病灾，想起在湖南时所见驱傩活动，便在任庄模仿，以逐家中之鬼，由此流传至今。

这一传说亦无任何史料可证。事实上，许钟第是任庄村的巨富，九座院子的房产，全部建于村中，房基并非坟地（任庄历代的坟地皆在村外），根本不存在所谓引进湖南驱傩以逐家中之鬼的必要。目前也未发现湖南有与任庄傩祭活动相似的驱傩形式，况且，一种宗教、民俗现象的出现和生存，必须有与之相应的土壤和环境，在落后保守的清代社会，千里之外的湖南传来的傩祭活动何以能适应北方的社会环境、民俗风情和心理习惯呢？因此不能认为任庄驱傩祭祀活动的源头在湖南。

在《扇鼓神谱》中，有几处提到任庄及其附近的地名：《请神》中，所请之神有"拔剑泉龙王"。拔剑泉在任庄村南约2.5公里的山中，相传汉代刘秀走南阳骑马经过此地，当时天气炎热，人困马乏，刘秀将宝剑插于地中，把马拴在剑柄上去找水喝，没找到，回到插剑拴马处，解马拔剑准备前行时，水从插剑的地缝中涌出，于是人马解得饥渴，拔剑泉由此得名，此后这一带颇受灌溉之益。乾隆二十三年《曲沃县志》记载："拔剑泉，在任庄，康熙年间水渐涸，至乾隆甲戌乙亥间复涌出。"任庄村民为感激拔剑泉龙王赐水灌溉之恩，每年要祭祀六次。大约在光绪后泉水渐小，目前只有少量泉水。"拔剑泉龙王"被列入所请神祇之列，是任庄傩祭活动产生于当地的证明。任庄驱傩祭祀活动的主神是后土娘娘，迎送后土娘娘的后土庙就在任庄村南龙山上。据村民许瑞铭回忆，在《吹风》前原有六句唱词："往东看是羊圈，往西看伏牛涧，往南看是老堰，往北看是塔儿山。龙王庙盖在沟楞上，蚕姑洞是天生的。"其中的"羊圈"、"伏牛涧"、"老堰"、"塔儿山"、"龙王庙"、"蚕姑洞"都是任庄村周围的地名或建筑名。这些例证排除了驱傩祭祀活动从外地传来的可能性。

华夏文明发源于黄河流域，曲沃处在这个文明圈中，自周成王封其弟叔虞于唐可知，这一带在远古时期就有较高的物质和文化水平，且历数千年而不衰。古代曲沃民众鬼神观念很强，祭祀之风炽盛，《曲沃县志》引《元史》记此地民众"颇好祀神"。据调查，仅任庄这一目前才有 1 200 余人的村庄就有神庙 19 座，民俗节日活动 20 多种，文化积淀相当古老，因而在这一带完全有可能保留古代黄河流域的文化现象。

最早的驱傩起源于中原地区，这一延续了数千年的宗教文化现象较早在曲沃一带存在和流传是毋庸置疑的事，并且随着从未中断的历史传统保留到今天也完全合乎情理，诸多事实表明，任庄的驱傩祭祀活动是在这块丰厚的民俗、宗教、文化土壤上土生土长的，是古代中原地区驱傩活动的遗存，它在许氏家族迁入任庄之前就已存在，后来由于村中其他姓氏的村民数量的减少和许姓家族的不断繁衍壮大，这一传统的宗教民俗活动便由许氏家族继承下来，日久天长，成了许氏家族的专有品，最终以"家族傩"的形式表现出来。

## 二、"十二神家"考

"十二神家"头戴圆锥形凉帽，帽顶簪红缨，上穿皂色长袍，下着红色裤子，外面反穿杂色羊皮袄，足乘平底布靴，手执扇鼓。"十二神家"是任庄驱傩祭祀活动的主体，从目前存在的状态看，其源起相当久远。下列史料关于驱傩活动的记载可作比较：

《周礼·夏官·方相氏》：

> 方相氏，掌蒙熊皮，黄金四目，玄衣朱裳，执戈扬盾，帅百隶而时难（傩），以索室驱疫。

《后汉书·志第五·礼仪中》：

> 先腊一日，大傩，谓之逐疫。其仪：选中黄门子弟年十岁以上，十二以下，百二十人为侲子，皆赤帻皂制，执大鼗。方相氏黄金四目，蒙熊皮，玄衣朱裳，执

戈扬盾。十二兽有衣毛角。中黄门行之，冗从仆射将之，以逐恶鬼于禁中。夜漏上水，朝臣会侍中、尚书、御史、谒者、虎贲、羽林郎将执事，皆赤帻，陛卫乘舆御前殿，黄门令奏曰："侲子备，请逐疫。"于是中黄门唱，侲子和，曰："甲作食殟，胇胃食虎，雄伯食魅，腾简食不祥，揽诸食咎，伯奇食梦，强梁、祖明食磔死寄生，委随食观，错断食巨，穷奇、腾根共食虫。凡使十二神追恶凶，赫女躯，拉女肝，节解女肉，抽女肺肠，女不急去，后者为粮！"因作方相与十二兽舞，嚾呼，周遍前后省三过，持炬火，送疫出端门，门外驺骑传炬出宫，司马阙门外五营骑士传火弃洛水中。

**《新唐书·礼乐志第六》：**

大傩之礼，选人十二以上，十六以下为侲子，假面，赤布袴褶，二十四人为一队，六人为列，执事十二人，赤帻、赤衣、麻鞭，工人二十二人，其一人为方相氏，假面，黄金四目，蒙熊皮，黑衣朱裳，右执盾。其一人为唱帅，假面，皮衣，执棒。鼓角各十，合为一队，队别鼓吹令一人，太卜令一人，各监所部。巫师二人，以逐恶鬼于禁中。有司预备每门雄鸡及酒，拟于宫城正门、皇城诸门磔禳设祭……方相氏执戈扬盾，唱，侲子和曰："甲作食殟，胇胃食虎……"周呼讫，前后鼓譟而出，诸队各趋顺天门以出，分诣诸城门，出郭而止。

**唐孙颀《春傩赋》：**

是月也，见斗于辰，日交长至，有司方陈大礼，展时事。达九门以磔禳，协四灵而涤器。匪岁之卒，乃春之季，令阴气以下降，使阳和而上利。顺三时而不忒，协万福而必萃。命方相氏，出傩百神，丹首缠裳，辫发文身，拟金鼓以腾跃，执戈矛以逡巡；驱赤役于四裔，保皇家于万人。斯乃卒岁之傩也，岂比夫抑阴而毕春。于是休征允备，有典有则，洗涤氛疠，祚我邦国。其弓乃桃，其矢乃棘……腾金耀于四目，被熊皮于五色……

唐段安节《乐府杂录·驱傩》：

用方相四人，戴冠及面具，黄金为四目，衣熊裘，执戈，扬盾，口作"傩、傩"之声，以除逐也。右十二人，皆朱发，衣白□画衣。各执麻鞭，辫麻为之，长数尺，振之声甚厉，乃呼神名，其有甲作，食殃者；肺胃，食虎者；腾简，食不祥者；揽诸，食咎者；祖明、强梁，共食磔死寄生者；腾根，食虫者等。侲子五百，小儿为之，衣朱褶、素襦，戴面具。以晦日于紫宸殿前傩，张宫悬乐。太常卿及少卿押乐正到四阁门，丞并太乐署令、鼓吹署令、协律郎并押乐在殿前。事前十日，太常卿并诸官于本寺先阅傩，并遍阅诸乐。其日，大宴三五署官，其朝寮家皆上棚观之，百姓亦入看，颇谓壮观也。太常卿上此。岁除前一日，于右金吾龙尾道下重阅，即不用乐也。

宋孟元老《东京梦华录》卷十《除夕》：

至除日，禁中呈大傩仪，并用皇城亲事官诸班直戴假面，绣画色衣，执金枪龙旗。教坊使孟景初身品魁伟，贯全副金镀铜甲，装将军。用镇殿将军二人，亦介胄，装门神。教坊南河炭丑恶魁肥，装判官。又装钟馗、小妹、土地、灶神之类，共千余人。自禁中驱祟出南薰门外转龙弯，谓之"埋祟"而罢。

"十二神家"的反穿羊皮袄，黑色长袍，红色裤子，与《周礼》所记方相氏"蒙熊皮"，"玄衣朱裳"完全相同，数量上则与汉代"有衣毛角"的"十二兽"和唐代的"执事十二人"相合，特别是那杂色羊皮袄，应是唐人《春傩赋》中所记的"被熊皮于五色"。"十二神家"所戴红缨凉帽的来历有两种可能：其一，是由《春傩赋》记方相氏"丹首缠裳"、《乐府杂录》所记"右十二人，皆朱发"演变而来；其二，是清代根据官吏之帽制作而来。"十二神家"手中所用扇鼓，形似团扇，在北方相当普遍，且多被用于宗教迷信活动，何时加入任庄的傩祭活动尚不可确定。

### 三、"马马子"考

"马马子"名称不知据何而来，他在傩祭活动中的职责是"收灾"。"马马子"头裹黄巾，腰系红裙，下着红裤，上身赤裸，一手执铁制铲形响刀，一手执长九尺、由三斤麻编成的麻鞭。"马马子"的收灾是方相氏"索室逐疫"的直承，可以肯定，"马马子"的前身一定是方相氏，在任庄傩祭活动中作为后土娘娘的化身出现，是古代驱傩与后土祭祀融合后产生的演变。"马马子"抖响刀，打麻鞭，可以看到方相氏"执戈扬盾"的情形，所用麻鞭是《新唐书》记"执事十二人"，所用的"麻鞭"，与《乐府杂录》所记"右十二人"，"各执麻鞭，辫麻为之，长数尺，振之声甚厉"的情形完全相同。其衣饰，则见于《新唐书》中"执事十二人，赤帻、赤衣"。"马马子"收灾前要杀鸡、滴血、典酒，与《新唐书》所记驱傩中"有司预备每门雄鸡及酒，拟于宫城正门、皇城诸门磔禳设祭"的程序相同。由此可见，"马马子"是"方相氏"、"执事十二人"（"右十二人"）和后土娘娘的结合体，其远源在方相氏，保留最多的则是唐代驱傩的痕迹。

### 四、锣鼓队考

任庄锣鼓相传由唐代流传至今，在其周围村社乃至在由曲沃、闻喜、绛县三县共同参加的民俗活动中,声望颇高。任庄锣鼓何时开始参加驱傩活动,没有确切记载,不过在《新唐书》所记的驱傩活动中就有"鼓角各十";《春傩赋》中记方相氏"拟金鼓以腾跃";《乐府杂录》记驱傩中有"太常卿"、"太乐署令"、"鼓吹署令"、"协律郎"参加,鼓乐队伍更加庞大,这些材料增加了任庄锣鼓较早加入驱傩活动的可能性。锣鼓队成员头戴与"十二神家"相同的红缨凉帽,身上所穿蓝色长衫、黑色马褂,明显有清代服饰的特点。

五、花鼓队考

花鼓队由六名儿童组成,二男四女,二男童一人头戴花罗帽,上穿白衣,下着红裤,敲花鼓,另一人丑扮,摇拨浪鼓。四女童均彩扮,头戴花冠,上穿红衣,下系彩裙,执手帕、彩扇作舞。花鼓队男女儿童与汉唐驱傩中选儿童为侲子有相合之处,花鼓队丑扮儿童所用拨浪鼓便是《后汉书》所记侲子所执"大鼗"的演变物。敲花鼓的男童衣裤与《乐府杂录》中所记侲子的"朱褶、素襦"一致,因而有人猜测它是汉唐驱傩中侲子的遗存。

六、纛旗考

任庄傩祭活动中有一面红色纛旗(高5.5尺,宽2.8尺),上贴黄纸剪成的"遵行傩礼,禳瘟逐疫"八个字。这面纛旗是一种标志,它似乎向人们宣称:这里所进行的一切活动都是按照传统的驱傩礼仪而来的。汉唐之季,驱傩活动一直遵从古道,完全不需树此标志,只有在驱傩形式发生了变化,传统遭到背离时,为维护传统、标明自身的"正统",为警示人们注意,才打出这一不随流俗的旗号。从上引资料中可知,驱傩形式的巨变发生在宋代,因此推知,纛旗的出现应在唐末宋初。

## 七、驱傩与祭神活动、民俗节日结合考

关于驱傩活动进行的时间，《周礼》所记为"时难（傩）"，即按时序节令进行。"季春"一次为"国傩"；"仲秋"一次为"天子傩"；"季冬"一次为"大傩"。《后汉书》记驱傩在"先腊一日"；《春傩赋》记驱傩在春季；《乐府杂录》记驱傩在除夕；《东京梦华录》记驱傩在"除日"。任庄驱傩祭祀活动在正月元宵节前后，与传统驱傩时间不同（《周礼》记"季春"之"国傩"在春末举行，唐代春傩时间不详），这是在长期历史发展中与上元庆赏民俗活动相融合的结果。特别是"送娘娘"前，请后土娘娘观焰火、观鳌山更证明了这一点。上元观灯起于隋时，大盛于宋，元宵架鳌山也是始于宋代的习俗，任庄驱傩活动与元宵节的融合大约在宋时。

任庄傩祭活动中有与汉代驱傩中的"十二兽"如出一辙的"十二神家"；有源于方相氏和唐代驱傩"十二人"的"马马子"，但"禳瘟逐疫"的却是后土娘娘，整个傩祭活动也以祭祀后土娘娘为中心。这种现象告诉我们，这里的驱傩活动还与后土祭祀活动发生过融合。后土神，即社神，是男性土地神，产生很早，秦以前就受天子、诸侯乃至一家一户之祭。由于大地可载山川、生万物，人们便将他与"母性"联在一起，唐以后，后土祠每塑妇人形象，称为后土娘娘。曲沃与汉武帝曾建后土祠的"汾阴脽上"（在今山西省万荣县境内）相距不远，古代祭祀后土之盛可想而知，驱傩与祭祀后土相结合也在情理之中。任庄村南龙山上有后土庙，傩祭活动中后土神位在主坛的最高位置，活动结束又将它恭敬地送回庙中。从"后土娘娘"的称谓可知，这里驱傩与后土祭祀活动的融合应在唐代以后。后土娘娘收灾，则是从方相氏那里学来的本领。

任庄傩祭活动的主要场所是"八卦坛"。八卦相传为伏羲氏

所作，后成为道教的主要内容，与驱傩相距甚远。"八卦坛"何时融入任庄驱傩没有确切文字记载，但也并非无可稽考——从今之傩祭内容和形式看，"八卦坛"的出现，不但使驱傩活动增加了许多如"摆坛"、"入坛"等仪式，同时产生了一整套与之相关的祝辞，这些与"八卦坛"相联的祝辞产生的年代可视为"八卦坛"融入扇鼓傩祭活动的年代。《请神》中有："奉请起当、辛、勾、皮、马、赵、温、刘……来受香烟"，"封神榜上一切诸神来受香烟"。前句"当、辛、勾、皮、马、赵、温、刘"应指《封神演义》雷部正神邓忠、辛环、苟环、皆环及马善、赵红、温良、刘甫；后句又提到"封神榜"，证明《请神》祝辞的写定是在《封神演义》流行之后，即在明中叶以后。八卦和"八卦坛"最迟应在明中叶后融入任庄驱傩活动。

事实证明，今天所见曲沃任庄的傩祭活动，是驱傩与多种宗教、民俗活动相融合的产物，其中驱傩是核心，源头在上古时期中原地区的驱傩活动，历史十分久远，大约自唐以后，与上元节、后土祭祀、阴阳八卦相融合，成为一种多层次、多方面内容的复杂结合体。

## 八、表演节目考

在任庄傩祭活动中，穿插表演六个傩戏节目，即《吹风》、《打仓》、《攀道》、《猜谜》、《采桑》、《坐后土》。另外还有花鼓队的歌舞表演。

### （一）《吹风》

《吹风》由五位"神家"表演，以其中一位"神家"为中心，分别和其他四位"神家"对唱，没有故事情节。唱词中提到"石匠师傅"、"铁匠师傅"、"木匠师傅"、"针工师傅"、"泥匠师傅"和他们所用的工具，表演形式简单明了，唱词句式工整，唱曲同调反复，应属民歌、民谣。反映的是农村中常见的工匠艺人及其劳作情况。只是每段唱词末尾一句都提到"……的水带起长江的水",与曲沃一带的地理环境不符,故推测这是从别处传来的民歌、民谣。

(二)《打仓》

《打仓》的表演形式与《吹风》相同,一位"神家"分别与另外四位"神家"对唱,围绕东、西、南、北、中五个粮仓中的"板豆"、"黍子"、"麦子"、"黑豆"、"大麻"五种粮食,用夸张诙谐的手法表现丰收的喜悦,形式上仍有民歌民谣的特点。只是每段唱词末尾都有"请,请,请出庙门,正月十五把香焚",与所述内容脱节,给人的印象是这些唱词似乎是从某种祭祀活动的祝辞中移来的。

《吹风》、《打仓》一先一后,在同一天表演,形式都近于民歌民谣,一个反映北方农村的生产,一个反映农村中常见工匠艺人的劳作,像一对孪生姐妹,互为补充,比较全面地概括了农村情况,由此推测二者是被有意安排在一起的,并且有可能同时进入驱傩活动中。

(三)《攀道》

《攀道》由两位神家表演,一名"胡抡",一名"憋天"。曲沃方言称胡说八道、吹牛撒谎为"胡抡";"憋天"意为吹牛憋破天。《攀道》的剧名很严肃,实际上内容荒诞不经,里面有颠倒话,有顶针续麻式的问答对唱,有吹牛比赛,滑稽调笑,令人喷饭。两个角色有类唐参军戏中的"参军"、"苍鹘"和宋金杂剧中的"副净"、"副末"。其对白唱词中提到的"甄魏家封"、"风魔和尚扫秦桧"、"梁山伯"、"东京汴梁",透露出这一剧目产生年代的消息——"甄魏家封"出自北宋成书的《百家姓》;"风魔和尚扫秦桧"是宋金时期的剧目;"梁山伯"出自梁祝爱情故事,广泛流传不晚于南宋;"东京汴梁"当指北宋都城。凡此种种,证明《攀道》的产生应在宋金时期,是宋金杂剧的遗存。

### （四）《猜谜》

《猜谜》中共有 24 个谜语，12 位"神家"轮流上场表演。《猜谜》中的谜语是固定的，当然谜底也是尽人皆知的，因此绝不是死板地"猜"，而是在表演。如两位神家表演时，甲神家说出谜语，乙神家故意装作猜不出，于是被罚"出洋相"学驴跑。乙神家表示愿意学，但苦于不会，便要甲神家来教，于是甲神家便趴在地上，将敲扇鼓的鼓鞭夹于股间，扭身摇头，在"八卦坛"中模仿驴跑，观者则被逗得前仰后合，坛内坛外充满轻松愉快的气氛。有时坛内神家还把谜语让坛外观众猜，形成了坛内坛外、戏内戏外的交流。《猜谜》中即兴插入的表演随手拈来，不限时间，以滑稽诙谐为特点，但绝不涉及低级下流内容。

猜谜是宋元时期勾栏瓦舍中十分普遍的伎艺，任庄傩祭活动中《猜谜》的表演，使我们明白了宋元时期的"猜谜"何以能成为一种表演形式，而且久演不衰，深受观者喜爱。

《猜谜》中的 24 个谜语并非一时一地的产物，而是长期积累的结晶。如"山高古庙常不开——关索"产生较早。关索，民间有些地区传说为关羽之子，这一传说在今云南、广西一带仍很流行，并有傩戏"关索戏"，相反在关羽的故里山西南部一带倒不多听到。关索之名始见于宋代，《武林旧事》卷第六记角觚艺人有"张关索"、"赛关索"、"严关索"、"小关索"，"山高古庙常不开——关索"这一谜语的产生应在这个"关索"风靡的时代。其他如"一双鞋子几人登——四川"、"十两银子一碗粥——贵州"显然是明清时产生的。

《猜谜》在内容上、形式上与驱傩均无任何关系，是纯粹的民间娱乐形式，它进入宗教祭祀活动完全是为娱人。

### （五）《采桑》

《采桑》由三位"神家"表演，故事内容为：齐王与丞相晏婴外出打猎,在一桑园中遇到采桑的丑姑姑,经过一番周折,齐王将其立为皇后。《采桑》故事在山西南部很流行,今蒲剧、眉户剧中都有相同题材的剧目。《采桑》剧目在傩祭活动中的存在,与任庄的民俗有关:在任庄村南山腰上有一蚕姑洞,洞之主体是天然的石洞,洞口砌砖如房屋外檐,洞中原有蚕姑及侍女塑像,这证明任庄村以前曾有过规模不小的养蚕业。

与其他几种傩戏比,《采桑》的戏剧形态最完备,它的存在说明,傩戏不但由宗教祭祀仪式脱胎而来,而且可由民间戏剧进入到宗教祭祀活动,披上宗教的外衣而成。宗教与戏剧的交流是双向进行的。

《采桑》原未见于今存的《扇鼓神谱》钞本,据说是由于时间久远,从钞本的后部脱落了,它何时进入到驱傩活动,尚难考定。

(六)《坐后土》

《坐后土》中共有七个人物,写后土娘娘千秋华诞之日,分别管理春、夏、秋、冬四季的四个儿子前来朝贺,第五子因无"江山日期"因此不来,后土娘娘从四季中各抽出18天作为"土王日"归五子掌管,矛盾得以解决。其表演是用极简单的戏剧形式图解春、夏、秋、冬及土王日的由来,与四季有关,与节令农时有关,还与五方五行观念有关。

令人惊讶的是,在今天的日本,有与《坐后土》几乎完全相同的表演——"在日本的中部地区,以及四国、九州东北地区,非常广泛地存在着一种民间神乐舞,该神乐舞中有着称作'五龙王'、'五神'、'五行'、'五子'、'王子舞'、'五郎王子'等的曲子,该曲子主要叙述以下故事内容:盘古大王开天地,让自己的四个王子(青龙王、赤龙王、白龙王、黑龙王)管理四季和四方。但是盘古大王死后生下来的五郎黄龙王要求有自己的管辖,而与兄长们争吵起来。最后,文撰博士出来调解,平息了纠纷，五郎黄龙王管理四季的'土用日'（即从四季中各抽出18天，共72天为土用日）"（见中国南戏暨目连戏国际学术讨论会诹访春雄论文《五方五色观念的变迁》）。

《坐后土》产生的年代可从其开头四句唱词作出推断："金殿当头紫阁重，仙人掌上玉芙蓉。太平天子朝元日，五色云车驾六龙。"这是宋人林洪所作《宫词》中的一首，亦被收入《千家诗》，《坐后土》将它搬用，证明其写定应在宋代或宋以后，可能是随后土祭祀与驱傩的融合进入傩祭活动的。

（七）《绣荷包》

《绣荷包》不属傩戏节目，而是花鼓队儿童的歌舞表演，花鼓队的歌舞表演原有《走西口》等不少节目，至今可回忆出的仅《绣荷包》一种（全文附后），属民间情歌。其中有唱："十绣十样景，绣在十三省，外加上五省，绣在荷包上。""十八省"所指应是清代的地方建制，故断定其为清代作品。

综上所述，山西曲沃任庄的驱傩祭祀活动是植根于当地丰厚的宗教民俗土壤上的历史文化现象，是上古时期中原地区驱傩活动的遗存，它的发现和存在，对研究中原地区的宗教、民俗，特别是对研究中原地区傩文化的发展演变有着极其重要的意义，它是迄今发现唯一幸存的古代中原地区驱傩活动的活化石。

从任庄的驱傩祭祀活动的形式和内容中可以看出：驱傩，这一起源于上古时期的宗教文化现象，有着极强的生命力，在千百年的历史沧桑中，不但坚定地保存着自身的固有品质，而且不断融合吸收其他的宗教民俗活动，以顽强的生命力适应着各个时代政治、经济、思想、文化的变迁，从而积淀为今天所见由多元宗教、文化、民俗现象构成的混合体。任庄的驱傩祭祀活动本身浓缩了一部它自身的生存发展史，这使它对研究古代中原傩文化有特别重要的价值。

附：

## 绣荷包

初一到十三，半月差两天，再加上两天，十五月儿圆。
初一到十五，十五月儿高，春风呀摆动，杨柳枝儿摇。
三月杏花开，情郎书信来，捎书又带信，要呀荷包戴。
既要荷包戴，你就该回来，为什么捎书，又把信儿带。
开言叫梅香，梅香到面前，把姑娘的包袱，铺在那象牙床。
打开锦线包，锦线也没了，打开衣线包，衣线也完了。
一包包绣花针，使呀使光了。
开言叫梅香，梅香脚儿小，手拿把扇子，街呀街上跑。
大街也走过，小巷也窜到，却怎么不见，货郎把鼓摇。
货郎把鼓摇，梅香用手招，招来呀招去，他也知道了。
梅香头前走，货郎随后跟，说说笑笑，来到我家门。
货郎作个揖，梅香把头低，我家的小姑娘，照呀照顾你。
一要桃儿粉，二要花手巾，三要的胭脂，点呀点嘴唇。
四要四样线，五要五彩线，六要的荷包，腰呀腰里悬。
七要头顶簪，八要红头绳，九要的耳环，就在我耳边。
十要十样线，样样都要全，但等你货郎，共算多少钱。
银子算三分，葛线五十根，再添上两包，绣呀绣花针。
姑娘进绣房，高底响叮当，手拿上钥匙，开呀开皮箱。
打开龙凤箱，取出锦一张，铺在红漆的，桌呀桌面上。
手拿剪子扩，有话我对谁说，为的是情郎，亲呀亲哥哥。
狗娃汪汪叫，梅香来打搅，把一对好鸳鸯，绣呀绣错了。
一绣一只船，绣在河江岸，把奴我二八女，绣在船中间。
二绣黄鹤楼，水在下边流，周瑜定下计，要害刘皇叔。
三绣当阳桥，张飞战曹操，大喊了三声，把桥震断了。
四绣张天师，身穿八卦衣，把一对童儿，绣在两边里。

五绣杨五郎，出家为和尚，五台山绣在，荷呀荷包上。
六绣汉刘备，成都建社稷，他凭的诸孔明，定呀定乾坤。
七绣七星庙，杨继业把亲招，生下了七个子，保呀保宋朝。
八绣八贤王，名叫赵德方，手拿上金鞭，打呀打王强。
九绣王母娘，生下九女星，九女星下凡，配呀配才郎。
十绣十样景，绣在十三省，外加上五省，绣在荷包上。
荷包绣成了，但等顺人捎，捎给呀情郎，戴在哥身上。

（本文原发表于《中山大学研究生学刊》1991年第4期）

# 从扇鼓傩戏看宗教祭祀在戏剧起源发展上的意义

## ——兼论扇鼓傩祭活动的流变

### 一、小引

宗教祭祀与戏剧起源发展的关系,是戏剧发生学和戏剧发展史上一个世界性的重大课题。长期以来,各国专家、学者对此十分关注,并进行了深入的考察和探讨,取得了丰硕的成果。最近,在中国山西省曲沃县任庄村发现了《扇鼓神谱》古钞本,并发掘出村民傩祭活动中的傩戏演出,为这一课题的研究提供了新的可贵材料。

《扇鼓神谱》是记录山西曲沃任庄村许氏家族历代傩祭活动的内容、方式、礼仪规范和傩戏演出的钞本,抄立于清代宣统元年(1909),由村民许世旺珍藏。

曲沃县位于山西省南部,紫金山东西蜿蜒,浍河横贯全境,北有丁村古人类文化遗址,东西有翼城、侯马古晋国都城,是古代文化发达之区。任庄村南依龙山,北临浍河,地处南北交通要道,过去曾是人口聚集的村镇,由于历史的变迁,如今已成为山乡僻壤。许家是任庄的大姓,许氏家族,又是曲沃境内的名门大族。据乾隆二十三年(1758)修撰的《曲沃县志》记载:自北宋淳化三年(992)许孝恭得中进士以来,许家有11位子弟历任宋、金、元三代王朝的达官显宦。由许姓家族组织的这种傩祭，属于家族傩性质，目的是乞求神灵驱瘟逐疫，消灾免祸，保佑许氏家族子孙万代福禄绵长，一方水土风调雨顺，五谷丰登。

根据《扇鼓神谱》钞本的记载和老艺人回忆，任庄许氏家族的傩祭活动在每年正月十四日至十六日举行，整个活动分为傩祭、傩戏演出两部分。傩祭包括游村、入坛、请神、参神、拜神、收灾、下神、添神、送神等内容；傩戏表演共有六个节目，它们是《坐后土》、《攀道》、《打仓》、《吹风》、《猜谜》、《采桑》，此外，还有锣鼓、花鼓表演。

任庄扇鼓傩祭活动分三天举行。第一天（正月十四日）进行游村、入坛、请神、收灾等项。招拢村民参加傩祭活动，迎请多路神灵下凡享受香火，由乡老率领善男信女跪拜，并以装扮"马马子"的神家代表后土娘娘把各家各户灾难收走；第二天（正月十五日），继续迎请神灵下凡接受香火祭供，下神，添神，随之开始向神灵献艺，表演傩戏《吹风》、《打仓》和《攀道》；第三天（正月十六日），继续表演傩戏《猜谜》、《采桑》和《坐后土》，最后是送神——把后土娘娘的神位从北坛上请下来，送到村中的"鳌山"上观看焰火，然后把她送回南门外龙山上的娘娘庙内。整个傩祭活动和演出主要在"八卦坛"内进行，"八卦坛"是按照坎、艮、震、巽、离、坤、兑、乾八个方位，用36张方桌摆成高三至五层不等的八个祭坛。其中北坛"坎"为主坛，每个坛位的最上层放置一个木斗，实以五谷，用朱砂、黄纸填写神灵姓名插在斗内，桌上陈列着糕山、桃山及各种祭品，正面还装有花草和五色彩旗，底层桌上还摆有香炉、烛台之类的祭器，各坛的桌围，绘有八卦图、五福捧寿图等。傩祭活动的主要参加者和主持者是"十二神家"，"十二神家"由12位村民（只限于许氏家族中人）装扮而成。服饰、道具完全一致：头戴凉帽，上簪红缨，身穿黑色长袍，下着红色长裤，外罩白色羊皮袄（毛向外），脚穿皂靴，面部无化妆，不戴面具；左手持扇鼓，右手执鼓鞭。他们既主持各项傩祭仪式，同时又直接参加傩戏的表演，是傩戏中装扮各类人物的演员，二位一体。所表演的剧目，部分与傩祭有密切关系，部分明显受宋金杂剧、院本的影响。从中可以看出宗教祭祀在戏剧起源、发展上各方面的作用。

## 二、从《坐后土》看宗教祭祀仪式向戏剧的过渡

《坐后土》是扇鼓傩戏六个节目之一。故事情节十分简单：后土娘娘有五个儿子，千秋华诞之日，四个分别管理春、夏、秋、冬四季的儿子都来朝贺，五子因为没有得到"江山日期"的封赏，因此不来。于是后土娘娘从春、夏、秋、冬四季中各抽出18天，定为"土王日"归五子掌管，矛盾得以解决。

《坐后土》中共有七个人物：后土娘娘、后土娘娘的五个儿子，还有一个充当传令使者的"接接子"王成。其中，后土娘娘和她五个儿子分别由"十二神家"中的六位扮演，其服装、道具与傩祭中"神家"的装束完全相同。"接接子"王成由一位村民扮演，其装扮为：头裹黄巾，身穿黑色长袍，内着红裤，腰系黄裙，手持马鞭。表演就在"八卦坛"内进行。

后土娘娘坐在高堂（一张方桌上放一把椅子）上，其他几个人物就在平地活动。根据故事内容和表演的程式，台词分成若干段落，每一段念诵的间歇，参加表演的六位"神家"（即后土娘娘及其五个儿子）和其他坐于坛内没有参加表演的"神家"敲击扇鼓，作为伴奏。

后土娘娘是任庄扇鼓傩祭活动中的主神，傩戏《坐后土》描写的就是有关后土娘娘的故事。从内容上看，它与前面的傩祭有着直接的关系，剧中七个人物，六个来自傩祭中的"十二神家"。在此之前，他们是神灵的迎请者，如今，又成了剧中的人

物,虽然每个人物名字不同、身份不同、在剧中地位不同,但服装道具完全一样——直接从祭祀仪式中搬用。显然,《坐后土》是从前面的傩祭仪式中脱胎而来的。

由宗教祭祀孕育出戏剧,是戏剧产生的重要源头之一。在举行宗教祭祀时,要有一定的场所,有祭祀的参加者和围观者,有装扮的神灵,有对神灵的颂辞,这与戏剧之有演出场所、有演员、有观众、有角色、有说白、有表演十分相近。中国古代的祭祀,常由"巫觋"装扮神灵,每个神灵都有其特定的身份、地位、来历以及与之有关的种种故事和传说,随着时间的发展,人们根据这些故事、传说,加上自己的生活体验,便赋予神灵以思想、性格,进而推想他们与外界发生联系时会有外在的表现。这样,就由最初单纯、呆板的装扮变成有生命的扮演,从而敷演出种种情节和矛盾冲突。于是,宗教祭祀仪式中就出现了故事表演的成分,逐渐脱胎出了简单的戏剧。任庄扇鼓傩戏《坐后土》,表演的是关于总司土地的女神——后土娘娘的故事。古代人们认为,后土是大地之神,唐以后又衍为后土娘娘。既为女身,当有儿女,分赐不均,自有矛盾,于是敷衍出这个戏剧。但是,它又是整个傩祭的一部分,是"供盏献艺"节目的一种,它的表演与所属祭祀活动关系十分密切,演出场所与祭祀活动的场所同一,角色完全移用傩祭主持者及其服装道具,宗教色彩极其浓厚。从这里可以看到由宗教祭祀向戏剧的过渡轨迹。

一般来说,宗教祭祀向戏剧的过渡,主要表现为祭祀者地位的改变,即由装扮神灵变为扮演神灵——人物。由装扮发展到扮演,需要的是故事情节和矛盾冲突的增加,表演性戏剧因素的充实。但是,在《坐后土》中,我们看到的却是另一种情形——简单的故事情节和表演都已经存在,但演员却没有完全化妆成剧中人物,服饰道具与傩祭时的"神家"完全相同。从表演者与所演角色已经分离这点来看,它已略具戏剧雏形,但又未完全脱离祭祀的范畴，形式上还披着宗教的外衣，如果进一步向真正的戏剧过渡，需要的不是故事情节和表演成分的增加，而是表演者装扮的改变。从目前形态来看，《坐后土》还不是完整意义上的戏剧，但又不纯属宗教仪式，正由于此，表明它正处在宗教仪式向戏剧过渡的状态中。

《坐后土》明显的是由傩祭脱胎而来，它向我们展示了宗教祭祀向戏剧过渡的另一条途径，这就是，除了"由装扮发展到扮演"这种方式以外，还可以先借用祭祀主持者的服饰，根据神灵的特征和有关的传说，直接加入情节表演故事，然后才改变角色的装扮，从而发展成戏剧。这种现象，在古代希腊悲剧中似乎有类似的情况。古希腊悲剧起源于酒神节祭祷仪式，由"酒神颂歌"演变而来，演出时除合唱队外，又出现"应和人"，与歌队应答，扮演故事。这种表演与《坐后土》极为相似，因此，《坐后土》的表演绝非个别的现象，这是我们在探讨祭祀与戏剧关系问题时应予充分注意的。

三、从《攀道》、《打仓》、《吹风》、《猜谜》看民间娱乐形式对宗教仪式的影响

社会现象是丰富多样的，是相互影响、相互作用的。宗教祭祀与戏剧、伎艺表演都是社会现象，同属于社会意识形态，这决定了它们之间不可能只是宗教祭祀仪式对戏剧伎艺产生影响，而后者对前者不产生丝毫的作用。在宗教祭祀仪式与戏剧技艺演出之间，其交流是双向进行的——在宗教祭祀仪式向戏剧发展过渡的同时，生活中的各种娱乐形式也不断地进入到宗教祭祀仪式中，使祭祀的内容和形式发生种种变化，扇鼓傩戏中《攀道》、《打仓》、《吹风》、《猜谜》等便是民间娱乐形式向宗教祭祀仪式的逆向输入。

《攀道》是名叫胡抢（胡诌）和别天（吹牛憋破天之意）

的两个人相遇时滑稽、调侃的对话和对唱，是一种民间的逗乐演出，带有唐参军戏和宋金杂剧谐谑调笑的特点，《打仓》采用问答式对唱的形式，内容围绕东、西、南、北、中五个粮仓中五种粮食展开。从唱词中提到麦子、扁豆、黍子、黑豆、大麻等农作物来看，它反映的是中国古代北方农村中的生产、生活内容，表现了农民期望五谷丰登、粮食满仓的美好愿望。语言生动活泼，幽默诙谐，生活气息浓厚。至于《吹风》和《猜谜》，表演已经失传，只在钞本中有文字记载，《吹风》是几段形式相类的唱词；《猜谜》是24种谜语的组合，显然也是民间的娱乐演出。

与《坐后土》一样，《攀道》、《打仓》的表演也都由"神家"担任，演出也在"八卦坛"内进行，服装、道具也全部借用傩祭仪式中的原物。但是，这些表演大多具有滑稽调笑、诙谐风趣的特点，无论是内容还是形式，与宗教祭祀的庄严肃穆大相径庭，它们完全是生活中的娱乐形式进入到宗教仪式中的。民间娱乐形式插入祭祀活动进行表演，并成为其中的一个组成部分，这是人们在娱神的幌子下进行自娱的产物，是宗教祭祀仪式由最初以祭神、娱神为主向以娱人为主发展变化的结果。

最初的傩祭活动内容、形式十分单纯——以禳瘟逐疫、祈求平安幸福为目的，后来，随着人们生活知识和科学知识的增加，视野逐渐扩大，宗教崇拜的热情减弱，迷信程度下降，禳瘟逐疫、祈求平安幸福由原来傩祭活动的"唯一目的"变为"目的之一"。这时，傩祭偏重于仪式方面，在驱疫除祟、祭神娱神的同时，逐渐把生活中人们喜闻乐见的娱乐形式引入到祭祀活动中去，这样，驱傩祭神的活动实际上成为人们娱乐、欢庆的节日，驱傩仪式变成了人们的娱乐形式之一。比如，在今存目连戏的演出和祭祀活动中，也夹杂着飞叉、吐火等民间伎艺表演，性质与此相同。个别的驱傩仪式的变化是如此，整个傩祭活动的变化趋势也是如此，中国古代宫廷驱傩活动的风尚在宋代的大转变恰好说明了这一点。

宗教仪式向戏剧的过渡产生了傩戏，民间娱乐形式向宗教仪式的输入也产生了傩戏。从《攀道》、《打仓》、《吹风》、《猜谜》等表演中可以看到：民间娱乐形式对宗教仪式的输入，使宗教仪式中对神灵的崇拜减少，娱人的成分增加；民间娱乐形式进入宗教仪式中，削弱了宗教仪式的严肃性、神秘性，增加娱乐、故事表演的因素；民间娱乐形式被引入宗教仪式，并作为宗教祭祀活动"供盏献艺"的组成部分，使原来的娱乐形式披上了宗教的外衣。一旦这些表演形式摆脱了宗教仪式，便会回归为原来的状态。这一"来自生活，再回到生活"的过程，表现出宗教祭祀与戏剧演出关系的另一个侧面。

四、从《采桑》看戏剧对宗教祭祀仪式的输入

《采桑》表演的内容是：齐王和丞相晏婴外出打猎，在桑园中遇见一位农家采桑女丑姑姑，丑姑姑相貌虽丑，但武艺和智慧过人，胸藏经略，劝导君王，经过一番周折，齐王将她立为皇后。

丑姑姑遇齐王的故事产生于先秦，汉代刘向《列女传》载为钟无盐事，后世广为流传，成为普遍的民间传说，这一故事在流传过程中与各地风俗、民情、自然环境结合，表现出不同的面貌。在山西南部，这个故事流传十分广泛，曲沃南吉村东有丑姑姑墓，任庄村南有桑林和蚕姑洞，都与此传说有关。《曲沃县志》还记载，齐景公曾与晋平公会盟于侯马之通济桥（距曲沃不远），《左传》也记载齐景公三次到晋国会见晋平公，还有一次派使臣晏婴到晋国请与联姻。这些历史事实，更增加了这一传说在曲沃流传的兴致。元杂剧四大家之一的郑光祖作有《丑齐后无盐破连环》（一作《钟离春智勇定齐》），其中就有无盐采桑遇齐王的内容，而郑光祖正好是曲沃邻近的襄陵人，这或许不是

一种巧合。在今天流传于山西南部的蒲剧、眉户剧中，也都有《采桑》剧目，情节与任庄扇鼓傩戏中的《采桑》十分相近。至于它们孰先孰后，暂难论定。

　　总的来看，《攀道》、《打仓》和《采桑》都是作为民间娱乐形式或民间小戏被吸收进宗教祭祀仪式中的，吸收的目的是为了在祭神中增加娱神的内容，在娱神过程中起到娱人的作用，但比较而言，《打仓》采用二人对唱形式，没有什么矛盾冲突和故事情节，还算不上严格意义上的戏剧；《攀道》插科打诨、滑稽调侃，以幽默诙谐为特点，具有唐参军戏和宋金杂剧、院本的风貌；《采桑》则是比较完整的戏剧形式。从内容上看，《采桑》故事曲折，矛盾冲突波澜起伏：丑姑姑藏马，齐王射箭是一个高潮，丑姑姑连接三箭化解了这一矛盾；继而齐王失口封丑姑姑为"昭阳正院"又要反悔，丑姑姑坚决不肯退让，矛盾趋于激化，晏婴周旋，矛盾暂时缓解；紧接着，围绕定亲信物，齐王与丑姑姑发生争执，经过一番舌战，最后取得统一。可以看出，这一小戏的剧情虽短，但首尾完整，戏剧矛盾的展开环环相扣，层层递进，情节推进有板有眼。从人物形象看，剧中的齐王出场时是一个昏君的形象——四月天时外出打猎马踏青苗；一时恼怒便箭射丑姑姑；失口封丑姑姑为"昭阳正院"又要反悔。但在丑姑姑机智的反攻下，一败涂地。丞相晏婴在剧中活动虽不多，但个性明显：当齐王陷于尴尬窘迫境地时，他总出面调停，当发现丑姑姑有超人才华后，又极力向齐王举荐，处处表现出辅佐君王的贤明大臣的性格特点。丑姑姑是剧中的主要人物，她的智与勇是在与齐王君臣的矛盾冲突中逐渐显露的：齐王君臣待人无礼，被她藏了白龙马；齐王向她怒射，她口接三箭，化险为夷；齐王失口封她为"昭阳正院"，她紧紧抓住，不许他反悔；齐王被迫口头答应，她即提出要信物；在信物的选择上，显示了她劝辅君王的美好品格。从表演形式看，《采桑》虽然也由三位"神家"头戴红缨凉帽、反穿羊皮袄、手执扇鼓来表演,但由于故事内容的完整曲折、矛盾冲突的起伏而使之具有更多的可观性。所以,无论从哪一角度看,《采桑》都应是比较完备的戏剧。

《采桑》的内容与扇鼓傩祭活动无关,作为简单的戏剧表演,其目的、功用与傩祭也大不相同。尽管它作为傩祭仪式——献艺敬神的一个组成部分,披着宗教的外衣进行表演,但它不是自宗教仪式中产生,也不是由宗教仪式脱胎而来,而是生活中已经存在的戏剧形式对宗教仪式的逆向输入。

宗教祭祀仪式是戏剧产生的一个源头,并且是一个很重要的源头,但并不是唯一的源头。戏剧可以从宗教祭祀仪式中产生,也可以由歌舞、说唱等衍化而成。宗教祭祀仪式可以产生戏剧,但并不是所有的宗教祭祀仪式都早于所有的戏剧。就某一种宗教祭祀仪式来说,它的出现可能较晚,也就是说,某些戏剧形式会早于某些宗教祭祀仪式。这样,戏剧向宗教祭祀仪式的输入便不是不可能的了。另外,戏剧和宗教同处于社会意识形态,同作为社会生活内容的一个组成部分,在其发展过程中,一方面,各自有其自身的独立性;另一方面,它们又相互渗透,相互影响。《采桑》就是戏剧与宗教祭祀仪式在各自向前发展中交汇的产物。

民间小戏《采桑》,因为娱神、娱人的目的进入到宗教祭祀仪式中,作为祭祀献艺节目进行表演,这使已经比较完备的戏剧形态发生变化,增添了浓厚的宗教色彩,而蜕变成傩戏,这种结果,对戏剧本身来说,是一种扭曲,甚至是一种倒退。作为傩戏演出的《采桑》,要重新发展成为真正的戏剧,必须脱掉宗教的外衣——即将表演者所用"神家"的服装道具抛弃,使表演者与角色彻底分离。但是,这里要经过一个极缓慢、极艰苦的由宗教祭祀仪式向戏剧过渡的过程。

生活中简单戏剧形式的输入,增加了宗教祭祀仪式的娱乐成分，改变了原来单调的内容，使之与现实生活与人的关系靠得更近一些。因此，《采桑》进入扇鼓傩祭，自有其一定的意义，同时它还向我们说明，在宗教祭祀仪式不断脱胎出戏剧的同时，生活中原有的戏剧表演也可以不断地进入宗教祭祀仪式中去；在宗教对戏剧发生影响的同时，戏剧也在影响宗教；宗教祭祀仪式脱胎出戏剧，对戏剧来说是一种进步，戏剧进入宗教仪式并被改造、影响而成为傩戏，则是一种倒退；宗教祭祀仪式产生出戏剧，是宗教祭祀仪式与戏剧起源关系的一个方面，生活中的各种娱乐形式和戏剧演出逆向输入宗教祭祀仪式中发生变态，最终再从宗教祭祀仪式中走出来而成为真正的戏剧，是宗教祭祀仪式与戏剧起源关系的另一个方面。这对我们探讨宗教祭祀仪式与戏剧发展的问题也是有启发作用的。

**五、从宗教祭祀仪式的稳定性与可变性探讨扇鼓傩祭活动的流变**

《扇鼓神谱》抄立于清代宣统元年，但并不等于说任庄的扇鼓傩祭活动产生于清代宣统元年，从傩祭活动主持者的服饰、道具和所用乐器分析，可以窥见它产生的年代极其久远。我们今天所见的扇鼓傩祭仪式是在漫长的历史发展过程中逐渐堆积、沉淀而成的。

在中国，驱傩活动产生极早，根据考古资料发现，殷商时期就有用于驱傩的青铜面具，这些驱傩的面具从它产生、定型、以至被用青铜铸出，显然绝非一朝一夕可成，它证明在殷商之前，驱傩活动就已经存在。《论语·乡党》第十云："见乡人傩，朝服而立于阼阶。"但那时驱傩具体如何进行，却不得而知。在《周礼·夏官·方相氏》中记载就较详细了：

> 方相氏，掌蒙熊皮，黄金四目，玄衣朱裳，执戈扬盾，帅百隶而时难（傩），以索室驱疫。

这里驱傩主要由"蒙熊皮，黄金四目，玄衣朱裳"的方相氏施行。到汉代，驱傩活动更加普遍，考古发现许多汉墓的画像砖、画像石中都有关于驱傩的内容，这时的驱傩活动较前有了一些变化。《后汉书·志第五·礼仪中》载：

> 先腊一日，大傩，谓之逐疫。其仪：选中黄门子弟年十岁以上，十二以下，百二十人为侲子，皆赤帻皂制，执大鼗。方相氏黄金四目，蒙熊皮，玄衣朱裳，执戈扬盾。十二兽有衣毛角。中黄门行之，冗从仆射将之，以逐恶鬼于禁中。夜漏上水，朝臣会侍中、尚书、御史、谒者、虎贲、羽林郎将执事，皆赤帻，陛卫乘舆御前殿，黄门令奏曰："侲子备，请逐疫。"于是中黄门唱，侲子和，曰："甲作食殃，胇胃食虎，雄伯食魅，腾简食不祥，揽诸食咎，伯奇食梦，强梁、祖明食磔死寄生，委随食观，错断食巨，穷奇、腾根共食虫。凡使十二神追恶凶，赫女躯，拉女肝，节解女肉，抽女肺肠，女不急去，后者为粮！"因作方相与十二兽舞，嚯呼，周遍前后省三过，持炬火，送疫出端门，门外驺骑传炬出宫，司马阙门外五营骑士传火弃洛水中。

与《周礼》的记载相比较，方相氏的装束、使用器具没有改变，但原来为方相氏呐喊助威的"百隶"，却被120个"侲子"所代替，并新增加了"十二兽"。"十二兽"分别是侲子傩歌中所唱到的甲作、胇胃、雄伯、腾简、揽诸、伯奇、强梁、祖明、委随、错断、穷奇、腾根等，它们都是逐疫食鬼的神兽，其装束"有衣毛角"——穿着毛朝外的衣服，头上装角，扮成凶恶的兽形。当120位侲子呼喊完毕后，"方相与十二兽舞"。到了唐代，驱傩的形式又有发展。《新唐书·礼乐志第六》载云：

> 大傩之礼，选人十二以上，十六以下为侲子，假面，赤布袴褶，二十四人为一队，六人为列，执事十二

人，赤帻、赤衣、麻鞭，工人二十二人，其一人为方相氏，假面，黄金四目，蒙熊皮，黑衣朱裳，右执盾。其一人为唱帅，假面，皮衣，执棒。鼓角各十，合为一队，队别鼓吹令一人，太卜令一人，各监所部。巫师二人，以逐恶鬼于禁中。有司预备每门雄鸡及酒，拟于宫城正门、皇城诸门磔禳设祭，太卜一人，斋郎三人，右校为瘗埳，各于皇城中门外左右。前一日夕，傩者赴集，所具其器服以待事，其日未明，诸卫依时刻勒部所屯，门列仗，近仗入陈于阶，鼓吹令帅傩者各集于宫门外，内侍诣皇帝所御殿前奏："侲子备，请逐疫。"出命寺伯六人分引傩者于长乐门、永安门以入，至左右上阁，鼓课以进，方相氏执戈扬盾，唱，侲子和曰："甲作食殃，胇胃食虎，雄伯食魅，腾简食不祥，揽诸食咎，伯奇食梦，强梁、祖明共食磔死寄生，委随食观，错断食巨，穷奇、腾根共食虫。凡使一十二神追恶凶，赫女躯，拉女肝，节解女肉，抽女肺肠，女不急去，后者为粮！"周呼讫，前后鼓课而出，诸队各趋顺天门以出，分诣诸城门，出郭而止。

可以看出，唐代驱傩完全承袭汉代驱傩仪式而来。这里，除了方相氏的装束、器具未变外，原来的"侲子"120人变成144人，原来的"十二兽"成了"执事十二人"（也就是"十二神人"），其装扮由兽形而变为"赤帻、赤衣、麻鞭"。另外，还增加了鼓吹队及其他辅助人员。"侲子"所唱傩歌与汉代完全相同。

宋代，宫廷驱傩风尚发生了巨大变化，汉唐以来的驱傩形式被完全抛弃。宋人孟元老《东京梦华录》卷十"除夕"条载：

至除日，禁中呈大傩仪，并用皇城亲事官诸班直戴假面，绣画色衣，执金枪龙旗。教坊使孟景初身品魁伟，贯全副金镀铜甲，装将军。用镇殿将军二人，亦介

> 胄，装门神。教坊南河炭丑恶魁肥，装判官。又装钟
> 馗、小妹、土地、灶神之类，共千余人。自禁中驱祟出
> 南薰门外转龙弯，谓之"埋祟"而罢。

至于民间的驱傩活动如何，目前未发现可靠记载，暂难论定。南宋无名氏作《大傩图》（亦称《驱傩图》），表演者戴世俗大头（假面）舞蹈。据考证，此实非大傩，而是迎春舞队表演①。从山西潞城县崇道乡南舍村曹占标所藏明万历二年（1574）抄立的《迎神赛社礼节传簿四十曲宫调》（原名《周乐星图》）和山西长子县东大关牛振国藏嘉庆二十三年（1818）抄立的另一"礼节传簿"（《唐乐星图》）②考察，其中都载有队戏《鞭打黄痨鬼》（原本"痨"二本均误抄为"劳"）名目，据老艺人说，此剧为驱疫戏，直至20世纪30年代仍有演出，内有方相、方弼，方相状似钟馗，戴铜眼泡（此当为"黄金四目"之余绪）。由此可以看出，古代民间一直有驱傩活动，历明清而不衰，延续至今天。

如果我们将曲沃任庄的扇鼓驱傩仪式和中国古代的驱傩变迁相比较，则会发现扇鼓驱傩活动的最早源头应该在汉代。任庄扇鼓驱傩活动中主要的活动者是"十二神家"。"十二神家"由12位村民装扮而成，头戴红缨凉帽，身穿青黑色长袍，下着红色裤子，外罩白色羊皮袄，脚穿厚靴。这里"十二神家"与汉代驱傩仪式中的"十二神兽"在数量上吻合，装束上，青黑色长袍、红色裤子，与《后汉书》所载方相氏的"玄衣朱裳"相一致。特别是上身反穿的羊皮袄，完全是从"十二兽有衣毛角"继承而来，是装扮兽形的遗迹。有人因为"十二神家"无面具、无化妆而困惑，实际上汉代傩仪中的"十二兽"至唐代演变成"执事十二人"已经去掉了兽形面具，这就说明驱傩活动在长期发展中本身必然发生变化。"十二神家"在保留汉代驱傩仪式基本特点的同时，装扮由"兽"而变为"人"，这是完全合乎情理

的。"十二神家"手中所持的扇鼓,类似今天北方民间的太平鼓,就是从汉代傩仪中 120 个"侲子"手中的"大鼗"演变而来。因此,可以说,任庄扇鼓驱傩活动源于汉傩,它表现了中国古代宗教祭祀仪式有明显的延续性和一定的稳定性。

当然,今天保存下来的扇鼓傩祭不可能是它产生时的原貌。因为这一宗教仪式在千百年的发展流变中,并不是一成不变的,可变性使它随着时代的变迁,丢掉了原有的一些东西,补充、吸收了一些新的内容。

任庄扇鼓傩祭活动最初目的可能只是驱瘟除邪而已,没有如今天所见的请神、参神、拜神、下神、添神等祭祀的内容,在其后的发展中,"十二神兽"逐渐抛弃了兽形的凶恶装束而变为"十二神人",进而发展成今天的"十二神家";戏剧的兴盛,戏场上的高靴又被引入傩仪,这不但是戏曲强大的魅力所致,更重要的是因为扇鼓傩祭活动在露天平地进行,穿上高靴可以增加表演者的身高,使围观者能够对其动作表情看得更清楚;宋代以后,由于出现金元和清等少数民族政权,少数民族的宗教(如"萨满")习俗和服饰,也对傩祭产生一定的影响,比如女真族("金"以及后来的"后金"、清)的红缨凉帽便戴到了"十二神家"的头上;今天所见的扇鼓傩祭活动,驱傩只是其中一个组成部分,它的中心已变成祭祀天上人间的各路神祇,这更是巨大的变化。可以推断,在漫长的历史发展中,驱傩活动可能和别的宗教祭祀活动发生过交叉融合,而成为今天这种面貌,这一融合的年代,可能在唐代以后,因为扇鼓傩祭以后土娘娘为主神,后土为与皇天上帝相对应、总司土地的大神,唐代以后才衍为女性。扇鼓傩祭活动中有一"马马子",也值得我们注意,"马马子"是由"十二神家"中一位生肖属马的青年扮成,其装束为头裹黄巾,上身裸露,下穿红裤,腰系红裙,左手持响刀,右手执八尺麻鞭,他的职责是"收灾"——到每户村民家中收走灾祸，驱除恶鬼，为村民带来吉祥幸福。收灾仪式中有奠酒、响鞭、奉送"以奉敕令斩鬼镇宅大吉"符帖等。"马马子"的来历，可以在唐代傩仪"执事十二人，赤帻、赤衣、麻鞭"中看到影子，在今天保留下来的扇鼓傩仪中，他已不是"执事"，也不是"神兽"，他的"收灾"虽与方相氏驱鬼、"十二神兽"食鬼的作用相类但却代表后土娘娘来完成，这已与原来的面目相去甚远了。从以上种种变化中，同样也可以看出驱傩仪式的可变性。总之，宗教祭祀仪式的延续性使我们看到它产生的源头，而其可变性又使得它不断丰富自己，以顽强的生命力适应着不断变化的社会和人的要求，从而流传至今。

综上所述，扇鼓傩祭是中国古代驱傩活动的遗绪，它产生较早，但在千百年的流传过程中，逐渐融合了其他赛祭的内容，从而成为驱傩祭神的混合体。它的流变发展，表现出明显的延续性和可变性。既是赛祭，自免不了娱神，这就出现了献艺演出，扇鼓傩戏三种不同类型的表演，分别揭示了宗教祭祀向戏剧的过渡、民间娱乐形式对宗教祭祀仪式的影响和戏剧对宗教祭祀仪式的输入等种种形态，对我们研究祭祀与戏剧起源、发展的关系，有着不可忽视的意义，因而是弥足珍贵的。

(本文原发表于《中华戏曲》第十二辑，与黄竹三合著)

**注释：**
①见山西师范大学戏曲文物研究所编《宋金元戏曲文物图论》图46。
②前者见《中华戏曲》第三辑。后者见《中华戏曲》第十一辑。

# 试论戏曲产生发展的多元性

中国戏曲是一门综合性的艺术,它融合了歌舞、音乐、说白、伎艺表演等多种艺术因素。在其漫长的产生、发展、成熟、繁荣的过程中,表现出突出的多元性的特点,形成了源头众多、形式各异、风格鲜明的特色。

## 一、戏曲源头和流传地域的多元性

正如世界文明不是同一个源头一样,世界戏剧的产生也是多源的。古希腊的悲喜剧、印度的梵剧、中国的戏曲不是出于同一个源头,而有各自独立的产生发展的历史和社会环境,有各自流传的地域,它们之间没有衍生或继承关系。就中国古代戏曲而言,由于中国是一个民族众多、地域辽阔的国家,不同地域的历史发展、风俗民情、宗教信仰、审美情趣、欣赏习惯的差异,决定了中国戏曲产生与发展并不源于一个地方。从目前发现的材料看来,宋代的中原杂剧、南戏和唐代新疆的戏剧便是起源于几个不同地域的戏剧代表。

### (一) 中原杂剧

中原杂剧包括汴京杂剧与河东杂剧。汴京杂剧是宋代流行于汴京及其周围地区的一种初具形态的戏曲形式。关于汴京杂剧,宋人孟元老《东京梦华录》有详细的记载,当时除宫廷中有杂剧演出外,京城汴梁民间还有许多勾栏瓦肆演出杂剧百戏,不能进入勾栏的艺人则随地作场。平时市民百姓观看杂剧百戏者熙熙攘攘，若遇到庆典节日更是满城沸腾，观灯看戏者如痴如醉，从宫廷到街巷乃至寺庙，除平日的勾栏瓦肆外，还要临时搭起许多露台、山棚、乐棚以供演出。在当时，杂剧百戏已经深入到人们日常生活的各个角落：皇帝出游、节日盛典、神佛仙道生日诞辰要用杂剧，赦免罪犯、甚至"百姓卖小春牛"，还要"花装栏坐，上列百戏人物"①。在汴京周围的广大乡村，杂剧演出也极繁盛，人们生时观赏不足，死后还要把杂剧演出场面或杂剧角色形象刻于棺椁之上、墓壁之中，以永远享用。目前已发现的河南禹县白沙宋墓杂剧砖雕②、河南偃师县宋杂剧砖雕、河南温县宋杂剧砖雕、河南荥阳石棺宋杂剧线刻、丁都赛画像砖等大量戏曲文物，充分说明杂剧已成为当时人们生活中不可缺少的组成部分。

河东杂剧，指的是宋金时期的河东路，即今山西南部临汾、运城、晋东南地区的戏曲。近年来众多戏曲文物的发现，证明宋代河东地区杂剧的发展繁荣有其独自的渊源，而且其艺术形态并不落后于汴京杂剧。

20世纪80年代以来，在山西南部地区发现了三通北宋时期的戏剧碑刻，其中都有关于当时建造"舞亭"、"舞楼"的记载。第一处是万荣县桥上村的《河中府万泉县新建后土圣母庙记》碑，碑文中记载北宋真宗天禧四年（1020）前修建舞亭事，在碑阴部分还载有：

  修舞亭都维那头李廷训等　杨延嗣　杜文明　孙浰
 李福全　柳茂真　丁思顺　李用　王质　孙廷义　畅遂　薛延嗣　孙普　牛钊　王密　孙惠宗　李显通　丰荣

又：

  此庙于景德二年岁次乙巳七月三日郭下柳文遂等，诣天台祖庙迎请后土圣母，就当县多人供养祈福，行至于此处，神马不往前进，却行往此地，立马多时，遂乃地主赵智元启心发愿，舍施此地，充为庙基，后乃三载之间，庙□完备矣。施地主赵智元。

据此，该村的后土庙及舞亭始建于北宋景德二年（1005），历时三年落成，也就是北宋真宗大中祥符元年（1008），这是目前发现的我国最早的关于舞台建筑的记载。第二处是沁县城内关帝庙《威胜军关帝侯新庙记》碑。此碑为北宋神宗元丰三年（1080）所立，记载神宗熙宁十年（1077）任真等率神虎第七军征蛮北返后修建关帝庙及舞楼事，其中载有：

基钱一佰七十三贯文，并是安南道回人出辨，所有殿宇系众合营修盖，其合上石姓名如后。周围地基深三十七丈五尺，广一十一丈四尺，正殿三间，舞楼一座，南北廊上下共二十□。

第三处是平顺县东河村圣母庙北宋徽宗建中靖国元年（1101）所立《潞州潞城县三池东圣母仙乡之碑》，其中记载北宋哲宗元符三年（1100）修建舞楼之事，碑的正文中载有：

圣母尊祐者□于有灵母仙乡，众心跻跻，旅意彬彬，掌明珠于智海，藏美玉在玄山。便乃谨会，住下乡党中，一盖遵依，银贿尤以弥丰。命良工再修北殿，创起舞楼……

碑阴记载当时施工情况又载：

元符三年庚辰岁十二月癸巳朔二十三日辛卯刻字毕。修舞楼老人苗庆、刘吉、秦灵……

这里所谓"舞亭"、"舞楼"，实际上就是戏台。值得注意的是，这三处记载的舞亭、舞楼分布范围颇广。一在万荣，位于山西省南部，属今运城地区；一在沁县，在今晋东南地区北面，已接近山西中部；还有一处在平顺，位于山西东南部，紧靠河南省的林县。三处在北宋时都属河东路管辖，说明当时河东广大地区，已有众多的戏台建造。而北宋末年京城汴梁的演出场所只是勾栏瓦肆、露台、乐棚、山棚等，还没有发现有固定的砖木结构戏台建造的材料。相比之下，河东杂剧的繁荣发展，应该说不逊色于汴京杂剧。

1978 年、1979 年在山西南部稷山县马村段氏墓群中发现了六座有戏曲砖雕的墓葬。据其中的第七号墓中一块砖刻小碑③记载，墓群修建的大致时间是北宋末年至金代初年。其中在一号墓中出土了宋代"景祐元宝"、"熙宁元宝"铜钱各一枚，在五号墓中出土宋"天圣元宝"、"治平通宝"、"元祐通宝"、"大观通宝"铜钱各一枚。这六枚铜钱均是北宋之物，且最晚一枚"大观通宝"所铸年代应在 1107—1110 年间，此时离宋室南迁尚有 15 年时间，因而起码一号墓和五号墓应看作北宋末年之物。这两座墓中的戏曲砖雕，其演出场所是门厅兼舞台式的戏台，所刻人物前排为演员，后排是伴奏乐队，其中所用乐器、演员服装、砌末各具特色。由此可以看出当时这里的戏曲已相当成熟了，可视为元代北杂剧之先声。

（二）南戏

南戏是从宋代南方温州地区民间小戏基础上发展成熟起来的。明人徐渭在《南词叙录》中认为它"始于宋光宗朝"，但同书又说"或云宣和间已滥觞，其盛行则自南渡，号'永嘉杂剧'，又曰'鹘伶声嗽'"。明人祝允明《猥谈》中指出："南戏出于宣和之后，南渡之际，谓温州杂剧。"元人刘一清《钱塘遗事》中载："戊辰己巳间，王焕戏文盛行都下。"这里的"戊辰"、"己巳"为南宋宁宗嘉定纪年，即 1208—1209 年，宁宗恰在光宗之后，宁宗时"盛行都下"的南戏，绝不会在光宗时才产生，而应有更早的发展渊源，因此南戏出于宣和之后，南渡之际的说法是恰当的。

与主要流传于北方的中原杂剧相比，南戏无论形式还是内容都表现出鲜明的特色。宋人周密《武林旧事》中《官本杂剧段数》载宋杂剧名目 280 种：其中用大曲者 103 种，用法曲者 4 种，用诸宫调者 2 种，用普通词调者 35 种。可见其用曲主要承袭了隋唐时的传统音乐。南戏则不然，它在形成过程中，形式、唱曲主要得益于民间小曲和宋人词调。徐渭《南词叙录》中载：

   永嘉杂剧兴，则又即村坊小曲而为之。本无宫调，亦罕节奏，徒取其畸农、市女顺口可歌而已。

   其曲，则宋人词而益以里巷歌谣，不叶宫调，故士大夫罕有留意者。

据王国维《宋元戏曲考》统计，南戏所用曲调共 543 个：源于大曲者只有 24 种，源于诸宫调者 13 种，出于南宋唱赚者 10 种，与元杂剧曲名相同的有 13 种，出于唐宋词者 190 种，而更多的是"畸农、市女顺口可歌"的"村坊小曲"共 200 种。其音乐特点是没有严格的宫调限制，不讲究节奏，更多地保留了民间音乐灵活随意的特色，与杂剧所用的典雅、格律严谨的乐曲差别很大。

  从剧目内容看，以《宦门子弟错立身》所提到的 29 种早期南戏名目、《永乐大典》所收 33 种宋元南戏名目与周密《武林旧事》所述 280 种官本杂剧名目比较，内容相同的只有《负心王魁》、《卓氏女》、《崔护觅水》、《张珙西厢记》、《墙头马上》、《洪和尚错下书》等六种，而与《醉翁谈录》、《清平山堂话本》等所载话本名目比较，则有《孟姜女千里送寒衣》、《郭华买胭脂》、《关大王独赴单刀会》、《乐昌公主》、《王魁负心》、《鸳鸯会》、《卓氏女》、《崔护觅水》、《张珙西厢记》、《洪和尚错下书》、《刘先主跳檀溪》、《曹伯明错勘赃》、《秦太师东窗事犯》、《柳耆卿诗酒玩江楼》、《陈巡检妻》、《猿精》、《张资鸳鸯灯》、《朱文鬼赠太平钱》、《何推官错认尸》等 18 种题材相同。另外，《崔护觅水》、《马践杨妃》、《张珙西厢记》、《苏小卿夜泛茶船》

四种，与诸宫调题材相同。其余《云卿鬼做媒》、《柳耆卿栾城驿》、《周李太尉》、《张协斩贫女》（即《张协状元》）、《风流王焕贺怜怜》（即《钱塘遗事》所称王焕戏文）等 30 多种都是南戏特有的剧目。这说明南戏的题材也有其自身的系统和渊源。

很明显，无论内容、形式，南戏与宋杂剧——即中原杂剧是属于不同的系统。

### （三）新疆的戏剧

新疆是我国古代戏剧繁演的又一重要地域，其戏剧形态的发展并不落后于中原地区。这一地区的戏剧产生、发展状况、演变形式，可以从目前所知的一些古老剧本的发现窥得一斑。新中国成立以前，德国人勒柯克从吐鲁番木头沟千佛洞盗走的大批古代文书中，就有回鹘文本《弥勒会见记》剧本。20 世纪初期，欧洲一些探险家从新疆盗走了一些吐火罗文 A 本《弥勒会见记》残页。1959 年哈密县天山公社发现了回鹘文《弥勒会见记》剧本，1974 年冬在新疆维吾尔自治区焉耆县的千佛洞附近，又发现了吐火罗文 A（焉耆语）本《弥勒会见记》残卷。吐火罗文 A（焉耆语）和回鹘文两种语言都是与印度梵语同属一系的语种，其文字用婆罗谜字母书写。目前发现的几个剧本中，吐火罗文本约写成于 6 至 8 世纪之间，回鹘文本译自吐火罗文本，约写于 9 至 11 世纪之间④。多语种、多数量和内容不尽相同的剧本的发现，说明新疆地区在隋唐时就有繁盛的戏剧演出。从剧本的语言、内容来看，与印度关系更加密切。就最新发现吐火罗文 A（焉耆语）本《弥勒会见记》来看，焉耆"文字与婆罗门同，俗事天神，并崇信佛法也"。（《北史·西域》）至唐，仍然是"文字取则印度，微有增损"。（《大唐西域记·阿耆尼国》）其语言、文化、宗教信仰和风俗习惯的差异，造成这一地区的戏剧完全不同于中原戏曲，因而应将其视为我国众多戏剧起源、发展的地域之一。

总之，许多事实证明，中国古代戏剧源头众多，形式各异，产生、繁演的地域各有不同，尽管它们之间会有一定的交流和影响，但绝无继承衍生关系，中国戏剧起源和流传地域的多元性是十分突出的。

## 二、构成戏曲艺术因素的多元性

戏曲是一门融合了歌舞、说白、伎艺表演、音乐、美术等的综合艺术。这些构成戏剧的艺术因素，最初各自独立地发展，以后逐渐趋于融合。在发展过程中，以不同的艺术因素为主体，可以发展为具有不同特色的戏剧形式：

——歌舞本来是用于抒情咏唱的，后来产生了叙事性歌舞，这样就有了故事、情节，再由叙事体演变为代言体，也就成了歌舞戏。

——说白戏的源头可追溯到周秦时期宫廷中的古优。优伶从滑稽说笑、调侃取乐到扮演人物、表演简单的故事、插科打诨，这就形成了说白戏。

——汉代的伎艺表演——角抵，本是角力的技巧节目，并不是戏剧，但发展到后来，其间寓以故事——角力并不以力量、技巧取胜，而是根据故事内容进行表演，角力的双方代表了故事中的人或物，这样它也就从一般的伎艺表演蜕变为简单的戏剧了。

——讲唱是中唐以后兴起的一种民间艺术形式，它由最初的讲经发展为讲史、说唱传奇、公案、烟粉、灵怪故事，当这种艺术形式普遍流传、产生巨大影响后，也为戏剧所借鉴。至今仍保留在山西南部的锣鼓杂戏便与话本说唱有明显的渊源关系。

锣鼓杂戏又称铙鼓杂戏或龙岩杂戏，流行于以临猗为中心的山西南部古蒲州地区，今存剧目近百个，其中绝大多数剧目中的故事内容以宋代为下限，宋以后剧目极少，如《乐毅伐齐》、《潼关》、《降香》、《蜜蜂计》（列国戏）；《战昆阳》、《鸿门宴》

（汉戏）；《三战吕布》、《夜走古刹》、《长坂坡》、《铜雀台》（三国戏）；《三山会》、《临潼山》（唐戏）；《天井关》、《下延州》、《五虎下西川》（五代戏）；《八王赴会》、《关公破蚩尤》、《仁贵征东》（宋戏）；《目莲救母》、《白猿开路》、《安天会》（神魔戏）。其中有关三国故事和唐僧西天取经故事的戏与小说《三国演义》、《西游记》在人物、情节、褒贬态度上都有很大出入，而与话本更为接近。剧本的念白与吟词七言句极多，形式整饬，但语气、用词上绝不同于文人诗词，而与话本中用以讲唱的口语相类。可以明显地看出，锣鼓杂戏的大多数剧目是把话本叙述性说唱略改为代言体的角色表演搬上戏台而已。

——宗教祭祀仪式是戏曲产生的另一个重要源头。古代祭祀由巫装扮成"神保"，作为神灵依凭的实体。后来，人们根据自身的体验，赋予神灵以思想、性格，从而与外界发生联系，于是产生动作、情节和矛盾冲突，这样就出现了戏剧因素。"从装扮到扮演"是宗教祭祀仪式向戏剧过渡的一种形式，这一过渡的产品便是傩戏。

傩戏的表演是在祭坛上或祭祀活动中，其目的是为了娱神、酬神，乞求神灵消灾除疫，保佑人寿年丰。傩戏表演中有故事、有人物、有装扮，戏剧因素比较完备。但是，与此同时，表演中演员或戴狰狞恐怖的面具，或穿离奇怪异的服装，加之它又是祭祀活动的一部分，因而宗教色彩十分浓厚。宗教仪式与戏剧表演混为一体，戏剧的艺术性、娱乐性与宗教祭祀的神秘性、严肃性交织在一起，表明了向艺术的、审美的戏剧发展的趋向，同时又没有完全摆脱宗教祭祀仪式的缚束，这一介乎宗教仪式与真正戏剧间过渡状态的傩戏表演；形象地说明了宗教祭祀仪式是产生戏剧的一个重要源头。

概而言之，构成戏曲的各种艺术因素，在其发展过程中，都由原来单一的装扮、歌舞、说白、讲唱逐渐向故事表演靠拢和过渡。这个过渡时期或长或短,各种艺术因素融合为一个有机整体的时间也有先有后,这样就形成了中国戏曲源流众多、形式各异的特点。

## 三、戏曲形式的多元性

戏曲形式的多元性表现在同一时代同一地域各种戏曲样式的同时并存,共同繁演。

在中国历史上的各个时期,戏曲样式各有特点,如宋代的杂剧、南戏、队戏,金代的院本,元代杂剧,明清传奇,清代地方戏等。值得注意的是,不同时期的戏曲样式并不是相互替代,而只是在某一时期某一戏曲样式占主导地位,同时还有其他的戏曲样式,它们则居于次要地位。如元杂剧出现后,宋金时期的杂剧、队戏、院本等并没有消亡;传奇盛行后,元杂剧也仍在北方农村地区演出。更值得注意的是,在戏曲史上曾出现自宋杂剧至明传奇及地方戏大部分戏曲样式共同繁演的情况。

近年在山西省晋东南地区潞城县(属古上党地区)发现了明代万历二年(1574)抄立的《迎神赛社礼节传簿四十曲宫调》钞本(以下简称《礼节传簿》),这部关于古代祭赛时礼仪、内容、形式、次序的记录本中,保留了大量在祭祀二十八星宿时上演的剧目名称及角色排场单,其中包括了自宋代至明代数百年来曾出现的各种戏曲样式。计有:

(一)哑队戏

《礼节传簿》第四部分,录有"哑队戏"角色排场单25个:

《齐天乐·鬼子母揭钵》一单　舞"曲破"

《巫山神女阳台梦》一单　舞

《五岳朝后土》一单　《齐天乐·曲破》

《樊哙脚党鸿门会》一单　舞

《二仙行道老子开御》一单

《关大王破蚩尤》一单

……

从内容来看，这25个剧目中神佛仙道题材占了大多数，以历史传说为题材的，其时间下限为北宋。从这个角色排场单所提供的乐曲名称考查，其中所用大曲《齐天乐》与《宋史·乐志》所载者相同；许多剧目的题目后注有"舞"字，可以判断这类哑杂剧是属于歌舞戏；这个角色排场单还记载了剧目的简单故事内容和人物名称，可以看出它的表演似乎不在舞台之上，而是像宋代舞队那样是在行进中演出。如其中《唐僧西天取经》一单，记录140多个角色，如此众多的演员同台演出，这是不可想象的。因此可以看出"哑杂剧"应是宋代歌舞戏的一种。

（二）正队戏

《礼节传簿》中载有队戏名目24种。如《霸王设朝封官》、《过五关》、《关大王独行千里》、《四马投唐》、《十八骑误入长安》、《告御状》、《尧王舜子登基》，等等。其中历史传说题材占大多数，且以三国戏为最多，其时代下限也为宋代。正队戏中的一些剧目，在今天晋东南地区部分农村中仍有演出。如《过五关》的演出，先是在村巷沿途搭起五个戏台，一个戏台是为一"关"，剧中关羽骑真马，甘、糜二夫人坐真车，在村巷中边走边进行表演，每到一"关"，关羽便上戏台与"敌将"厮杀，斩将过关后又骑马乘车继续前行，到另一"关"又上另一座戏台厮杀。如此重复多次，直至过了五关为止。行进中演员可与周围观众随意说笑，还可抓路边货摊上的东西吃。这种演出形式十分古朴。从内容和形式等方面考察，可以认定这是戏曲形成初期在农村的一种表演。

（三）院本

《礼节传簿》中载有院本名目8种，它们是：《土地堂》、《错立身》、《三人齐》、《张端借鞋》、《改婚姻簿》、《神杀忤逆子》、《劈马桩》、《双揲纸》等，其表演内容多是民众生活中的"寻常热事"，部分剧目名称与金院本相同。从今天仍可演出的《土地堂》等剧目看，它明显地保留了金院本滑稽调笑、插科打诨的特点。

（四）杂剧

《礼节传簿》还记载杂剧名目26种，如《长坂坡》、《战吕布》、《夺状元》、《擒彦章》、《六郎报仇》、《天门阵》、《岳飞南征》、《赤壁鏖兵》、《关大王破蚩尤》、《赵氏孤儿大报仇》等，内容多是元以前的历史故事或传说，其中不少与元明杂剧名目一致，也有一些具有鲜明的地方特色。

（五）供盏队戏

供盏队戏在《礼节传簿》中数量最多，总数已逾百种，这里虽名为"供盏队戏"，实际上并不全是队戏，而是包括了自宋至明代的各种戏曲形式。如其中有与队戏相通的《霸王封官》，有与院本名目相同的《神杀忤逆子》，有与杂剧相同的《战吕布》，还有《咬脐打围》、《旷野奇逢》、《五娘官粮》等传奇折子戏，以及一些当时的地方戏。

众多戏曲样式集合于一起，为我们提供了一部中国戏曲发展的浓缩历史。同时众多的戏曲形式在迎神赛社祭祀活动的短短几天内相互交替演出，更形象地揭示了戏曲形式的多样性并同时流行的事实。

总之，由于戏曲产生地域的不同，成长过程中艺术因素主次的不同，各种戏曲样式的共存构成了中国戏曲艺术的多元性。这是我们探索中国戏曲源流发展时应该重视的。

（本文原发表于《中华戏曲》第九辑，与黄竹三合著）

**注释：**
①见孟元老《东京梦华录》。
②文中所举戏曲文物均见山西师范大学戏曲文物研究所编《宋金元戏曲文物图论》。
③见《文物》1983年第1期山西省考古研究所《山西稷山金墓发掘简报》。
④见《文物》1983年第1期季羡林《谈新疆博物馆藏吐火罗文A〈弥勒会见记〉剧本》。

# 元代南戏《赵氏孤儿记》的重要价值及版本源流

赵氏孤儿报仇的故事,是中国古代戏曲中世代相传的题材之一,有关作品分杂剧、南戏——传奇两个系统,长期以来,研究者较多地注意了对杂剧《赵氏孤儿》的研究,南戏《赵氏孤儿记》未被重视,本文试图用比较的方法,发掘南戏《赵氏孤儿记》的重要价值并理清有关版本的源流关系。

南戏《赵氏孤儿记》的版本情况比较复杂,至今流传的有明万历间金陵富春堂刻《新刻出像音注赵氏孤儿记》本(以下简称"富春堂本")、明代金陵世德堂刻《新刊重订出像附释标注音释赵氏孤儿记》本(以下简称"世德堂本")、明嘉靖间进贤堂刻《新刊耀目擢奇风月锦囊正杂两科全集》卷之六《新刊摘汇奇妙戏式全家锦囊大全孤儿》(以下简称"锦本")、清顺治间钮少雅编辑《汇纂原谱南曲九宫正始》(以下简称"《正始》")中收录"元传奇"《赵氏孤儿》曲五十一支。

## 一、富春堂本、世德堂本的重要价值

在南戏《赵氏孤儿记》的四种版本中,世德堂本保存完整,富春堂本缺最后 60 余字,从中可见南戏《赵氏孤儿记》的全貌,以及许多十分重要的信息。

(1)南戏《赵氏孤儿记》的出现受了杂剧《赵氏孤儿》的直接影响。

按照南戏和传奇的体制，其内容应以"出"划分，但富春堂本《赵氏孤儿记》全部以"折"划分；世德堂本或作"出"或作"折"，这显然是受了北杂剧体制的影响。

富春堂本、世德堂本《赵氏孤儿记》不但南北曲并用，而且有一支曲子完全从杂剧《赵氏孤儿》中移来。元刊本杂剧《赵氏孤儿》第四折中有：

〔上小楼〕若不是爹爹觑付，将孩儿抬举，二十年前，断颈分尸，死在郊墟。屠岸贾，那匹夫，寻根拔树，斩了我全家儿灭门绝户。

富春堂本第四十三折、世德堂本第四十三出中有：

〔北上船〕若不是爹爹觑抱，将孩儿抬举，二十年前，断颈分尸，死在郊墟。屠岸贾，那匹夫，寻根拔树，送得我一家灭门绝户。

这里除曲牌外，二者区别仅仅数字，这说明南戏《赵氏孤儿记》与杂剧《赵氏孤儿》有直接的渊源关系。

（2）南戏《赵氏孤儿记》产生在元代后期。

富春堂本、世德堂本《赵氏孤儿记》第十四出中，张维因劝谏屠岸贾被杖一百，心中不平，上场时道："耕牛为主遭鞭挞，哑子□歪（倾杯）惹祸殃，霜下始知邹珩（衍）屈，雪飞方表窦咸（衔）冤。"这里提到窦娥被杀，六月飞雪之事，说明《赵氏孤儿记》写定应在《窦娥冤》杂剧广泛流行之后，这个时间不会早于元代中叶。南戏《赵氏孤儿记》的出现受了杂剧《赵氏孤儿》的直接影响，也必在杂剧《赵氏孤儿》广泛流行之后，这个时间也不会早于元代中叶。再以上述富春堂本、世德堂本第四十三出中〔北上船〕与元刊杂剧《赵氏孤儿》及《元曲选》本、酹江集本杂剧《赵氏孤儿》中的〔上小楼〕相比，后两种版本中作：

〔上小楼〕若不是爹爹照觑，把您孩儿抬举，可不的二十年前早撄锋刀，久丧沟渠！恨只恨屠岸贾那匹夫，寻根拔树，险送的俺一家儿灭门绝户。

可以看出，南戏《赵氏孤儿记》与元刊本杂剧更为接近，这说明南戏《赵氏孤儿记》是在明代文人对元刊杂剧《赵氏孤儿》加工之先，以元代流行的《赵氏孤儿》杂剧为参照写定的，因此它不是明代的作品，而应写成于元代。

（3）《赵氏孤儿记》是从早期南戏向传奇过渡中的作品。

明清传奇由宋元南戏发展而来，但南戏如何成长为传奇，轨迹并不甚清晰，南戏《赵氏孤儿记》的体制特点在这方面提供了一些线索：

从剧目名称看，早期南戏多以剧中主人公姓名命名，如《张协状元》、《赵贞女蔡二郎》、《王公绰》等；后来发展为以"剧中主要人物姓名加故事内容"作剧名，如《王魁负桂英》、《王祥卧冰》、《孟姜女送寒衣》等；再后变为"主要人物姓名加故事内容加'记'"的形式，如《王十朋荆钗记》、《朱买臣休妻记》、《司马相如题桥记》等。到明代传奇中，剧名用"故事内容加'记'"的三字形式，高度概括剧情，如《三元记》、《鸣凤记》、《还魂记》等。关于赵氏孤儿报仇故事的南戏，最早名为《赵氏孤儿》（见《南词叙录》、《九宫正始》），富春堂本、世德堂本均名《赵氏孤儿记》，明人传奇作《八义记》。与"《赵氏孤儿》"比，"《赵氏孤儿记》"采用"主要人物姓名加'记'"的形式，显然向前迈进了一步；与《八义记》比，《赵氏孤儿记》绝不能被划入传奇之列，所以说《赵氏孤儿记》是由早期南戏向传奇过渡的作品。

从剧本结构体制看，早期南戏不分出，如《永乐大典戏文三种》；成熟的传奇则分出很细，一般来说，人物、场景、事件每转换一次就分为一出。富春堂本、世德堂本《赵氏孤儿记》虽均分出（折），但分出很粗，有时一出中包括了两个，甚至三个剧情段落。如第十四出包括了"遣鉏行刺"、"张维探问"两个段落；第二十一出包括"周坚替死"、"赵盾逃亡"两个段落；第二十二出包括"捉拿赵盾"、"投奔公孙"、"赵朔悲叹"三个段落；第二十六出包括"赵盾气死"、"报产孤儿"两个段落；第二十八出包括"揭榜入宫"、"计脱孤儿"、"韩厥死义"三个段落；第三十八出包括"公主恩忆"、"孤儿扬武"两个段落。这些同一出中的两个或三个段落不但各自独立，而且多数在一个剧情段落结束、人物下场时都有下场诗。如第二十二出，第一个剧情段落结束时，"净"屠岸贾与"丑"军卒同念下场诗："骤谏吾王不肯休，今朝变作死骷髅。是非只为多开口，烦恼皆因强出头。"第二个剧情段落结束时，"外"公孙杵臼与"末"程英同念下场诗："（外）隐居庄上且宽心，（末）宽心怎别我恩人。（合）到此相逢不下马，从今各自奔前程。"第三个剧情段落结束时，"生"赵朔念下场诗："途中劳苦不堪言，未卜今宵何处眠。愿得天公怜念我，使吾父子再团圆。"将《赵氏孤儿记》的剧本结构体制与永乐大典戏文及传奇相比，它显然处于由前者向后者变化的中间过渡阶段。从体制上看它的出现应在元末"荆"、"刘"、"拜"、"杀"四大南戏之先。

二、《正始》、锦本、富春堂本的关系

在现存几种有关赵氏孤儿报仇的南戏版本中，《正始》出现最晚，但它对早期南戏辑录的准确性和权威性是学术界公认的，其中所收《赵氏孤儿》的五十一支唱曲也是几种版本中最接近原貌的。锦本载《风月锦囊》卷之六，收录《大全孤儿》十出中的某些片断，版式为上下两栏，下栏是曲文，上栏为插图，所摘内容不分出，多是唱曲。富春堂本《赵氏孤儿记》有牌记："谨按姑苏板校正。新刻出像音注赵氏孤儿大全。金陵书坊富春堂绣梓。"第一折前有"新刻出像音注赵氏孤儿记一卷。金陵对溪富春堂梓"。全剧均以"折"划分，共四十三折，分上、下两卷，其中"第十三折"标重，故以后各折次第均错。除第一折下标"开场"外，其余各折均未标目，第四十三折最后半页约六十余字缺。世德堂本无牌记，全剧之前有总目录，目录次第以"折"标，剧中则多以"出"划分，其中"第四出"作"第四折"，全剧共四十三出，分为上、下两卷，每出均有出目，第一出前有"新刊重订出像附释标注音释赵氏孤儿记上卷。姑孰陈氏尺蠖斋订释。绣谷唐氏世德堂校梓"。版式为上下两栏，下栏是曲文，上栏为注释。这四种版本中，最早的是《正始》所据底本，锦本次之，以下分别是富春堂本、世德堂本。

《正始》、锦本、富春堂本三者共有的唱曲仅五支，即富春堂本第五折的〔画眉序〕"与民庆上元"、〔滴溜子〕"鳌山上"，第九折的〔古轮台〕"是何人"、"贤宰听诉"，第四十三折的〔荷叶铺水面〕。这三种版本中，《正始》与锦本最接近，如〔画眉序〕中《正始》"与民欢，庆赏元宵广排筵"，锦本亦作"与民欢，庆赏元宵广排筵"，富春堂本则为"与民庆上元，鳌山高结广排筵。"〔滴溜子〕中《正始》有"灯灿烂"，锦本亦作"灯灿烂"，富春堂本则为"花灯灿烂"。〔古轮台〕第二曲中《正始》有"贤听"，锦本亦作"贤听"，富春堂本则为"贤宰听诉"。与《正始》、锦本比，富春堂本和锦本更接近。锦本在《正始》基础上改动的词句，富春堂本随之也改，或在锦本基础上再加修正。如〔画眉序〕中《正始》有"朱履"，锦本改为"珠履"，富春堂本随之作"珠履"。〔滴溜子〕中《正始》有"士女笑喧，笑喧"，锦本改为"士女笑喧，女笑喧"，富春堂本随之作"士女笑喧，女笑喧"。〔古轮台〕中《正始》有"息怒停嗔"，锦本改为"息怒停威"，富春堂本随之作"息怒停威"；《正始》有"姓灵名辄"，锦本缺，富春堂本亦缺；《正始》"只得逃难到京城"，锦本改为"只得挈累到京城"，富春堂本随之作"只得挈累到京城"。〔荷叶铺水面〕中《正始》有"屠家那曾发付我",锦本改为"屠贼那里发付我",富春堂本随之作"屠贼那里发付我"。类似的情形还有许多。

从五支唱曲在三个版本中的变化情况可以看出,《正始》、锦本、富春堂本代表了南戏《赵氏孤儿记》流变过程中三个不同阶段的不同面貌,其中《正始》辑录者所据底本是最早的,锦本晚于《正始》,应是由《正始》所据底本直接改订而来;富春堂本又从锦本所据底本直接改订而来。

三、富春堂本与世德堂本

富春堂本《赵氏孤儿记》和世德堂本故事情节相同,分出(折)相同,文字差别甚微,有明显的前后继承关系。其中富春堂本在先,世德堂本以富春堂本为底本重订刊刻。

第一,世德堂本与富春堂本直接承继关系的证据是文字上。《正始》载〔贺圣朝〕曲中有"闷来行乐茅庄",富春堂本误为"闷来行乐第庄",世德堂本又讹为"闷来行乐地庄";"未知个吉和凶",富春堂本误作"未必个吉凶",世德堂本随之误作"未必个吉凶"。《正始》载〔绿襕踢〕曲中有"冤鬼白日在人世",富春堂本误作"冤鬼日日在人世",世德堂本随之误作"冤鬼日日在人世"。富春堂本第二十一折"小外"白"三魂归地府,七魄丧黄泉",世德堂本误作"三魂归地府,府魄丧黄泉",原因是世德堂本将富春堂本中的"七"误作省略替代符号"匕"(富春堂本中的同字省略替代符号多作"匕"),以为"七"是"府"的承前省略,故将"七"误作"府"。无独有偶,富春堂本第二十三折〔石榴花〕中"更不思七世有大功",世德堂本作"更不思世世有大功",又一次将"七"误作省略替代符号"匕",而据"七"后之"世"作"世世"。

第二，富春堂本以"折"分目，保存了明显受杂剧影响的痕迹，世德堂本剧中分目或作"出"或作"折"，表明其中的"出"由"折"改来，"第四出"作"第四折"就是由于疏漏留下的未完全改掉的"折"的痕迹。特别是世德堂本总目录中标"折"，剧中多作"出"，前后不一致的现象，更证明其重订所据底本原是以"折"分目的。

另外，富春堂本无总目录，世德堂本有总目录；富春堂本除第一折外均无出目，世德堂本均有出目。相比之下，富春堂本的体制更原始，其第一折所标"开场"显示出南戏由无出目向有出目过渡的痕迹。富春堂本版式为一栏，世德堂本版式为上下两栏，精细度高于富春堂本，时间上也应晚于富春堂本。

### 四、《八义记》与《正始》、锦本、富春堂本、世德堂本

有关赵氏孤儿故事的传奇，今有明毛晋《六十种曲》中载徐元作《八义记》。另外，明沈璟《南九宫十三调曲谱》中收"《八义记》"曲八支；明沈自晋重订《南九宫词谱》中收《八义记》曲五支，并注明"徐叔回作"；清钮少雅编辑《汇纂原谱南曲九宫正始》中收"明传奇"《八义记》曲四支。这些曲文与今存《八义记》中对应曲文相同或相近。除此之外，祁彪佳《远山堂曲品》中载："《八义记》，徐□□叔回，传赵武事者有《报冤记》，又有《接缨记》，此则以《八义记》为名，记中以程婴为赵朔友，以獒犬在宣孟侍宴之际，以韩厥生武而不死于武，以成灵寿之功，皆本于史传，与时本稍异。"据此知明代尚有不同于《六十种曲》中《八义记》的版本流行，惜不可见。

关于传奇《八义记》，《曲海总目提要》卷十三中有："《八义记》，记赵盾事，仗义八人，详后辨证中，明初旧本。（按，此剧为明徐元撰。元字叔回，浙江钱塘人，所作传记仅此一种。

据元人《赵氏孤儿》改编,今存)"这里所说的"元人《赵氏孤儿》"应指元代南戏《赵氏孤儿》才对。

《八义记》在故事情节上与富春堂本、世德堂本一致,但它与富春堂本、世德堂本并无直接的承继关系。《正始》所载五十一支《赵氏孤儿》唱曲中,有四十八支与富春堂本、世德堂本对应,在其余不见于富春堂本和世德堂本的三支曲中,有一支可在《八义记》中找到:

    《正始》
  〔普天乐〕妾梦在花园里,见一朵乌云起,把奴家罩却身躯,猛抬头见百花落地,吉凶尚未知,试问先生,此梦何如?
    《八义记》第十七出
  〔普天乐〕妾梦在名园里,见一朵乌云起,把奴家罩却身躯,回头见百花落地。

《八义记》虽有改动,但从此曲本身及上下文判断,它是与《正始》中的〔普天乐〕曲相对应的。

在《八义记》中,有两段宾白未见于富春堂本和世德堂本,却与锦本一致。

    锦本
  今日老相公入朝,只见十度来朝宫阙,转过九重凤闱,八宝殿珠帘半卷,七星台龙烛灯明,六曲闲(栏)干按着力士黄金,五凤楼前□□一对金瓜武士,四百员文武官僚,专听静鞭三下向(响),两边羽扇佛佛(拂)声,开一座明明登宝殿……

  恰才道罢,班部中创(闯)出一个官人,头带(戴)一顶黄鏒鏒束发冠,身穿一领□□艳艳绛罗袍,腰间系一条班班闲闲(斑斑烂烂)犀角带,脚下穿一双元元突突皂朝靴,生一部□□□□落□胡,□一双团团栾栾光睁眼……

《八义记》第二出

（末）今早老相公入朝，但见十度来朝金阙，转过九重凤阁，八宝殿珠帘高卷，七宝台龙烛光明，六曲栏畔设着力士黄巾，五凤楼前簇拥金瓜武士，四百员文武官僚，专听静鞭三下，两边羽扇拂，开一座明君登高殿……

（末）……却才道罢，班部中闪出一员官来。（生）那官是谁？怎生打扮？（末）头戴一顶黄灿灿束发冠，身穿一领红焰焰绛罗袍，踹一双兀兀突突皂朝靴，束一条班班（斑斑）驳驳犀角带，环一双团团栾栾光眼睛，生一部扢扢皱皱落腮胡……

可见，在四种南戏版本中，《八义记》并非由产生年代较晚的富春堂本、世德堂本改编而来，而与《正始》、锦本所据底本更加接近。在《正始》与锦本中，《八义记》由《正始》所据底本改编而来：

《正始》

〔古轮台〕是何人，因何草上卧其身？你在何方居住，何名何姓？息怒停嗔，试听我说个原因。家住池州，姓灵名辄，为遭兵火，只得逃难到京城，谁想年时不顺。为甚的形体璘嬴，面皮黄瘦，衣衫褴褛，行不由径？到此没来因，遭盘问，莫非怀着不良心？

锦本

〔古轮台〕是何人，因何草上卧其身？你是何方住，何名何姓？息怒停威，试听说个原因。家住池州，吾遭兵火，只得挈累到京城，年时不顺。为甚的形体璘嬴，脸皮憔悴，衣衫褴褛，行不由径？到此没来由，遭盘问，莫非怀着不良心？

《八义记》第九出

〔古轮台〕是何人，因何草上卧其身？你是何方住，何名何姓？息怒停嗔，试听我说个原因。家住池州，姓灵名辄，为遭兵火，只得逃难到京城，谁想年时不顺。为甚的形体璘嬴，脸皮黄瘦，衣衫褴褛，行不由径？到此没来因，遭盘问，莫非怀着不良心？

这一比较，《八义记》与《正始》所据底本的关系便清楚了。

作为成熟的传奇作品，《八义记》在继承《赵氏孤儿》故事情节、戏剧结构的同时，对南戏底本进行了不少加工，从中可以看到从南戏到传奇的一些变化特点。

第一，《八义记》代替了《赵氏孤儿》、《赵氏孤儿记》的剧名，前者朴实、直率，重视人物、故事，从剧名可知大概剧情，后者出自文人之手，对剧情高度概括，表现出戏曲由重人物、故事转向注重戏剧效果和社会教化作用。

第二，如前所述，南戏《赵氏孤儿记》分出较粗，有时一出中包括了两个，乃至三个人物、场景、事件各不相同的剧情段落，在《八义记》中，这种情况被完全改变：世德堂本第二十一出《周坚替死》→《八义记》第二十一出《周坚替死》、第二十二出《宣子避仇》；世德堂本第二十二出《奸雄得意》→《八义记》第二十三出《图形求盾》、第二十四出《婴投杵臼》；世德堂本第二十八出《计脱孤儿》→《八义记》第三十出《医人揭榜》、第三十一出《孤儿出宫》、第三十二出《韩厥死义》。

第三，在对南戏内容进行更细致划分的同时，《八义记》又对《赵氏孤儿记》的一些内容作了合并与删除。世德堂本第三十出《婴计存孤》、第三十四出《公主闻信》、第三十五出《灵辄传疑》、第三十九出《赵朔云游》、第四十二出《幽魂索命》均被略去；世德堂本的第十四出、第二十二出、第二十六出、第三十六出、第三十七出、第三十八出、第四十三出、第四十四出的内容被大量删减或合并，使得原来南戏中可有可无的部分被去掉了，无关紧要的部分被压缩了，"搜孤救孤"的主线更加突出了。

第四，除了整体结构上的变化，《八义记》对南戏局部情节和言辞作了不同的处理，产生了不同的思想倾向和戏剧效果。世德堂本第十二出《割截人手》中，御厨并未割到人手，《八义记》第十二出《权作熊掌》中真割一人之手、打坏一人之眼，第十三出《宣子争朝》一开始便是受害者来告状，由此引出屠赵之争，激化了戏剧矛盾。世德堂本第三十三出《公孙死节》开场处理得比较平淡，《八义记》第三十六出《公孙赴义》中增加了公孙杵臼抱看警哥的情节：

（外）结交须胜己，似我不如无。兄弟程婴，一时许了他，他抱孩儿与我受死，今日屠贼必引兵来拿我，拼死一命，万古留名。妈妈，抱孩儿出来，我看一看。孩儿，你父到屠贼处出首去了，命在须臾了……妈妈，抱了进去，休惊了他。

短短数语，造成了强烈的悲剧气氛——屠岸贾为杀赵孤，不惜杀死一国小儿，使人发指；公孙杵臼为救孤儿，毅然赴死，令人敬佩；程婴为存忠良之后、救一国小儿，竟把亲生骨肉送与屠刀之下，让人惊愕；警哥出生仅一月，无辜而死，不禁让人痛惜万分。公孙杵臼一人道白，使几个人物的精神世界、戏剧形象更加鲜明。

综之，南戏《赵氏孤儿记》不但展示了早期南戏一些新的侧面，更重要的是提供了南戏如何演变为传奇的许多重要线索，对戏曲史、特别是南戏、传奇的研究具有十分重要的价值。其版本源流情况，可概括如下：

元刊本杂剧《赵氏孤儿》→《正始》$\begin{cases}锦本→富春堂本→世德堂本\\《八义记》\end{cases}$

即南戏《赵氏孤儿记》由元刊杂剧《赵氏孤儿》派生而来，最早的南戏版本是《正始》所据底本《赵氏孤儿》，在此基础上产生出两个分支：一是由《正始》所据底本到锦本《孤儿》，再到富春堂本《赵氏孤儿记》、世德堂本《赵氏孤儿记》；另一是由《正始》所据底本到明传奇《八义记》。

（本文原发表于《中山大学学报》1993年第2期）

# 后　记

　　1983年我从山西师范学院中文系毕业，工作四年后，1987年考取山西师范大学中文系中国古代文学研究生，跟从黄竹三老师学习。当时，黄老师为中文系教授兼戏曲文物研究所所长，我一入学就接触了大量宋金元时期的戏曲文物，于是较早地确定了我的研究方向——宋金杂剧，希望能从戏曲文物入手，在中国戏曲史研究的这一薄弱环节有所突破。三年中，我对新中国成立以来发现的戏曲文物进行了细致、系统的考述，同时注意收集有关宋金杂剧的文字史料，在此基础上完成了我的硕士毕业论文《论宋金杂剧的多层性》。其间，山西师范大学戏曲文物研究所的张守中、窦楷、冯俊杰几位老师，都给了我热情的帮助。

　　1991年，我有幸考入中山大学中文系攻读博士学位，黄天骥、王起二位导师建议我继续硕士研究生时的研究课题，对宋金杂剧作进一步深入、全面的研究，力争能够比较准确地揭示宋金杂剧的历史面貌。三年期间，我在努力提高自己理论水平的同时，再一次对有关宋金杂剧的文物、文字材料进行悉心钻研，分阶段撰写毕业论文，并逐一送给二位导师审阅。黄天骥老师行政事务、社会活动很多，科研任务繁重，稿约不断，我送去的论文，他都及时看过，批上书面意见，并亲自送还到我的宿舍。我入学时，王起先生已是86岁高龄，眼睛白内障严重，喉头发音不便，我每送去一篇文章，他都从头至尾逐字逐句地审读，写出书面意见，并当面给以指教。因此，这篇毕业论文不仅使我饱尝了学海耕耘之艰辛，而且处处浸透着两位博识、宽厚导师的心血。感激之情，无以言表。

在将要走完这段学习道路的时候，我还要特别提到支持我学业的亲人们。我从读硕士研究生开始，每月仅有微薄的助学金，六年来，父亲、母亲、岳父、岳母、姨父、姨母、妻子、孩子在精神上、物质上、经济上都给了我不遗余力的支持，如果没有他们的关心和帮助，我真不知道如何才能走完这一段艰苦的历程，这常常使我感激万分而又伤心不已。如果这篇论文是一枚奖章，应该是挂在他们胸前的。

1994年初，走出校门进入机关，并没有感到多少"转行"的困难，倒是让我对"本色"、"当行"、"冷热"、"咸淡"等戏曲理论有了更加真切的理解，在生活中探寻戏曲，在戏曲中领略生活，那是生活的另一种境界，也是戏曲研究的另一种境界。

在校时，年近九旬的王起先生把当年他的老师胡小石先生对他的教导送给我："聪明人要下笨功夫"；读书中，黄天骥老师用他治学为政的亲身体会启发我："学问做到深处，全在融会贯通。"离开了校园，两位导师语重心长的话语仍铭记在我的心里。以前，我把它作为读书之道；现在，它是我的为人处世之道。

与同行朋友交谈，极少提及专业。因为，我不懂的，不敢贸然出口；已弄懂的，又觉过于肤浅，不值一提。于是，当这本书要捧给读者的时候，心里实在茫茫然。1993年11月2日，王起先生看完我的毕业论文后批曰："快读一过，时有披沙见金、剖璞见玉之感。既喜小景之敏而好学，亦显天骥、竹三之指导有方。"苦读三年，总算没有太多地辜负两位导师的心血与期望，这是唯一可感安慰的地方。

在毕业论文的后面，附带收录了一些单篇论文。其中，《元代南戏〈赵氏孤儿记〉的重要价值及版本源流》是跟从王起先生和黄天骥老师校勘《全元戏曲》时所得；其余多是随黄竹三老师进行戏曲文物学习和傩戏、傩文化考察中的体会，收集起来，算是对以往读书生活的一个小结。还有不少文字，因为内容与毕业论文重复过多，就不在此浪费篇幅了。

因为有了两位导师的关怀和"广东中华文化王季思学术基金"的资助，有了广东高等教育出版社的热情帮助，这本书才得以出版。在此，我再一次表示深深的谢意。至于书中的错漏，我恭候读者的批评。

就在这本书排印的时候，王起先生不幸去世。作为学生，我默默含泪，将这份作业再次捧献于先生的面前。

景李虎

1996年6月6日于广州

# 再 记

《宋金杂剧概论》再版，我便再记。

十多年前走出校门，态度几乎是坚决的：读了一些书，总该回报社会；吃了许多面条馒头，总该挤出点奶什么的。

十多年过去，鬓有二毛。虽然不断被稀释，但骨子里最顽固的部分保留了下来。

文人，学问是基础，但最重要的还是精神和人格。

中国文人追求尊严与平等，渴望因为自己的才华和能力"被发现"、"被重用"，所以处事往往矜持被动。中国文人谦虚、清高、怀才不遇、以天下为己任、愿为知己者死——你赞美我，我谦虚；你藐视我，我清高；你不用我，我怀才不遇；你若用我，我以天下为己任；假如你还能信任我，我便愿意为你去死。所以，驾驭中国文人的方法极其简单——给他应有的尊重，甚至信任他。

独立之精神，自由之意志，想想容易，做起来难——思考问题属于个人行为，不大会影响他人，可以率性而为；做事情率性而为便不行，因为我们承担着社会责任。当然，人格和精神的独立是应该的，倘不能如此，学问、为人便会进退失据，也就算不得真正的文人了。

做学问，搞行政，是两个完全不同的坐标系。把前一个坐标系中生成的果子，拿到后一个坐标系中去衡量，得了许多高分，也有很多无奈。苍蝇说麻雀不会打洞，毛驴说黄牛不会飞，大象说蝴蝶不会游泳。

十多年过去，拆过信封，当过领导秘书，还竞争上岗当了厅长；策划参与了"南海Ⅰ号"、"开平碉楼"、"省博物馆新馆"等"世界第一"、"广东第一"项目；写成的儿童剧《谁是朋友》，先讲给粘在膝上的女儿听，高兴得她哈哈大笑。与工作中的很多同事成了知心朋友，很是欣慰。

人生是一次旅行，人生是一个过程，无论你惦记什么或者不惦记什么，时间和生命都会不断地流逝。在一个点上垒积高度是人生，在一条线上延伸长度也是人生。无论如何，多看些风景，多尝试些事情，让人生丰富一些总是好的。番薯大，当然好；番薯小，但数量多，也算好吧。

以前，读圣人的书，读先贤的书，读佛的书，道理都懂，只是心难静下来。现在，回到了自己喜欢的教育系统工作，踏进门的那一刻，便有了心安理得的感觉。

到了知天命的年龄，时时回望自己走过的路——感谢父母的养育之恩；感谢老师们的培育之恩；感谢领导同事们的知遇之恩。

努力工作，成就他人，扶助弱者，重视亲情，这是此后几十年要做的事情。

景李虎
辛卯仲夏于羊城